O SNIPER PACIENTE

ARTURO PÉREZ-REVERTE

O SNIPER PACIENTE

Tradução de
LUÍS CARLOS CABRAL

1ª edição

2017

CIP-BRASIL. CATALOGAÇÃO NA PUBLICAÇÃO
SINDICATO NACIONAL DOS EDITORES DE LIVROS, RJ

P516s Pérez-Reverte, Arturo, 1951-
O sniper paciente/ Arturo Pérez-Reverte; tradução de Luís Carlos Cabral. – 1ª ed. – Rio de Janeiro: Record, 2017.

Tradução de: El francoatirador paciente
ISBN: 978-85-01-10962-0

1. Romance espanhol. I. Cabral, Luís Carlos. II. Título.

17-41225

CDD: 863
CDU: 821.134.2-3

Título original:
El francoatirador paciente

Copyright © 2013, Arturo Pérez-Reverte

Crédito de imagens de capa:
Fundo de grafite: Vanzyst/ iStock
Parede: sestevens/ iStock
Parede com grafite: Fitzer/ iStock

Texto revisado segundo o novo Acordo Ortográfico da Língua Portuguesa.

Todos os direitos reservados. Proibida a reprodução, no todo ou em parte, através de quaisquer meios. Os direitos morais do autor foram assegurados.

Direitos exclusivos de publicação em língua portuguesa somente para o Brasil adquiridos pela
EDITORA RECORD LTDA.
Rua Argentina, 171 – Rio de Janeiro, RJ – 20921-380 – Tel.: (21) 2585-2000, que se reserva a propriedade literária desta tradução.

Impresso no Brasil

ISBN 978-85-01-10962-0

Seja um leitor preferencial Record.
Cadastre-se no site www.record.com.br e receba informações sobre nossos lançamentos e nossas promoções.

Atendimento e venda direta ao leitor:
mdireto@record.com.br ou (21) 2585-2002.

EDITORA AFILIADA

*Era uma vez uma raça especial de pessoas
conhecidas como grafiteiros.
Elas travaram uma batalha feroz contra a sociedade.
Ainda não se sabe o resultado.*

Ken, grafiteiro.
Em uma parede de Nova York, 1986

No complexo mundo do grafite, por seu caráter com frequência clandestino, as assinaturas são numerosas e mudam constantemente, e por isso é impossível estabelecer uma lista oficial de nomes. Portanto, todos os nomes que aparecem neste livro, exceto os de grafiteiros e artistas muito famosos, que são mencionados de forma breve, devem ser considerados imaginários ou coincidências.

Na cidade, 1990

Eram lobos noturnos, caçadores clandestinos de muros e superfícies, *bombers* impiedosos que se moviam no espaço urbano, cautelosos, sobre as solas silenciosas dos tênis. Muito jovens. Ágeis. Um era alto e o outro, baixo. Vestiam jeans e casacos pretos para se camuflar na escuridão; e, ao se mexer, em suas mochilas sujas de tinta tilintavam latas de spray com bicos apropriados para trabalhos rápidos e pouco precisos. O mais velho tinha 16 anos. Eles se conheceram no metrô duas semanas antes, pelas mochilas e pela aparência, olhando-se de relance, até que um deles fez com um dedo, no vidro da janela, o gesto de pintar alguma coisa. De escrever num muro, num veículo, na porta de aço de uma loja. Logo ficaram íntimos e passaram a procurar juntos espaços livres ou *pieces* alheios em paredes saturadas, fábricas abandonadas no subúrbio e instalações ferroviárias, vagando com seus sprays até que guardas ou policiais os colocavam para correr. Eram plebeus, mera infantaria. A patente mais baixa da sua tribo urbana. Párias de uma sociedade individualista e singular na qual só se progredia por méritos conquistados individualmente ou em pequenos grupos, impondo cada um seu nome de guerra com esforço e persistência, multiplicando-o ao infinito por todos os cantos das cidades. Os dois eram garotos recém-chegados às ruas, ainda com pouca tinta debaixo das unhas. *Toys*, segundo o jargão da atividade: *writers* novatos que repetiam sua *tag* em qualquer lugar, pouco atentos ao estilo, sem respeitar nada nem ninguém. Dispostos a se impor rabiscando o que fosse, assinando de qualquer jeito sobre obras alheias, com o objetivo de construir uma reputação. Procuravam, especialmente, obras de grafiteiros consagrados, de reis da rua; grafites de qualidade em que pudessem escrever o próprio logo, sua *tag*, a assinatura mil vezes praticada, primeiro no papel, em casa, e agora em qualquer superfície adequada que encontrassem no caminho. Em seu mundo feito de códigos, de regras não escritas e de símbolos para iniciados, onde um veterano costumava se aposentar por volta dos 20 anos, um rabisco numa assinatura alheia era sempre uma declaração de guerra, uma violação do nome, do território ou da fama dos outros. Os duelos eram frequentes, e era isso que os garotos queriam. Eles ficaram bebendo Coca-Cola e dançando *break* até meia-noite, e agora se sentiam ambiciosos e ousados. Sonhavam em ser *bombers* para sair pela noite tagueando os muros da cidade, as placas das estradas. Sonhavam em cobrir um ônibus ou um trem do subúrbio. Sonhavam com o grafite mais difícil e cobiçado por qualquer grafiteiro de qualquer lugar do mundo: um *whole car*. Um vagão do metrô. Ou, por enquanto, na falta disso, sonhavam em escrever em cima da *tag* de um dos grandes: Tito7, Snow, Rafita ou Tifón, por exemplo. Inclusive, com sorte, até dos próprios Bleck ou Glub. Ou de Muelle, o pai de todos eles.

— Ali — disse o mais alto.

Ele havia parado numa esquina e apontava para a outra rua, com um poste que projetava um círculo de luz que iluminava a calçada, o asfalto e parte do muro de tijolos de uma garagem com a porta de aço fechada. Havia alguém ali, diante do muro, escrevendo, no limite entre a luz e a sombra. Da esquina, só dava para ver que estava de costas: magro, de aparência jovem, o capuz do casaco cobrindo a cabeça, a mochila aberta aos seus pés, uma lata de spray na mão esquerda, com a qual nesse momento preenchia de vermelho um enorme R, sexta letra de uma *tag* feita com caracteres de um metro de altura e aspecto singular: *bubble letters* sombreadas, simples e envolventes, com *outline* azul, grosso, em que parecia explodir, como uma pincelada ou um disparo, o vermelho de cada uma das letras que continha.

— Caralho, caralho — murmurou o garoto mais alto.

Ele estava parado ao lado do companheiro, olhando, espantado. O garoto que trabalhava na parede tinha acabado de colorir as letras e agora, depois de procurar na mochila com a ajuda de uma lanterninha, empunhava uma lata de spray branco com a qual preencheu o pingo da letra do meio, um I. Com movimentos rápidos, curtos e precisos, o grafiteiro preencheu o círculo e o cruzou na vertical e na horizontal com duas linhas pretas que lhe davam um aspecto que lembrava uma cruz celta. Depois, sem nem sequer olhar para o resultado final, ele se inclinou para guardar o spray na mochila, fechou-a e pendurou nas costas. O pingo do I havia se transformado agora no círculo do visor de uma mira telescópica, como a dos fuzis de precisão.

O grafiteiro desceu a rua na escuridão, com o rosto escondido pelo capuz, ágil e silencioso como uma sombra, e sumiu. Então os dois garotos deixaram a esquina e caminharam até a parede. Ficaram ali durante algum tempo sob a luz do poste, observando o trabalho que tinha acabado de ser produzido. Tinha cheiro de tinta fresca, de trabalho bem-feito. Cheiro de glória urbana, de liberdade ilegal, de fama no anonimato. De jatos, bum, bum, bum, de adrenalina. Eles tinham certeza de que nada cheirava tão bem quanto aquilo. Nem mesmo uma garota. Nem um hambúrguer.

— Vamos logo com isso — disse o garoto mais baixo.

Era o mais jovem dos dois. Havia tirado uma lata de spray da mochila para escrever sobre a obra recém-pintada na parede. Ele estava decidido a fazer uma bela rasura: não uma, mas quantas vezes fosse possível. Um *throw-up* implacável. Embora cada um deles tivesse sua própria *tag* — Blimp o dele, Goofy o do outro —, quando andavam juntos usavam outra, compartilhada: AKTF, Adivinha Kem Te Fode.

O garoto mais alto olhou para o companheiro, que sacudia a lata para misturar a tinta: Novelty negro de duzentos mililitros e bico estreito, roubada de uma loja de ferragens. Para fazer *throw-ups* como eles faziam, com uma *tag* grosseira repetida sem parar, não era preciso nenhuma sofisticação. Às vezes, com tempo e calma, tentavam fazer obras complexas com várias cores, sobre tapumes caindo aos pedaços ou paredes de fábricas abandonadas. Mas aquele não era o caso. Tratava-se de uma incursão rotineira, de um castigo vigoroso, desprovida de mérito próprio.

O garoto que empunhava a lata se aproximou da parede com o dedo atento, procurando um lugar para aplicar o primeiro rabisco. Tinha acabado de se decidir pelo círculo branco situado sobre a letra do meio, quando o companheiro segurou o braço dele.

— Espera.

O mais alto contemplava o trabalho, cujo vermelho reluzente que preenchia as letras parecia explodir sob a luz do poste. Seu rosto brilhava de surpresa e respeito. Aquilo era muito mais que a simples obra de um grafiteiro comum. Era um *piece* dos bons.

Impaciente, o mais jovem levantou de novo a lata e apontou para o círculo branco. Ele estava louco de vontade de começar o trabalho. A noite era curta, e as presas a serem abatidas eram inúmeras. Além disso, estavam havia muito tempo no mesmo lugar. Isso atentava contra a norma básica de segurança: escreva rápido e suma. A qualquer momento um policial poderia cair em cima deles, fazendo-os engolir o próprio trabalho e o dos outros.

— Espera, estou falando sério — interrompeu o outro, detendo-o.

Ele continuava olhando para o grafite na parede, com a mochila nas costas e as mãos nos bolsos. Parado e se balançando lentamente. Pensativo.

— É bom — concluiu por fim. — É bom pra caralho.

Seu companheiro concordou com um grunhido. Então ficou na ponta dos pés, apertou o bico do spray e escreveu AKTF no círculo branco com uma cruz. Sobre a mira telescópica de um franco-atirador na palavra Sniper.

1

Os ratos não dançam sapateado

Enquanto prestava atenção na proposta que mudaria o sentido da minha vida, pensei que a palavra acaso é errada ou pouco precisa. O Destino é um caçador paciente. Certas casualidades foram escritas de antemão, como franco-atiradores agachados com um olho no visor e um dedo no gatilho, esperando o momento propício. E aquela, sem dúvida, era uma delas. Um dentre muitos falsos acasos planejados por esse Destino retorcido, irônico, chegado a reviravoltas. Ou algo assim. Uma espécie de deus caprichoso e impiedoso, mais brincalhão do que qualquer outra coisa.

— Ora, Lex. Que coincidência! Eu ia ligar para você um dia desses.

Meu nome é Alejandra Varela, embora todos me chamem de Lex. Alguns, depois de pronunciar o meu nome, acrescentam um ou outro adjetivo nem sempre agradável, mas já estou acostumada. Curtida por dez anos de ofício e 34 de vida. O fato é que os astros começaram a se alinhar a partir daquele momento, depois dessas palavras, quando a voz muito educada de Mauricio Bosque, proprietário e editor da Birnam Wood, soou às minhas costas na livraria do Museu Reina Sofía. Eu já tinha dado uma olhada nos balcões de lançamentos, e agora o ouvia atentamente, sem manifestar entusiasmo nem indiferença. Com a cautela adequada para que meu interlocutor não caísse na tentação de pechinchar meus honorários, se fosse esse o caso. Alguns patrões idiotas tendem a confundir o interesse pelo trabalho com a disposição de receber menos para fazê-lo. Mauricio Bosque, um rapaz fino, rico e esperto, estava longe de ser idiota, mas, como qualquer um com quem tenho lidado no mundo editorial — onde todos ouvem cair uma moeda no chão e dizem "minha" —, ele era capaz de recorrer ao menor pretexto para reduzir suas despesas. Já tinha feito isso comigo outras vezes, com seu sorriso delicado e seus casacos esportivos feitos sob medida em Londres ou sei lá onde. Eu sabia o que estava por vir.

— Você está trabalhando com alguma coisa atualmente?

— Não. Meu contrato com a Studio Editores acabou tem um mês.

— Eu tenho uma proposta que você vai gostar. Mas não vamos conversar sobre ela aqui.

— Me adianta alguma coisa.

Mauricio mexia nos livros, ajeitando um de sua editora — *Ferrer-Dalmau: um olhar épico* — para que se destacasse dos outros.

— Não posso. — Olhou para os lados com um ar conspiratório debochado, demorando-se na jovem que trabalhava no balcão. — Esse não é o lugar adequado.

— Só um pouquinho, vai... Um aperitivo.

Fomos interrompidos pela chegada de um grupo de adolescentes franceses fazendo uma algazarra na língua de Voltaire. Uma excursão escolar, naturalmente. A culta França. No fundo, é igual em todo lugar. Saí da livraria com Mauricio, abrindo caminho na barulhenta babel de outros jovens e de velhinhos que lotavam o andar térreo do museu. No pátio interno, o céu encoberto criava uma atmosfera cinzenta e a terra estava molhada da chuva recente. O pequeno café estava fechado, triste, com cadeiras úmidas colocadas em cima das mesas.

— Estou preparando um livro — disse Mauricio. — Grande, importante. Com ramificações complexas.

— Qual é o assunto?
— A arte urbana.
— Preciso que me conte mais, vamos.

Mauricio contemplava, com ar pensativo, o *Pássaro lunar*, de Miró, os óculos modernos ligeiramente apoiados na ponta do nariz, como se calculasse quanto dinheiro poderia tirar daquelas formas de metal arredondadas quando fossem transformadas em ilustrações sobre papel impresso. É dessa forma que o proprietário da Birnam Wood costuma olhar as coisas e as pessoas. Mesmo hoje em dia a editora dele faz muito sucesso. Ela é especializada em catálogos e livros de arte luxuosos e caros. Ou melhor: muito luxuosos e muito caros. Resumindo: você digita numa ferramenta de buscas da internet as palavras "editor" e "luxo", tecla Enter e aparece a foto de Mauricio Bosque sorrindo de orelha a orelha. Apoiado numa Ferrari.

— Sniper — disse.

Assoviei. Por dentro eu estava sem fôlego. Petrificada.

— Com ou sem autorização?

— Essa é a questão.

Assoviei de novo. Uma jovem que passava por perto olhou para mim de soslaio, incomodada, achando que eu me referia a ela, coisa que não me importava nem um pouco, é claro. Era bonita. Observei-a caminhar com languidez, consciente do movimento dos meus olhos, vagamente escandalizada, enquanto se afastava pelo pátio.

— E onde é que eu entro nessa história?

Mauricio agora olhava para o enorme móbile de Calder que fica no meio do pátio. Permaneceu assim, com o olhar fixo na obra, até que o cata-vento vermelho e amarelo deu uma volta completa sobre seu eixo. Então inclinou um pouco a cabeça e deu de ombros.

— Você é minha *scout* favorita. Minha exploradora intrépida.

— Para de me elogiar. Isso é sinal de que dessa vez está querendo me pagar pouco.

— Você está enganada. É um belo projeto. Bom para todo mundo.

Pensei durante alguns segundos. O Destino piscava para mim, sentado embaixo de Calder. No jargão editorial, *scout* é a pessoa encarregada de localizar autores e livros interessantes. Uma espécie de rastreador culto: uma pessoa que frequenta feiras internacionais de livros, folheia suplementos literários, analisa as listas dos mais vendidos, viaja à procura de novidades interessantes e coisas assim. Sou especialista em arte moderna e já tinha trabalhado para a Birnam Wood, assim como para a Studio Editores y Aschenbach, entre outras editoras de peso. Eu lhes sugiro livros e autores e elas me encarregam de localizá-los. Assino um contrato temporário de exclusividade, trabalho muito e recebo por isso. Com o tempo, consegui me destacar na profissão. Tenho uma agenda grossa, contatos e clientes em vários países — os editores russos, por exemplo, me adoram. Resumindo, eu faço as coisas direito. Sou sóbria, gasto pouco. Vivo sozinha, mesmo quando não estou só. Enfim, eu vivo disso.

— Pelo que sei de Sniper — eu me aventurei, com cautela —, ele poderia estar em Marte.

— Sim. — Mauricio deu um sorriso torto, quase cruel. — Para o bem dele.

— O que você quer dizer com isso?

— Por que você não passa um dia desses lá na editora?

Franzi a testa, embora apenas por dentro. Por fora, exibi um sorriso desolado, conveniente. Seu terreno — um imenso escritório envidraçado que parecia flutuar como um dirigível sobre a avenida Castellana — não era um lugar neutro como o Reina Sofía, onde ele podia olhar por cima do meu ombro, como se me esquecesse em alguns momentos, e observar o esplêndido quadro de Beatriz Milhazes pendurado numa parede. Eu preferia negociar privando-o de qualquer vantagem, longe daqueles móveis de vidro, plástico e aço incômodos, daquelas estantes cheias de livros caríssimos e das secretárias flexíveis com os seios operados.

— Vou demorar um pouco para aparecer — menti, sondando. — Tenho algumas viagens planejadas.

Eu quase podia ouvi-lo pensar. Não o conteúdo, é claro, mas sim o procedimento. Para minha surpresa, Mauricio cedeu com uma velocidade insólita.

— E se eu convidar você para almoçar?
— Agora?
— Claro. Agora.

Era um restaurante japonês, ou asiático. Shikku o nome dele. Fica quase na esquina da Lagasca com a Alcalá, diante do parque do Retiro. Mauricio adora esse tipo de lugar. Não me lembro de já ter almoçado com ele num restaurante normal, europeu, do dia a dia. Sempre tem que ser num lugar caríssimo e chique, mexicano, peruano ou japonês. Ele gosta muito de restaurantes japoneses porque lhe permitem pedir sushis e sashimis com nomes exóticos e se mostrar hábil manejando os pauzinhos — eu sempre peço um garfo — enquanto explica a diferença entre o peixe cru cortado à moda de Okinawa e à de Hokkaido. Ou algo assim. Isso seduz as mulheres, comentou ele uma vez com algas penduradas nos pauzinhos, no Kabuki. Bem, Lex, e interpôs um sorriso diplomático depois de refletir por um instante, olhando para mim, eu estou me referindo a certo tipo de mulher.

— Agora me conta — sugeri, quando nos acomodamos a uma mesa.

E então ele contou. Por alto, e em linhas gerais, com breves pausas para observar o efeito, para verificar se a isca dançava de maneira adequada diante dos meus olhos, fazendo-me salivar. E sim, é claro. O projeto teria estimulado as glândulas salivares de qualquer um. E eu disse isso a ele. Também era algo quase impossível de ser feito, o que eu também disse a ele.

— Ninguém sabe onde Sniper está — resumi.

Pela forma como Mauricio serviu um pouco de saquê quente no meu copinho quadrado, soube que ele tinha algum ás na manga.

Eu já disse antes que o editor da Birnam Wood está muito longe de ser um idiota.

— Você vai conseguir. Você conhece as pessoas certas e as pessoas certas conhecem você. Eu banco todas as despesas e dou mais quatro por cento do primeiro contrato.

Comecei a rir na cara dele. Eu sou macaco velho.

— É como se você me oferecesse uma porcentagem no circo de Hiparco. Isso é perda de tempo.

— Me escuta. — Mauricio levantou um dedo, me admoestando. — Ninguém nunca publicou um catálogo completo desse sujeito. Uma obra em vários volumes, quantos forem necessários. Algo monumental. E não é apenas isso.

— Ele está escondido há quase dois anos, com a cabeça a prêmio. Literalmente.

— Eu sei. Estamos falando do artista mais famoso e mais procurado da atualidade, a meio caminho entre Banksy e Salman Rushdie. Uma lenda viva. Mas ele também não aparecia muito antes disso. Em mais de vinte anos, desde que começou como um simples grafiteiro, quase ninguém viu o rosto dele. Marca registrada e ponto: Sniper. O franco-atirador solitário.

— Mas agora querem matá-lo, Mauricio.

— Foi ele que procurou por isso. — Riu, maléfico. — Agora ele que aguente.

— Eu nunca vou conseguir encontrá-lo. E, no caso improvável de conseguir, ele não ia querer nada comigo.

— A oferta que você vai fazer a ele não tem limites da minha parte. Ele apresenta as condições, e eu o consagro para sempre. Faço a obra dele entrar no círculo dos deuses, ao lado de todos os outros grandes artistas.

— Você sozinho?

Mauricio pensou por um momento. Ou fingiu que pensava.

— De jeito nenhum — admitiu. — Estou associado com pessoas que têm muito dinheiro: donos de galerias britânicos e norte-americanos dispostos a investir nisso como quem investe em um negócio enorme.

— Por exemplo.

— Paco Montegrifo, de Claymore... E Tania Morsink.

Balancei a cabeça, impressionada.

— A rainha da arte de Nova York?

— Ela mesma. E com valores espantosos, posso garantir a você. Um plano a médio e a longo prazo. O catálogo será apenas um aperitivo.

Agora fui eu quem refletiu por um instante.

— Pode parar de sonhar — falei. — Ele não vai querer aparecer em público.

— Ele não precisa dar as caras. Pelo contrário. O anonimato aumenta o interesse pelo personagem. Depois disso, Sniper vai fazer parte da história da arte. A gente vai coordenar uma retrospectiva monumental em algum dos grandes espaços: a Tate Modern, o MoMA... Vamos procurar a melhor proposta. Já mexi os pauzinhos e todo mundo está em ponto de bala. Tratando-se dele, ninguém vai perder tempo. Imagina a cobertura da mídia! Um acontecimento mundial.

— E por que eu?

— Você é ótima! — O espertinho puxava o meu saco. — A mais séria com quem já trabalhei, e eu já trabalhei com muita gente. E você também tem condições especiais para se aproximar dele, para apertar o laço. Eu não me esqueci de que sua tese de doutorado foi sobre a arte urbana.

— Grafite.

— Bem, isso. Você sabe o que significa ter tinta nas mãos e latas de spray na mochila. Você sabe como convencer essa gente.

Eu me mantive inexpressiva. Você sabe, Mauricio tinha dito. E ele nem desconfiava do quanto estava perto da verdade. Pensei nisso enquanto espetava um niguiri, ou como quer que aquilo se chamasse, com o garfo. Tantos passeios — às vezes ainda fazia isso sem me dar conta — observando paredes entre vitrines e portais, onde escritores urbanos deixavam suas marcas ao passar por lá. Me lembrando e me lembrando. Quase todas eram assinaturas simples feitas com *markers*, às pressas e sem muita preocupação artística, mais quantidade que qualidade, daquelas que fazem moradores e comerciantes gritarem aos céus e torcer o nariz para a prefeitura. Era mais raro algum grafiteiro com mais tempo ou temperamento se empenhar a fundo no trabalhar com o spray; e, nesses casos, a *tag*, ou sua caligrafia, ocupava um espaço maior ou era colorido. Algumas semanas antes, caminhando por uma rua perto do Rastro, um trabalho havia chamado minha atenção: um guerreiro em estilo mangá cuja espada de samurai ameaçava os usuários de um caixa eletrônico que ficava ao lado. Eu havia continuado a observar os grafites — assinaturas, assinaturas, assinaturas, algum desenho pouco original, a enigmática afirmação "Sem dentes não há cáries" — até que percebi que, como em outras ocasiões, procurava entre eles a *tag* de Lita.

— Eu não posso garantir nada — falei.

— Dá no mesmo. Você domina o seu ofício, merece a minha confiança. É perfeita.

Mastiguei lentamente, avaliando os prós e os contras. O Destino me fazia novas caretas, sentado agora atrás do balcão, no ombro do cozinheiro japonês que, com uma fita kamikaze apertando a testa, fatiava um atum avermelhado. O Destino, pensei, gosta de fazer brincadeiras e de peixe cru.

— Biscarrués vai se atirar em cima de você — concluí. — Como um lobo.

— Desse aí eu cuido. Não tenho tanto dinheiro quanto ele, mas tenho os contatos necessários. E, como já disse, eu não estou sozinho nessa. Vou saber me cuidar. E cuidar de você.

Eu sabia muito bem que lidar com Lorenzo Biscarrués não era tão fácil quanto Mauricio dava a entender. O dono da rede de lojas de roupas Rebecca's Box — cinquenta filiais em quinze países, lucro de 9,6 milhões no último ano segundo a Bloomberg, proprietário de uma fábrica têxtil na Índia que desabou, deixando trinta e seis mortos que recebiam dez centavos de euro de salário por dia — era um sujeito perigoso. Ainda mais depois que um dos seus filhos, Daniel, de 16 anos, havia escorregado durante a madrugada de um telhado cuja cobertura de titânio fosco e aço cromado tinha, naquele ponto, uma inclinação de quarenta e cinco graus e, após uma queda livre de setenta e oito metros, se estatelado na rua, exatamente diante da porta ampla, elegante e envidraçada do edifício. O prédio era um lugar emblemático da cidade, assinado por um arquiteto de vanguarda, pertencente à fundação presidida pelo próprio Biscarrués, destinado a exposições temporárias de importantes coleções de arte moderna. A inauguração, realizada dois dias antes com uma retrospectiva dos irmãos Chapman, com notável impacto social, tinha sido classificada pela imprensa como "um acontecimento cultural de primeira ordem". Depois da queda de Daniel Biscarrués — seu corpo só foi descoberto quando um caminhão de lixo parou em frente ao prédio às seis da manhã — e de cinco horas de idas e vindas de legistas, policiais e jornalistas madrugadores, a exposição foi reaberta ao público. Os visitantes que naquele dia faziam fila para admirar os trabalhos dos irmãos Chapman tiveram a oportunidade de contemplar o acontecimento cultural de primeira ordem: uma extensa mancha pardo-avermelhada no chão, cercada por uma fita de plástico: POLÍCIA. NÃO ULTRAPASSE. Aqueles que observavam o lugar de longe, com certa perspectiva do edifício, puderam ver mais acima, na parede contígua ao telhado fatal e não inteiramente finalizada, a palavra Holden — assinatura do garoto falecido — em sua fase inicial, com traços rápidos de spray preto. O jovem Daniel tinha se precipitado no vazio antes de completar o grafite.

— O que você sabe a respeito de Sniper? — perguntei.

Mauricio encolheu os ombros. O mesmo que todo mundo, dizia seu gesto. O suficiente para prever um tremendo sucesso se o tirarmos do esconderijo. Se você o convencer a colocar o pé fora de casa.

— O que você sabe? — insisti.

— Sei o suficiente — disse, por fim. — Por exemplo, que há muitos anos esse cara enlouquece grafiteiros de várias gerações. Você deve estar a par, eu imagino.

— Vagamente — menti.

— Também sei, assim como você, que agora todos esses grafiteiros pirados andam beijando os lugares onde ele pisa, ou pinta, como uma seita. Que os caras acham que ele é Deus. Você está cansada de saber, a internet e todo mundo sabe. E que a história do telhado do filho de Biscarrués foi uma armação dele.

— Intervenções — corrigi. — O cara chama isso de intervenções.

A tarde caía quando saí do metrô e caminhei até o edifício da Fundação Biscarrués. O prédio fica perto da Gran Vía, na fronteira de uma zona tradicional de casas antigas e uma área de prostituição que nos últimos tempos foi gentrificada, mudando de moradores e de aspecto. Havia pessoas em cafés usando seus laptops e bebendo café em copo descartável — eu detesto esses lugares ridículos, onde você tem que levar o que consome até a mesa —, casais de homossexuais passeando de mãos dadas e vendedoras de lojas de roupa fumando na porta como putas futuristas, da nova geração. Tudo muito correto e muito *trendy*. O material perfeito para uma foto colorida do caderno de domingo do *El País*.

Nas paredes, entre vitrines e portais, os grafiteiros haviam deixado as marcas de sua passagem. No centro da cidade, funcionários municipais se encarregavam de apagá-las, mas naquele bairro havia certa tolerância, pois as pinturas urbanas fazem parte da personalidade da área. Contribuem para dar o tom, como os cartazes espalhados por todos os lados com a palavra *"outlet"*, em vez da tradicional "liquidação". Eu procurava uma coisa, num muro da esquina depois de uma placa de sentido proibido. E ali estava: "Espuma", escrito com *marker* vermelho de traço largo. A *tag* de Lita. A cor estava um pouco apagada e outras pessoas tinham grafitado depois em cima e em volta; mas constatar que essa assinatura estava onde sempre havia estado provocou em mim uma melancolia singular, como se meu coração recebesse uma chuva gelada.

> *As garotas que crescem rápido*
> *têm olhos tristes.*

Murmurei isso enquanto me lembrava dela empunhando uma guitarra que nunca chegou a tocar direito, cheirando a tinta e pintura, cartões decorados por ela espalhados pelas paredes e pelo chão, papéis com desenhos, fanzines e toda aquela música selvagem, rap e metal, no volume máximo, que fazia as paredes vibrarem para desespero da mãe e fúria do pai. Que nunca gostaram muito de mim, é claro. Lita tinha até composto uma música, a das meninas que crescem rápido, que talvez tivesse ficado inacabada, pois a ouvi cantar várias vezes a mesma estrofe. Só essa.

Passei os dedos sobre a assinatura, sua *tag*, mal roçando-a. Pintura, música. Ingenuidade. Lita e seus doces silêncios. Até aquela música mal esboçada era um deles: aqueles silêncios que a impeliam a cada anoitecer quando saía, de mochila no ombro, com o olhar absorto em paisagens que só ela conseguia ver, ou intuir, para além dos confins do bairro, da vida atormentada que a aguardava por anos e filhos, pelo tempo e pelo fracasso que acinzentariam tudo. Diante disso, jovens como Lita só podiam esgrimir contra o nome de Ninguém multiplicado ao infinito, com uma insistência quase obsessiva que, mais do que como esperança, soava como um acerto de contas. Em pequenas doses precursoras da Grande Represália, prenúncios de um tempo que está por vir e no qual cada um vai receber sua quota de apocalipse, a gargalhada do franco-atirador paciente. Do Destino escrito com os caracteres da outra *tag*, maior, em letras de quase dois metros, que eu podia ver agora do outro lado da rua, na parede contígua ao telhado do edifício da Fundação Biscarrués.

O céu sobre a cidade escurecia aos poucos, e as luzes da rua e das vitrines começavam a se acender, velando a parte alta de alguns edifícios. Mas a palavra "Holden", pintada com um simples *outline* preto, interrompida antes que as letras tivessem sido coloridas, podia ser vista perfeitamente de baixo. Andei até a outra calçada e fiquei um tempo olhando para o alto, até que, por mimetismo gregário, alguns transeuntes começaram a parar ao meu lado, olhando na mesma direção. Então segui adiante pela rua, entrei em um bar e pedi uma cerveja para afastar o sabor amargo da boca.

Kevin García assinava "SO4". Sua *tag* original era mais longa, SO4H2; mas o garoto, pelo que me contaram, tinha um caráter assustadiço que beirava a agonia. Costumava escrever em paredes e portas de aço com a cabeça virada para trás, imaginando que policiais e guardas estavam prestes a se jogar em cima dele. Saía correndo com frequência, antes de terminar a obra, e por isso os amigos o aconselharam a abreviar a assinatura. Fui vê-lo depois de buscar informações com algumas ligações. Antes de aceitar a proposta de Mauricio Bosque, eu precisava ligar as pontas soltas: confirmar velhas informações e refrescá-las com dados novos. E, sobretudo, saber no que eu estava me metendo. Quais eram as possibilidades e as consequências.

— Como devo chamá-lo? Kevin ou SO4?
— Prefiro a *tag*.

Eu o encontrei onde me disseram que ele estaria: sentado numa praça perto de sua casa, em Villaverde Bajo. Ali, no meio de bancos de cimento crivados de *tags* e pinturas — Jeosm, DKB —, seis postes com as lâmpadas quebradas e um chafariz que nunca verteu água, garotos haviam montado uma pista de skate que podia ser considerada bastante difícil. Havia ali perto uma academia de boxe amador, alguns bares e uma loja de ferragens especializada em marcadores de texto e sprays para grafiteiros — a única daquela parte da cidade onde era possível encontrar bicos *fat cap* de dez centímetros e sprays Belton ou Montana.

— Eu não estava lá quando aconteceu. Dani queria fazer aquilo sozinho.

Um garoto loiro de 19 anos, SO4 era magro e pequeno, com o rosto de pássaro. Parecia ainda mais frágil dentro de suas roupas, adequadas para correr, tênis Air Max salpicados de tinta, calças justas e casaco largo com mangas que cobriam suas mãos e por cujo colarinho folgado aparecia o capuz de um blusão. Havia grupos de jovens vestidos da mesma maneira espalhados pela praça, fazendo manobras com o skate ou conversando nos bancos cobertos com marcas e pinturas. Rapazes endurecidos pela vida, com poucas esperanças, que emitem seu próprio comprimento de onda. Traças impiedosas do Velho Mundo, cabeça de ponte de uma Europa mestiça, bronca, diferente, que não voltaria a ser como era antes.

— Fazer o quê? — perguntei.

— Você sabe. — Sua expressão era mordaz, semelhante a um sorriso curto e seco. — Escrever para esses sacanas do banco.

— Não era um banco.

— Tudo bem. A tal fundação. O que quer que fosse.

Constatei que SO4 era uma curiosa combinação da arrogância fugidia com a cautela do grafiteiro habituado a sair de repente em disparada, pulando muros e cercas. Eu sabia como Daniel Biscarrués e ele tinham ficado amigos, apesar dos diferentes ambientes sociais — Villaverde Bajo ficava longe de La Moraleja como a Terra da Lua. O inspetor-chefe Pachón, do grupo de combate a grafiteiros da polícia civil, havia me contado por telefone. Eles se conheceram na delegacia da estação de Atocha, disse. Sentados um ao lado do outro, numa noite em que tentaram pintar, cada um por conta própria, alguns vagões de trem que estavam no terminal Cinco Vías. Tinham a mesma idade:

15 anos. Depois disso, começaram a se encontrar nas tardes de sexta na estação de metrô de Sol para ouvir música — SFDK, Violadores del Verso, CPV — e, em seguida, castigar paredes até o amanhecer, sempre juntos, embora às vezes se juntassem a outros garotos para missões coletivas. Ficaram nisso por alguns anos, até a noite do acidente.

— Como Daniel chegou lá em cima?

SO4 deu de ombros. Isso importa?, dava a entender. Como sempre. Como tudo.

— A gente passou dois dias planejando. Estudou de tudo quanto é ângulo. A gente até tirou fotos. Finalmente a gente viu que tinha uma parede boa e que dava para chegar nela descendo pelo telhado. Na última hora, Daniel disse que eu não ia, que era coisa dele, e que eu ia ter minha oportunidade em algum outro lugar.

Ficou um momento em silêncio. Por um instante exibiu de novo o sorriso mordaz e seco, afastando a juventude do rosto.

— Ele disse que dois *writers* lá em cima ia ser gente demais.

— Por que ele caiu?

SO4 fez um gesto evasivo. De indiferença. Não se pergunta por que um touro chifra o toureiro, era o que aquilo queria dizer. Nem por que um soldado morre numa guerra ou um policial branco espanca um imigrante negro ou mouro. É muito evidente. Fácil.

— O telhado era liso e inclinado — resumiu. — Ele fez um movimento errado, escorregou e desabou. Bum.

Estava de cara fechada, talvez avaliasse se a onomatopeia era adequada. Eu fiz a pergunta que tinha ido fazer.

— O que Sniper teve a ver com isso?

Dessa vez, SO4 olhou para mim sem receio. Direto e franco. O nome parecia lhe dar segurança; como se mencioná-lo transformasse tudo, inclusive a queda do amigo, na coisa mais natural do mundo.

— Era uma ação convocada por ele, como as outras. Teve várias, e todas foram muito fortes, espetaculares. Essa era das maiores. A cereja no bolo.

Uma forma de resumir, concluí. Acontecimentos que transcendiam os limites do simples grafite e lançavam nas ruas, de forma automática, uma legião de garotos jovens e outros nem tanto, com sprays e *markers* na mochila, dispostos a cumprir a todo custo o objetivo ou os objetivos, por mais difíceis que fossem. Era exatamente o grau extremo de dificuldade, ou de risco, o que transformava cada ideia lançada — internet, frases escritas na rua, mensagens de celular ou boca a boca — num acontecimento que mobilizava a comunidade internacional de grafiteiros e colocava as autoridades em estado de alerta. Até os meios de comunicação haviam se ocupado disso, o que contribuía para reforçar o fenômeno e o interesse pela personalidade oculta de quem assinava como Sniper. Ele não dava as caras em eventos públicos, e isso os tornava únicos e apetitosos. Sem falar na morbidez do fato de que neles aconteciam, às vezes, acidentes lamentáveis. Até a história da Fundação Biscarrués, pelo menos cinco grafiteiros tinham morrido tentando responder aos desafios apresentados. Meia dúzia tinha ficado ferida de várias maneiras. E outros dois morreram, até onde eu sabia, no pouco mais de um ano que havia transcorrido desde então.

— Ninguém pode atribuir a responsabilidade ao Sniper — disse sou. — Ele só dá ideias. E cada um faz o que quer.

— E o que você acha dele? Afinal, seu companheiro, seu amigo, morreu.

— O que aconteceu com o Dani não foi culpa de Sniper. Acusar ele é não entender do assunto.

— Mas é triste, você não acha? Ele ter morrido fazendo uma intervenção em um edifício da fundação presidida pelo pai.

— Essa era justamente a questão, o motivo para fazer isso. Por isso ele não deixou que eu fosse com ele.

— E o que os grafiteiros dizem? Onde você acha que Sniper está escondido agora?

— Não tenho a menor ideia. — De novo me observava com receio. — Ele nunca dá pistas sobre isso.

— Mesmo assim, continua sendo o grande líder.

— Ele não quer liderar merda nenhuma. Ele só age.

Depois de dizer isso, SO4 ficou em silêncio por um momento, muito sério, contemplando seus tênis salpicados de tinta. Então balançou a cabeça.

— Esteja onde estiver, escondido ou não, ele continua sendo foda. Poucos viram a cara dele, nunca o surpreenderam com uma lata na mão. Os gringos vinham de fora para tirar foto das coisas que ele fazia antes que fossem rabiscadas ou apagadas. Teve uma época em que ele quase deixou de agir nas paredes, mas o pouco que era dele e que restava nem Deus tocava. Ninguém se atrevia. Até que a prefeitura, pressionada por críticos de arte, donos de galerias e essa gente que embolsa os cheques, resolveu declarar os grafites de Sniper de interesse cultural ou qualquer coisa assim. Nos dias seguintes, Sniper protestou contra essa decisão como se deve: todos os grafites dele amanheceram rabiscados de preto, com o círculo do franco-atirador em cima, bem pequeno.

— Eu me lembro, é claro. Foi um acontecimento.

— Foi mais que isso. Foi uma declaração de guerra. Ele podia ter feito uma grana só vendendo o seu nome e você viu como tudo aconteceu. Muito legal. Limpo.

— E o que Daniel e você tinham a ver com tudo isso?

— O mesmo que o resto da galera. De repente correu o boato: "Sniper sugere a curva do quilômetro tal da R-4, ou o túnel do El Pardo, ou a Torre Picasso." E lá íamos nós, como soldados. Aqueles que se atreviam, é claro, a perambular e a tentar, pelo menos. Para ver quem ia atirar os ovos. Em geral eram lugares perigosos. Qualquer um podia fazer isso, como não? A gente ficava empolgado, é claro. Dani, eu. Todo mundo.

— E ele? Não aparecia por aí?

— Nunca. Não precisava demonstrar nada, você entende? Ele já tinha feito tudo. Ou quase. O máximo. Agora ele só age muito de vez em quando. Só faz coisas especiais, alucinantes. Às vezes bota pra foder em museus e lugares assim. O resto do tempo fica calado, na dele. Sem se preocupar. E de repente lança ideias.

Fazia frio, por isso caminhamos um pouco. SO4 andava com as mãos no bolso e com o gingado típico dos garotos influenciados pelo hip-hop e por bandas urbanas que há duas décadas se instalaram nos bairros periféricos da cidade.

— Por que Daniel assinava Holden? — eu quis saber.

— Não sei. — Balançou a cabeça. — Ele nunca quis falar disso.

Avaliei de novo o abismo social que havia entre ele e o filho de Lorenzo Biscarrués, embora não deixasse de ter sua lógica: além da transgressão e da adrenalina, o grafite tornava possível uma camaradagem incomum em outros ambientes. Uma espécie de legião estrangeira clandestina e urbana, anônima atrás de cada *tag*, na qual ninguém fazia perguntas sobre sua vida pregressa. Lita tinha definido isso muito bem tempos atrás, quando nos conhecemos, com palavras que nunca esqueci. Lá fora, ela disse, enquanto você agita a lata de spray, sente o cheiro da tinta fresca que outro grafiteiro deixou na mesma parede como se farejasse seu rastro, você se sente parte de alguma coisa. Você se sente menos sozinha. Menos ninguém.

— Você ainda segue Sniper?

— É claro. Quem não seguiria? De qualquer forma, tento não fazer loucuras. O que aconteceu com o Dani me fez pensar. Mudou as coisas. Agora faço mais do meu jeito. Com o meu estilo.

— Você acha que ele ainda está na Espanha? Pode ter ido para outro país.

— Pode. Afinal de contas, o pai do Dani, esse mafioso filho da puta, jurou que ia responsabilizar o Sniper. Mas eu não faço a menor ideia. Tem *pieces* dele que às vezes aparecem lá fora. Em Portugal, na Itália... Imagino que você saiba disso. Também apareceram na Cidade do México e em Nova York. Coisas boas, originais. Excelentes. Coisas que encantam.

— E como ele faz isso?

— Do jeito normal. Pela internet, acima de tudo. O boato se espalha, imagina só. Isso é o suficiente. Assim tudo fica mais prático.

— Você sabe que, depois do seu amigo, outras pessoas morreram?

O bico de pássaro formou outra expressão evasiva. De novo inquieto.

— As pessoas falam muito. Vai saber. Mas ouvi dizer que um grafiteiro morreu há pouco tempo em Londres, fazendo alguma coisa difícil.

— Pois é — confirmei. — Em uma das pontes do Tâmisa. Incitado por Sniper.

— Talvez sim. Talvez não.

Ainda fazia frio, e nos enfiamos num dos bares da praça: petiscos sob o vidro sujo do balcão, calendários com fotos de jogadores de futebol, espelhos na parede. Quando abri a jaqueta, me apoiando no balcão para pedir duas cervejas ao garçom, SO4 olhou para os meus seios com interesse desapaixonado. Depois ergueu o olhar.

— Você tem olhos cor de ardósia — disse, fleumático.

Eles nunca foram descritos assim, pensei. Garotos como ele tinham uma paleta própria no olhar: uma forma de interpretar traços e cores relacionada às superfícies físicas onde pintavam. Constatei que continuava relaxado, falante. Ele gostava de falar disso, deduzi. De simples *bomber* de *tags*, passava a ser alguém por um momento: companheiro do jovem morto, testemunha de sua façanha incompleta, fã incondicional do líder da seita. Eu tinha me apresentado como jornalista especializada em arte urbana, e isso justificava as minhas perguntas. Afinal, as pessoas escrevem nas paredes para ser alguém. Eu sabia que a primeira assinatura de Sniper nas ruas datava do fim dos anos oitenta, uma simples rubrica de traço grosso que, depois, se transformou em outra maior, com muito impacto visual, a meio caminho entre a *bubble letter* e o *wildstyle*, letras vermelhas como respingos e uma mira telescópica bem típica sobre o pingo do I. Depois, o logo tinha sido enriquecido com formas figurativas colocadas entre as letras como se as afastassem, e invadiam, ameaçadoras, o espaço urbano, antes de passar a uma etapa mais complexa, na qual as figuras adquiriram mais importância; o nome foi reduzido a uma assinatura simples, e as peças começaram a ser acompanhadas de frases que faziam referência a alguma coisa e com frequência enigmáticas. Uma viagem de Sniper ao México no fim dos anos noventa, que parecia comprovada, introduziu — com certeza por influência do clássico local Guadalupe Posada — caveiras ou crânios que, com o círculo do franco-atirador e as frases alusivas, passaram a ser fundamentais no estilo de Sniper. E cada peça dessas diversas etapas tinha sido vista pelos grafiteiros como obra fundamental de um estilo contundente, poderoso, que muitos tentaram imitar sem conseguir. Havia algo de irreproduzível e até de inquietante no que Sniper deixava nos tapumes de fábricas, em estações ferroviárias, em portas de aço ou em paredes inatingíveis de edifícios públicos, agências bancárias e grandes lojas. Seus personagens eram sempre referências originais, atrevidas, com extremo senso de humor, a clássicos famosos: uma caveira da Gioconda com estética punk, uma Sagrada Família com um leitãozinho no lugar do menino Jesus, ou a Marilyn de Warhol com caveiras substituindo os olhos e sêmen gotejando de sua boca. São alguns exemplos. Tudo com ar único, ambíguo e um pouco sinistro.

— Na época ele já tinha se transformado numa lenda — confirmou so4. — Isso começou depois do seu primeiro grande trabalho: ele conseguiu pintar a lateral de um vagão do metrô que passava pela estação mais próxima do estádio Santiago Bernabéu, exatamente trinta e cinco minutos antes do início de uma final de campeonato entre o Barcelona e o Real Madrid. O que você acha?

— Difícil, eu imagino.

— Foi muito mais que isso. Foi uma tremenda porrada. E conquistou o respeito de todos. Ele também pintava todas as chapas vermelhas que queria.

— Chapas vermelhas?

— Você sabe, vagões do metrô. Na época eles eram vermelhos.

Depois de alguns sucessos semelhantes, continuou, imitados por todos ao infinito, Sniper se dedicou mais a ações à base de grafites e objetos provocativos que ele relacionava entre si com uma imaginação corrosiva. Essa fase incluiu ter colocado de forma clandestina obras de sua autoria em museus e exposições públicas: chamava-os de infiltrados. Isso aconteceu na mesma época em que Banksy, o famoso grafiteiro de Bristol, começava a fazer algo parecido na Inglaterra. Um estêncil — um molde sobre o qual se pintava com spray — que mostrava um crânio decapitando outro crânio tinha ficado exposto durante três horas num salão do Museu Arqueológico Nacional, antes de ser detectado por um visitante atônito; e uma etiqueta do Anís del Mono, com uma caveira no lugar da cabeça, colada em uma página de jornal e em sua correspondente moldura, aguentou um dia e meio antes de ser retirada de uma sala do Reina Sofía, onde havia sido pendurada clandestinamente entre uma fotomontagem de uma tal de Barbara Kruger e uma colagem, ou algo parecido, de Ai Weiwei.

Sorri.

— Você sabe quem são esses?

s04 balançou a cabeça com deliberado desdém. Olhávamos um para o outro no espelho situado atrás do garçom: sua cabeça mal ultrapassava a altura dos meus ombros. O cabelo cor de palha contrastava com o meu, muito curto e muito preto, com alguns fios grisalhos precoces sublinhando meus 34 anos. Ou não tão precoces, eu disse a mim mesma.

— Nem sei se me interesso em saber quem são eles — falou, depois de tomar um gole de cerveja. — Eu sou um artista de rua. Não tenho a menor ideia de quem é essa tal de Barbara, e Weiwei deve ser chinês, imagino. Ou daqueles lados.

Finalmente, continuou contando, e como era previsível depois da ação no Reina Sofía, um crítico influente se referiu a Sniper em termos elogiosos usando as palavras "terrorista da arte", e o comentário foi repetido em alguns programas de rádio e em uma emissora de televisão. Não tinha passado muito tempo desde o comentário do crítico quando, também como era de esperar, o secretário de Cultura de Madri, além de declarar que as peças de Sniper faziam parte do patrimônio artístico da cidade, convidou-o publicamente a fazer uma intervenção numa exposição oficial de quadros ao ar livre, para a qual tinha sido destinada uma instalação industrial abandonada nas cercanias da cidade: arte urbana, novas tendências e tudo o mais.

— Todo esse lixo para idiotas. — Ele parou nesse ponto, com rancor, olhando para a porta do bar como se eles estivessem amontoados ali. — Gente submetida ao sistema. Que vende o próprio rabo.

— Mas ele não agiu como esperavam — observei.

— Por isso foi grande e continua sendo. Sniper mijou na cara deles.

Depois de dizer isso, divertindo-se com a história, relembrou a façanha: aquilo que consagrou Sniper como uma lenda, ao se negar a participar do jogo da arte urbana domesticada. Sua resposta ao secretário foi o famoso e histórico rabisco que tinha feito em todas as paredes que conservavam peças suas, seguido pelo *throw-up*, durante cinco noites consecutivas, de pedestais de monumentos históricos da cidade, dessa vez apenas com sua *tag* pura e simples, arrematando no último dia com uma ação direta em um ônibus turístico da prefeitura, que amanheceu na garagem com cada calota pintada com a mira de rifle; e, nas laterais, as famosas frases.

Resolvi aparentar ignorância. Deixar que ele brilhasse.

— Que frases?

SO4 olhou para mim, surpreso, com desprezo. De novo arrogante. Como se a resposta fosse óbvia e estivesse diante do meu nariz, mas eu fosse incapaz de vê-la.

— Aquelas que resumem a filosofia. Quais? De um lado do ônibus ele escreveu: "Se é legal, não é grafite." E do outro: "Os ratos não dançam sapateado."

Chovia lá fora e no meu apartamento Chet Baker tocava. Ou melhor: sussurrava. Cálido, íntimo. Era "It's Always You". Para jantar, esquentei um pedaço de empanada de sardinha no micro-ondas — eu as compro numa lojinha da Cava Alta, que fica bem perto de casa — e comi enquanto via o jornal. Crise, greve. Desesperança. Manifestação do dia em frente à Câmara dos Deputados com a tropa de choque distribuindo porrada e jovens correndo. E não tão jovens. Um aposentado que tinha ficado no meio deles olhava para a câmera, atordoado, da porta de um bar — achei que na esquina do passeio do Prado —, com o rosto ensanguentado. Fascistasfilhosdaputa, dizia, sufocado. Sem especificar quem era. Em volta, mais gente correndo. Porrada e fumaça. E um policial, que vários manifestantes de rosto tapado por mangas e capuzes conseguiram isolar, levando socos e chutes. As últimas, na cabeça. Cloc, cloc, cloc. Seu capacete havia caído, ou o arrancaram, e era quase possível ouvi-los ecoar. Cloc, cloc. Os chutes. Depois daquelas imagens, com um sorriso mecânico que parecia fazer parte da maquiagem, a âncora mudava de cenário. E agora — o mesmo sorriso, reavivado — vamos ao Afeganistão. Bombas dos talibãs. Do nosso correspondente, ao vivo. Quinze mortos e quarenta e oito feridos etc.

Depois de lavar o prato e os talheres, liguei o computador. Nos últimos três dias eu tinha reunido material de várias fontes — internet e arquivos pessoais — numa pasta chamada "Sniper": matérias pesquisadas no Google, vídeos baixados do YouTube, um documentário dos anos oitenta sobre o grafite madrileno intitulado *Escrever nas paredes*. Uma das subpastas, intitulada "Lex", continha minha tese, concluída quatro anos antes, para o doutorado em história da arte pela Universidade Complutense de Madri. *O grafite:*

uma criptografia alternativa. Dei uma olhada nas primeiras linhas da introdução:

> O grafite atual é o ramo artístico ou vandálico, conforme se olhe, da cultura hip-hop aplicada em superfícies urbanas. O nome abarca tanto a simples assinatura, ou *tag*, feita com marcador de texto, quanto obras complexas que penetram por direito próprio no terreno da arte; embora os grafiteiros, seja qual for seu nível de quantidade e qualidade, costumem considerar qualquer ação urbana como expressão artística. O nome vem da palavra italiana *"graffiare"* ou "rabiscar", e, em sua versão contemporânea, surgiu nas grandes cidades dos Estados Unidos no fim da década de 1960, quando ativistas políticos e gangues de rua usaram muros para manifestar sua ideologia ou demarcar territórios. O grafite se desenvolveu sobretudo em Nova York, com o *bombing* ("bombardeio", um jargão do mundo do grafite) de paredes e vagões de metrô com nomes e apelidos. No começo da década de 1970, o grafite era apenas uma assinatura, e entrou na moda entre adolescentes, que começaram a escrever seu nome em todos os lugares. Isso tornou necessária uma evolução do estilo a fim de diferenciar um dos outros, e com isso foram abertas inúmeras possibilidades artísticas com uma variedade de letras, obras e lugares escolhidos para pintar. Marcadores de texto e sprays facilitaram a atividade. A reação das autoridades reforçou seu caráter ilegal e clandestino, transformando os grafiteiros em muito mais territoriais e agressivos.

Agora o velho Chet sussurrava outra canção. *The wonderful girl for me. / Oh, what a fantasy*. Olhei em volta, desconcertada, como se tivesse, de repente, dificuldade em reconhecer minha própria casa. Nas estantes e mesas cheias de livros de arte e desenho — que também estão amontoados no corredor e no quarto, dificultando a passagem — havia algumas fotos. Lita aparecia em duas delas. Em uma, sem moldura e apoiada nas lombadas azuis e douradas do *Summa Artis*, estávamos juntas no terraço do Zurich de Barcelona, sorridentes — talvez aquele fosse um dia feliz —, sua cabeça com os cabelos recolhidos em um rabo de cavalo e apoiada no meu ombro. A outra, minha favorita, estava atrás do vidro de um porta-retratos, sobre uma pilha de livros grandes que uso como mesa auxiliar, coroada pelo Helmut Newton da Taschen e o *Street Art* editado pela Birnam Wood: Lita numa foto noturna, furtiva, de má qualidade e mal iluminada, posando diante do bico recém-pintado da locomotiva de um AVE, numa via secundária do terminal de Entrevías.

> O grafite europeu veio dos Estados Unidos. A princípio, estava bastante relacionado à cultura musical, com a qual mantém fortes vínculos: roqueiros, metaleiros, música negra. A Madri da década de 1980 foi o núcleo pioneiro do grafite autóctone espanhol, onde se destacou a figura lendária de Juan Carlos Argüello, um roqueiro do bairro de Campamento que assinava Muelle e morreu de câncer aos 29 anos. A maioria de seus grafites (em Madri só restam dois: um em um túnel da estrada de ferro de Atocha e o outro no número 30 da rua Montera) foi destruída pelo serviço de limpeza municipal, mas sua atividade inspirou uma multidão de seguidores, que, no começo da década de 1990, iria se estender com caráter quase viral a partir de Madri e Barcelona, dando passagem a um estilo de grafite mais complexo, diretamente influenciado pela cultura hip-hop norte-americana.

Durante um tempo fiquei observando a foto por cima da tela do computador. Tinha sido tirada por um companheiro de Lita com uma câmera Olympus e um flash fraco, de muito longe, às pressas, antes de o garoto sair correndo para o caso de a luz — a prova da façanha, destinada ao fanzine de cada um — alertar os guardas da estação. Quase tudo estava coberto pelas sombras, exceto algumas luzes distantes e o reflexo repentino do clarão na pintura vermelha e preta que cobria de assinaturas, repetidas com fúria várias vezes, a parte dianteira da locomotiva — tratava-se de uma incursão rápida e em zona hostil, sem intenção de fazer arte: Sete9, nome do colega de aventura que tirou a foto, e Espuma, a *tag* de Lita. De jeans e casaco com zíper, a cabeça coberta pelo lenço com que prendia os cabelos para não os sujar de tinta, uma mochila aberta e três latas de spray no chão, ela apoiava um pé calçado com tênis num trilho da via, tinha os olhos avermelhados pelo efeito do flash e mal era possível reconhecê-la por causa da iluminação precária, a não ser por dois detalhes: seu olhar e seu sorriso. Aquele olhar avermelhado transluzia uma estranha felicidade, absorta ensimesmada, que eu conhecia muito bem — eu a tinha visto em seus olhos quando nos olhávamos bem de perto, pele com pele, recuperando o fôlego depois de um abraço íntimo. Quanto ao sorriso, este era inconfundível, muito próprio de Lita: abstraído, ingênuo, quase inocente. Como o de uma criança que olhasse para trás no meio de um jogo complicado ou difícil, talvez perigoso, à procura da aprovação dos adultos que estão observando. Esperando um elogio ou um carinho.

> A interação entre as várias manifestações da arte urbana tende a confundir os limites entre o grafite e outras atividades plásticas realizadas nas cidades, ao ar livre. Em essência, embora os materiais e as formas coincidam com frequência, inclusive se influenciando mutuamente, o que diferencia o grafite puro de outras atividades relacionadas à arte urbana, mais ou menos toleradas ou domesticadas, é seu agressivo caráter individualista, de rua, transgressor e clandestino. Inclusive a expressão "causar dano" aparece com espantosa frequência nas declarações de alguns dos grafiteiros mais radicais.

Abri as janelas e fui ao balcão, e o frio me fez estremecer. Embora talvez não fosse o frio, ou não completamente. Tinha parado de chover. Às minhas costas, Chet tinha voltado a sussurrar *Whenever it's early twilight / I watch 'til a star breaks through*, e três andares abaixo, no meio dos galhos nus das árvores, luzes amareladas iluminavam os automóveis estacionados e o asfalto reluzente. Olhei para a direita, para as escadas do arco de Cuchilleros, onde estava agachado o vulto escuro e imóvel de um mendigo. *Funny, it's not a star I see. / It's always you.* Depois olhei para o céu negro; as estrelas amorteciam o brilho noturno da cidade. Do telhado ou do balcão situados sobre minha cabeça, uma gota de chuva tardia caiu no meu rosto, cruzando-o como uma lágrima.

    Quando voltei para dentro, eram onze e quinze da noite. Apesar da hora avançada, peguei o telefone, liguei para Mauricio Bosque e disse que aceitava o trabalho.

2
Se é legal, não é grafite

O inspetor-chefe Luis Pachón pesava cento e trinta quilos e por isso seu pequeno escritório — uma mesa com computador, três cadeiras, arquivos, uma placa de mármore na parede com o escudo da corporação e um calendário com fotos de cães policiais — mal conseguia acolher a corpulência de seu ocupante. E aumentava a sensação de falta de espaço o fato de uma das paredes estar decorada, do chão ao teto, com um mural executado com spray no mais violento estilo de grafite. A retina de quem entrasse era golpeada, agredida muito de perto por uma explosão de traços e cores que levava, de maneira fulminante, da surpresa ao desconcerto. Atrás de sua mesa coberta de papéis e pastas, com as mãos placidamente cruzadas em cima da barriga, Pachón observava o efeito daquela parede com uma expectativa maligna, desfrutando as reações daqueles que entravam pela primeira vez em sua sala.

Mas esse não era o meu caso. Havíamos nos conhecido anos antes, quando o visitava com frequência por causa da minha tese de doutorado. Agora éramos amigos e quase vizinhos: petiscávamos bacalhau empanado e vinho tinto no bar Revuelta, a poucos metros da minha casa. Era um sujeito simpático, brincalhão, e ninguém na Brigada de

Informação se lembrava de alguma vez tê-lo visto de mau humor. Ele havia encomendado o grafite da parede a um jovem que tinha sido preso enquanto danificava um trem na estação de Chamartín. Meu garoto — costumava chamá-los de seus garotos — era muito bom, dizia. Com um *wildstyle* intenso, forte. Com muito talento para o delito. Foi assim que chegamos a um acordo. Vou fazer um favor para você se decorar essa parede para mim, disse ele. O garoto fez o grafite em quinze minutos, com as latas de spray que estavam na mochila, enquanto eu descia para tomar um café. Quando subi, dei uma palmadinha no ombro dele, comentei que parecia coisa de cinema e apontei para a porta. Uma semana depois o artista aterrissava aqui de novo — o urso e o medronho da Porta do Sol estavam lamentáveis —, e dessa vez eu enfiei as latas de spray no rabo dele: mil e quinhentos euros de multa, que seu papai pagou. Mas aí está a parede. Eu gosto dela. As pessoas ficam incomodadas, é claro. Assim que entram. E, quando me trazem algum grafiteiro pego em flagrante, ele fica desconcertado. Pelo inesperado. Isso me ajuda a destruir seu moral. Veja se eu compreendo você, meu filho. O que vai me dizer? Tudo isso.

— Sniper — eu disse ao me sentar.

Ele ergueu as sobrancelhas, achando estranha essa introdução lacônica. Eu tinha pendurado a bolsa — sempre uso bolsas grandes, de couro — nas costas da minha cadeira e estava desabotoando a jaqueta impermeável.

— O que tem ele?

— Eu quero saber onde ele se meteu.

Pachón deu uma gargalhada alegre e benévola. Típica dele.

— Quando você souber, me conta. — Sua papada ainda tremia pelo efeito da gargalhada enquanto ele me encarava, debochado. — E depois a gente visita junto Lorenzo Biscarrués e fica rico. Ele disse que pagaria muita grana para quem desse pistas sobre esse cara.

— Você quer dizer que não sabe onde ele está?

— Para ser exato, e com o rigor profissional que me é característico, eu quero dizer que não faço a menor ideia.

— A polícia não tem nada contra ele?

— Nada, que eu saiba. E a polícia sou eu.

— Nem mesmo com a história do filho de Biscarrués?

— Nem com essa nem com o resto. A história do garoto fez mais barulho por ele ser quem era, mas houve outros antes.

— Se a ideia do que aconteceu partiu de Sniper, ele também é responsável, não? — argumentei.

Pachón estalou a língua.

— A gente deu muita volta procurando um jeito de encaixar Sniper em alguma coisa. Para que ele pagasse pelo que tinha feito. Você deve fazer alguma ideia da pressão que o pai do garoto fez. Mas nada. A responsabilidade de Sniper é relativa. Não se sustenta juridicamente. Ele não atua nem acompanha. Indica objetivos, e depois cada um faz o que bem entende. As redes sociais facilitam as coisas.

— E o pai? Qual é a posição legal dele em tudo isso?

— Ele não fez declarações públicas. Nunca. Qualquer um sabe que ele está mexendo os pauzinhos, e olha que ele tem muitos pauzinhos para mexer, para encontrar o homem que ele considera o assassino do filho, que jurou sobre as cinzas do menino e que continua nisso. Mas é um assunto em aberto. Não se sabe como vai acabar.

— E, além do mais, Sniper nem sequer está na Espanha.

— É o que dizem. — Pachón me estudou com curiosidade, avaliando se eu estava bem informada. — Mas, na verdade, como eu disse, ninguém sabe de nada.

— Mas eu vi alguma coisa na internet. A história do Tâmisa... Ou a da ponte Metlac de Veracruz, no México. Tem alguns meses.

— É possível — confirmou depois de uma pausa de quatro segundos. — Dezenas de garotos arriscando a vida e um adolescente morto ao cair de um prédio. Atribuem a iniciativa a Sniper, mas ninguém consegue provar. Nem sequer consta que ele estava na região dessa vez. Mas tanto faz. É só circular o boato de que é uma proposta dele e todos correm. Ninguém quer ficar para trás.

Recordei as imagens de Veracruz: garotos muito jovens gravando em vídeo uns aos outros enquanto caminhavam bem devagar pela estreita cornija da estrutura de sustentação da ponte, grudados no muro de concreto armado. Pintando com seus sprays, mal podendo desgrudar da parede, pois qualquer movimento em falso os lançaria no vazio. Grafiteiros de todo o México surgiram em massa, depois que uma iniciativa atribuída a Sniper os tinha convocado a manifestar na ponte suas opiniões contra a violência assassina do narcotráfico.

— E o que tem em Portugal?

Pachón olhou para as próprias mãos e sorriu um pouco.

— Tem quem jure que ele se refugiou lá quando Biscarrués colocou sua cabeça a prêmio, mas não existe nada comprovado. Nem é assunto meu. — Ele ergueu a cabeça para me dirigir um olhar cúmplice. — Suponho que você esteja se referindo ao que aconteceu recentemente em Lisboa.

— Sim. A Fundação Saramago e o resto, oito semanas atrás.

Pachón coçou o nariz sem abandonar o sorriso plácido. Com esse mesmo sorriso ele prendia os grafiteiros na estação de Atocha, depois de reconhecê-los andando pelas plataformas — era fácil, pois carregavam mochilas e olhavam para todo lado em busca de um lugar onde pudessem pintar —, da mesma forma que eles o reconheciam. Fulano, gritava. Eu sou Pachón e você está ferrado. Espero você amanhã na delegacia às nove. E lá estavam no dia seguinte. Resignados. Pontuais. Nos álbuns de fotos e no computador que tinha sobre a mesa, Pachón guardava centenas de fotos com a caligrafia de *writers*. Depois de todos aqueles anos, ele era capaz de identificá-los pela letra e pelo estilo, mesmo que não assinassem os *pieces* ou mudassem de *tag*. Esse é Pocho, o de Alcorcón. Esse é U47 imitando Pocho. E por aí vai.

— A história de Lisboa foi uma *jam*, um encontro de grafiteiros em toda a parte alta. Disseram que era coisa dele e que esteve lá pessoalmente, organizando o evento. O *bombing*. Dessa vez, por sorte, sem acidentes. Mantive contato com os meus colegas lisboetas para ver se me contavam alguma coisa interessante; mas foi o de sempre: todo mundo falou de Sniper, mas ninguém deu nenhuma contribuição concreta. Um grafiteiro é como um piromaníaco: ele tem que ficar por perto para saborear o que fez. Mas com Sniper é diferente: ele nunca age segundo os parâmetros habituais. Nunca se sabe.

— Você tem como me colocar em contato com alguém de Lisboa?

— Eu tenho um amigo lá que pode contar mais, se for do seu interesse. Ele se chama Caetano Dinis. É diretor-geral da Luta Contra os Mais Fabulosos Grafites do Universo, ou algo assim. Dito de forma mais curta: Departamento de Preservação do Patrimônio.

— Policial?

— Funcionário público. De certo nível.

— Esse me interessa.

— Então anota aí, vai.

Anotei o nome do português e Pachón prometeu que ligaria para ele a fim de preparar o terreno.

— Você acha mesmo que Sniper está escondido em Portugal?

— Eu acho que poderia estar. Ou ter estado. Umas piranhas lisboetas, As Irmãs, dizem que chegaram a vê-lo quando aconteceu a história do Saramago, que passaram uma noite com ele.

Concordei. Eu sabia quem eram As Irmãs. Elas tinham exposto em galerias importantes e fizeram sucesso. E se expunham na internet. Eram daquelas afortunadas que se tornavam famosas, no meio do caminho entre a arte ilegal e o mercado que cada vez mais as via com complacência. Não eram oportunistas que precisavam mentir para se dar importância.

— Por que tanto interesse por Sniper? — perguntou Pachón.

— Eu estou preparando um livro sobre grafite.

— Ah.

Ele olhou, sonhador, para o arquivo que estava na parede oposta ao mural. Em cima dele, como se fossem troféus, havia meia dúzia de latas de spray de modelos clássicos: Titán, Felton, Novelty. Todas usadas e sujas de tinta. À sua maneira, Pachón era um caçador de escalpos. Aquele trabalho o empolgava. Muito.

— Em Lisboa, os grafiteiros têm uma estrutura poderosa — explicou. — Sniper seria bem acolhido e o ajudariam a se esconder.

— Vocês continuam sem saber quem ele é?

— Sim.

— Me diz a verdade, vamos. Não mente para mim.

Estou dizendo a verdade, protestou. Calculam que Sniper tenha pouco mais de 40 anos. É alto, magro. Tem boa forma física, pois mais de uma vez escapou de seguranças e guardas, graças às pernas, pulando cercas e coisas assim. E isso era tudo. Algumas velhas fotos borradas e gravações de câmeras de segurança de um sujeito encapuzado destruindo vagões do metrô, algo no Museu Thyssen e um vídeo amador feito há quinze anos, no qual ele era visto de costas, às três da madrugada, cobrindo com o círculo de franco-atirador as vidraças de uma agência do banco BBV na calçada da Castellana em Madri.

— É verdade que ele nunca foi preso?

Pachón virou as palmas das mãos para cima.

— Teria sido mais fácil no começo, mas ninguém o prendeu. Quando um grafiteiro está começando, é fácil de localizar. É possível supor onde mora pela área onde ele faz estudos das suas *tags*, porque elas formam uma rede que se estende a partir de sua casa. E pode seguir as *tags* de trás para a frente, como o rastro de sangue de um assassino. Às vezes o portal de onde ele mora, a escada e até a porta do apartamento estão assinados. Mas, como eu disse, isso só funciona com iniciantes. E nessa época da vida Sniper teve muita sorte.

Pachón fez uma pausa deliberada e sorriu, e o sorriso desmentia suas últimas quatro palavras. Dependendo de quem e de como você é, interpretei, boa parte da sua sorte é você mesmo quem faz. À força.

— Teve uma época em que teria sido bom capturar Sniper — continuou. — Foi em meados dos anos noventa, quando ele estava obcecado com o metrô e os trens. Se a gente tivesse conseguido prendê-lo nessa época, teria recorrido ao truque de aumentar os estragos causados e acusá-lo de prática reiterada, lucro cessante e coisas assim.

— Qual é a diferença?

— Isso faria o assunto passar de simples contravenção a crime. Mas nunca conseguimos pegá-lo. O sujeito era esperto. Muito frio e muito esperto. Dizem que quando se interessou pelos trens até fazia maquetes para planejar suas ações. Chegou a ser um expert nos horários dos trens do subúrbio. Nessa época ele já andava com outros grafiteiros, organizando o grupo muito bem. Para esses ataques maciços, chegou a reunir dez ou doze colegas. A tática era quase militar. Ou sem o quase. Verdadeiras ações de comando, minuciosamente planejadas.

Ele apertou o botão do interfone e pediu à secretária que lhe trouxesse um álbum de fotos. A secretária era uma loira — tingida — de pernas longas, quase espetacular, com distintivo da polícia e um coldre vazio no cinturão do jeans; e, um palmo e meio mais acima, uma anatomia contundente. Pachón se divertia e a fazia passar diante dos meus olhos como costumava fazer quando seus visitantes eram homens. A ajudante — Mirta era seu nome — permitia que ele fizesse isso, benevolente, e, nos dias em que usava decote, colaborava inclinando-se um pouco mais que o necessário sobre a mesa. Mirta trouxe o álbum, me dedicou um sorriso cúmplice, debochado, e saiu da sala com os olhos de Pachón melancolicamente atentos ao seu quadril.

— É assim, todo dia. — Pachón suspirou. — Você imagina, Lex?

— Imagino.

— É difícil a vida do servidor da lei.

— Estou vendo.

Ele ergueu a mão de afastar tentações, onde brilhava sua aliança de casamento, e com ela foi virando as páginas do álbum. Trens e mais trens, vagões de metrô pintados de ponta a ponta. *End to end* era como chamavam isso, eu sabia. No linguajar dos grafiteiros, significava de um extremo ao outro. Já pintar vagões de cima a baixo, janelas incluídas, era *top to bottom*. O grafite tinha jargões específicos alimentados pelo inglês, tão precisos quanto os militares ou os da Marinha.

— Sniper entrou para a história em 1995, quando inventou o *palancazo*. — Pachón apontava com o dedo gorducho para algumas das fotos. — Depois de estudar o percurso e escolher o cenário, ele subia no trem. E, quando chegava ao lugar onde os outros estavam esperando, prontos para a emboscada, puxava a alavanca de emergência, parava o trem, descia do vagão pelo engate e eles pintavam por fora, na frente dos passageiros, ele e mais meia dúzia de grafiteiros. Depois fugiam correndo.

Pachón virava as páginas do álbum, apontando para as imagens dos primeiros vagões de trem e metrô pintados por Sniper. Algumas peças eram notáveis, tive que reconhecer. Executadas com umas letras grandes, sangrentas, maravilhosamente perfiladas com o bico *fat cap*. Quase feroz.

— Ele sempre foi agressivo, até no estilo — apontou Pachón. — Eu preferia que o chamassem de vândalo a artista.

— E, no entanto, ele era bom. Desde o começo.

— Muito.

Examinei outras fotos. Às vezes, uma legenda escrita acompanhava o assunto. "Só outro escritor pode me julgar", sentenciava uma frase sobre um fundo prateado, embaixo de uma mão aberta com os dedos manchados de vermelho brilhante, cor de sangue. "Kague fora", sugeria outra, ameaçadora. Ao lado da *tag* de Sniper às vezes havia uma segunda assinatura: Topo75, foi o que li. Trabalhos feitos em parceria, supus. E, talvez por isso, medíocres. Os melhores grafites eram os individuais; aqueles que tinham a marca circular, em preto e branco, de um franco-atirador. Reparei que ainda não havia ali as *calacas*, as fúnebres e humorísticas caveiras mexicanas que acabariam sendo seu principal motivo. Eram todos trabalhos anteriores.

— A história dos trens estava ficando mais séria — comentou Pachón. — E o pessoal da Renfe ficava louco de raiva. Além disso, isso, sim, transformava a contravenção em crime, porque parar um trem era atentar contra a ordem pública, sequestrar passageiros e, às vezes, causar danos físicos. Mais de uma vez alguém caiu no chão e quebrou alguma coisa.

Ele olhou mais uma vez, pensativo, para as latas de spray usadas que estavam expostas em cima do arquivo. Seu sorriso tinha ficado melancólico.

— Se eu o tivesse pegado naquela época, pelo menos ele teria sido fichado. A gente teria suas impressões digitais e sua foto. Mas nem isso.

Pachón não parecia lamentar tanto assim, concluí com alguma surpresa. Na verdade, a melancolia nem sempre é um lamento. Perguntei-me até que ponto os sentimentos de Pachón a respeito de Sniper eram ambíguos.

— E nenhum dos grafiteiros que você prendeu o identificou?

— Poucos viram a cara dele. Quando Sniper agia, ele sempre se cobria com o capuz ou a touca ninja. Além disso, e é assim até hoje, ele inspirava estranhas lealdades. Você sabe que esses garotos têm suas regras: os poucos que o conhecem se recusam a contar qualquer coisa. O que, naturalmente, vai atiçando a lenda. Só conseguimos confirmar que ele é madrileno e que viveu durante um tempo no bairro de Aluche. E isso porque seu único colega conhecido, um rapaz que assinava Topo75, era de lá e fazia a mesma coisa na época.

Apontei para o álbum de fotos.

— O sujeito dos grafites feitos em parceria?

— Esse mesmo. Eles começaram juntos no fim dos anos oitenta, mas só se afastaram em noventa e cinco. Você sabe quem eram os *flecheros*?

— Claro. Os caras que faziam grafite aqui, em Madri. Seguidores do lendário Muelle: Bleck la Rata, Glub, Tifón e os outros. Eles assinavam com uma flecha embaixo do nome.

— Exatamente. Sniper era um deles, no começo. Antes de começar a agir por conta própria.

— E o que se sabe sobre o tal do Topo? Ele continua ativo?

— Ele se reciclou, virou um artista formal, mas de pouco sucesso.

— Eu nunca ouvi falar dele.

— Por isso eu disse "de pouco sucesso". Agora ele é dono de uma loja de latas de spray, marcadores, camisetas e coisas assim. Às vezes pinta portas de aço de lojas para comerciantes que querem protegê-las de grafiteiros enlouquecidos, ou paredes de colégios do subúrbio. O nome da loja é Radikal. Fica na rua Libertad.

Anotei tudo na minha caderneta.

— Esse sim chegou a conhecê-lo, naturalmente. No entanto, até onde sei, nunca disse nada sobre sua identidade. A lealdade de Topo é outra dessas típicas de que estou falando: quando você menciona a possível identidade de Sniper, ele fica mudo.

Eu me levantei e enfiei a caderneta na bolsa, que pendurei no ombro, perguntando-me até que ponto o próprio Pachón poderia ser cúmplice daquelas singulares lealdades a que se referia. Afinal de contas, concluí, não há caça que não acabe afetando o caçador. Sem se mexer de sua cadeira, acentuou o sorriso benévolo, se despedindo. Enquanto vestia a jaqueta, apontei para a parede do mural.

— Você realmente não fica com dor de cabeça tendo isso aí a três metros dos seus olhos?

— Ora, não, veja bem. Isso me faz pensar.

— Pensar? Pensar no quê?

Pachón suspirou com agradável resignação. Em seu sorriso surgiu um clarão retorcido. Algo muito breve, simpaticamente maligno.

— Nos quatorze anos que ainda faltam para eu me aposentar.

Eu lhe dei dois beijos no rosto e me dirigi à porta. Caminhava até ela quando Pachón disse mais uma coisa.

— Esse sujeito, Sniper, sempre foi diferente dos outros. Basta ver a evolução dos seus trabalhos. Ele teve isso claro desde o início. Ele tinha uma ideologia, você entende? Ou acabou descobrindo que tinha.

Parei por um momento no umbral, interessada. Nunca havia pensado desse ponto de vista.

— Uma ideologia?

— Sim. Você sabe, essa coisa que atrapalha o sono à noite. Estou convencido de que Sniper é um daqueles que sempre dormem mal.

Esse bisbilhoteiro sabe quem ele é, intuí de repente. Ou imagina. Mas não vai me contar.

Eva dormia ao meu lado, de barriga para cima, respirando suavemente. Observei por um tempo seu perfil imóvel, a perspectiva da parte superior de seu corpo esboçada pelo brilho das luzes da rua. O relógio da mesa de cabeceira marcava uma e quarenta e três. Minha cabeça doía — tínhamos bebido uma garrafa inteira de Valquejigoso no jantar — e assim me levantei para procurar uma aspirina e um copo d'água. Encontrei a caixa num pequeno estojo que Eva tinha no banheiro, tirei a escova de dentes do copo plástico, abri a torneira da pia e deixei a água escorrer. Eu estava nua e descalça, mas o chão de madeira e os aquecedores mantinham a casa quente. Esperando a aspirina dissolver, caminhei com o copo na mão, de volta ao quarto. Olhei de novo para Eva adormecida e me aproximei da janela. A rua San Francisco terminava a poucos passos dali, na praça da igreja homônima. O apartamento ficava no primeiro andar do prédio, e a luz de um poste próximo incidia diretamente sobre a janela. Afastei as cortinas para dar uma olhada na rua, e nesse momento vi a chama de um fósforo ou de um isqueiro brilhar dentro de um dos carros estacionados do outro lado da rua. Um casal se despedia, imaginei, sem pensar muito nisso. Ou algum vizinho tresnoitado que tinha acabado de estacionar e acendia um cigarro antes de ir para casa.

Tomei a aspirina dissolvida, abandonei o copo e fiquei olhando para Eva por um tempo. O brilho externo, filtrado pelas cortinas, perfilava o contorno de seu corpo na cama. Os lençóis, ainda revoltos e amassados, cheiravam a mim e a ela, da mesma forma que meus lábios, meu sexo e minhas mãos. À nossa carne, nossa saliva e nosso cansaço. Também ao amor intenso, tão abnegado quanto dependente, que ela sentia por mim. À entrega delicada e generosa de sua pele suave. Ao seu ciúme instintivo, alimentado pelo medo incessante de me perder. A tudo aquilo, enfim, que revelava diante de mim com uma submissão absoluta, às vezes excessiva, a que eu só podia corresponder com minha lealdade sentimental — no sentido social do assunto — e minha eficiência física nos momentos íntimos. Com a certeza, de certa maneira analgésica, de que sua companhia era a melhor coisa que eu poderia ter encontrado nessa etapa da minha vida. Que seu senso de humor e inteligência eram admiráveis, e que seu corpo pequeno, atraente, deliciosamente moldado por seus 29 anos, me oferecia toda a ternura e prazer que uma mulher poderia esperar de outra. Podíamos dizer que éramos um casal há oito meses, embora cada uma vivesse em sua própria casa e à sua maneira. Pedir que a amasse, no sentido convencional do termo, já era outra questão. Outra paisagem. E esse não é o lugar para detalhar paisagens.

Com a dor de cabeça, meu sono foi embora. Peguei um roupão no banheiro, fui para o escritório de Eva e me sentei diante do computador. Durante a hora seguinte naveguei na internet seguindo mais uma vez o rastro de Sniper. Tinha referências à fase inicial, quando agia ao lado de Topo, no fim dos anos oitenta; havia algumas fotos dos seus grafites da época. Vagões de trem e metrô, tapumes, paredes. Organizadas cronologicamente, era possível apreciar nelas a evolução do simples grafite inicial até chegar aos trabalhos complexos, corrosivos, que transbordavam imaginação, da última década. Chamava atenção a presença de crânios mexicanos em sua obra a partir da metade dos anos noventa. Uma viagem ao México, assinalava um dos textos. Descobertas deslumbrantes, cores impossíveis e violência crua. México. Aquelas feições de esqueleto agora frequentes, ao lado do alvo de um franco-atirador ou substituindo rostos conhecidos em obras clássicas que costumava parodiar com mensagens alternativas, davam um novo caráter, sinistro, aos seus grafites. E o termo terrorismo urbano vinha à minha mente com uma facilidade inquietante. Um vídeo do YouTube mostrava outra das poucas imagens conhecidas de Sniper em ação: datada de abril de 2002, a imagem cinzenta e turva de uma câmera de segurança mostrava um homem magro e alto, com a cabeça coberta pelo capuz de um casaco, que usava um estêncil e uma lata de spray e imprimia rapidamente, numa parede do Museu Thyssen, uma reprodução estilizada de *O cambista e sua mulher*, de Marinus van Reymerswaele; a cabeça dos dois personagens havia sido substituída por caveiras e as moedas, por miras de franco-atirador. Consciente da presença da câmera de vigilância, e como uma forma de desafio, Sniper ainda tinha se permitido concluir a obra com uma linha em formato de flecha pintada no chão, que ia da câmera à obra impressa. Como se indicasse à lente em que direção devia olhar.

Imprimi algumas coisas interessantes — entre elas, detalhes da recente atuação em Lisboa, que havia causado grande alvoroço —, desliguei o computador e voltei para o quarto. Eva ainda dormia. Antes de tirar o roupão e me deitar ao seu lado, grudada nela, eu me aproximei de novo da janela e contemplei a rua deserta. No carro estacionado em frente ao prédio, onde tinha visto brilhar a luz de um isqueiro ou de um fósforo, achei que percebia o movimento de uma sombra. Prestei atenção durante um tempo para confirmar, mas não vi mais nada. Minha imaginação, supus. Deixei a cortina cair e fui dormir.

Sempre gostei da rua Libertad, e não só pelo nome. Fica no centro de Madri, no coração de um bairro popular, de estilo jovem, a meio caminho entre a boemia e a tradição contestadora, contra o sistema. Há ateliês de tatuagem, herbolários, lojas chinesas, couros marroquinos e livrarias feministas radicais. Como o restante da cidade, a região foi maltratada pela última crise econômica — algumas lojas continuam fechadas, com folhetos publicitários se amontoando na poeira do chão diante de cadeados, portas de vidro sujas e vitrines desoladamente vazias. Sobre os vidros, vão se sobrepondo crostas de cartazes colados que anunciam concertos de Manu Chao, Ojos de Brujo ou Black Keys. Essa é mais ou menos a cor local. O ambiente. Quanto ao resto, as únicas coisas da rua que parecem realmente prósperas são os bares. Radikal, a loja de Topo75, era ladeada por dois bares e ficava em frente a outro. Naquela tarde, passei um tempo no bar diante da loja, apoiada no balcão, ao lado da porta, estudando o local pela duração de duas cervejas. Depois entrei e conheci o dono da loja.

— Por que Topo?
— Por causa do metrô de Madri. Eu gostava de escrever lá.
— E o número?
— Foi o ano em que nasci.

Era um sujeito magro, desalinhado, de queixo fugidio e pomo de adão proeminente. Costeletas hirsutas se uniam ao espesso bigode, mas o cabelo começava a ficar ralo. Seus olhos eram pequenos e tristes, da cor de pelo de rato. Começamos conversando um pouco a respeito de tudo — eu tinha lhe perguntado, para aquecer os motores, sobre qualidade de algumas marcas de spray e bicos — e depois conduzi a conversa até Sniper. Para minha surpresa, ele não se mostrou desconfiado. Perguntou à queima-roupa qual era o meu interesse e eu respondi. Estou preparando um livro etc. E eu com isso?, foi a outra pergunta.

— Você também faz parte — menti. — Houve uma época em que vocês dois fizeram história. Juntos.

Isso pareceu lhe agradar. Às vezes éramos interrompidos por algum cliente à procura de uma coisa ou outra e Topo me pedia desculpas e ia atendê-lo. Um mensageiro jovem, com corte moicano, entrou apressadamente, porque seu furgão tinha ficado mal estacionado, e comprou uma lata de spray Hardcore prata e outra azul-ártico. Quatro crianças de 10, 12 anos esvaziaram seus bolsos e se equiparam com *markers* Krink de traço grosso que, sem dúvida, iriam se transformar em flagelo em seus colégios e arredores nos próximos dias. Um homem bem-vestido, de modos muito corretos, entrou acompanhando seu filho adolescente, permitiu que escolhesse uma dúzia de latas de spray das marcas mais caras e pagou com cartão de crédito. Aproveitei as interrupções para examinar a loja e seu proprietário: prateleiras cheias de tubos de tinta, livros de grafite, *markers*, bonés, camisetas e casacos de grandes marcas, com folhas de maconha, símbolos anarquistas ou frases contra o sistema. Uma camiseta irreverente com a Virgem Maria grávida e a frase "Alguma coisa ela deve ter feito" chamou minha atenção.

— Eu e Sniper crescemos no bairro de Aluche — acabou me contando Topo quando nos concentramos no assunto. — A gente gostava das mesmas músicas e de escrever nas paredes. Era a época de La Polla Records, Barón Rojo... A gente esboçava nossas *tags* nos cadernos da escola e depois passou a escrever em tudo que é canto. Naquela época éramos *flecheros*. A gente assinava embaixo de Muelle, imitando sua espiral: com *markers* Edding, Posca, Pilot, cola Camaleón, muitos tubos de esmalte. Fazia *throw-ups* em cartazes, vagões, rabiscava vidros. Arrebentávamos os lugares. A ideia era a seguinte: que as pessoas falassem da gente, mesmo sem conhecer. Os professores nos davam pescoções, a gente apanhava dos nossos pais quando chegava em casa. E agora, veja só, tem pais que vêm comprar lata de spray com os filhos. Até moleques com dinheiro, como você viu. Com seus papais. As coisas mudaram muito.

Era loquaz, apesar do queixo arisco. Topo. Agora ele era chamado de outra forma. Tinha nome e sobrenome. Até me deu seu cartão, com o nome da loja. A velha *tag*, concluí, combinava bem com seus olhos cinzentos e o perfil que se assemelhava a um focinho afilado. Antes de passar por ali, eu tinha pesquisado seus antecedentes: tentativa posterior à relação com Sniper de fazer arte de rua por conta própria, integração em iniciativas municipais que nunca foram adiante, oficinas subvencionadas de formação de jovens artistas, talento e obra medíocres, prospecção de donos de galeria, pouca sorte. Fracasso. Outros, como Zeta, Susso33 e alguns contemporâneos, conseguiram se integrar e administrar o sucesso, inclusive sem abandonar completamente a rua. Topo não. Tinha passado dez anos sem se aproximar furtivamente de uma parede com uma lata de spray na mão. Em cima do balcão havia folhetos de outros serviços do estabelecimento. Dei uma olhada: decoração de garagens com grafites, de portas de aço e até de maquiagem e tatuagem. Apesar do aspecto radical, tudo desprendia um cheiro civilizado, de resignação em troca de um prato de comida. O peso da vida domesticando tudo.

— Naquela época, uma lata de spray custava seiscentas pesetas — continuou contando Topo. — E por isso a gente roubava material em lojas de ferragens. Quando começamos a nos atrever a fazer grafites complicados, passamos a modificar os bicos dos tubos para obter traços grossos. Depois vieram tintas de outras cores, latas com pressão melhor e havia vários tipos de válvulas para controlar a saída da tinta: Felton, Novelty, Dupli-Color, Autolac... A gente fazia maravilhas com tudo aquilo. Nós mesmos misturávamos as cores, congelando um dos tubos. Isso permitia que a gente fizesse em vinte minutos trabalhos que antes levavam uma hora. Sniper gostava de escrever num estilo pomposo, em tons de azul e fundo roxo ou vermelho, com letras cercadas de preto. E usava os brancos e os prateados como ninguém. Ele era muito bom nisso. E você sabia que ele é canhoto? Aqueles brancos e prateados deram muita fama para ele. No começo assinava Quo porque gostava da banda Status Quo. "In the Army Now" e músicas desse tipo. Depois teve a ideia do Sniper.

— Vocês tinham regras ou topavam qualquer parada?

— A gente esteve com Muelle algumas vezes, e ele era muito disciplinado. Muito nobre. Muelle disse uma coisa que a gente nunca esqueceu: "Devolvemos à cidade o oxigênio que é roubado pelas latas de spray que não carregam tinta." Para ele também era uma questão de respeito. Saber onde era possível pintar e onde não. O grafite é um mundo fora da lei, mas existem leis que todo mundo conhece. Respeitar monumentos públicos, saber que não se rabisca em cima do grafite de outro grafiteiro, a menos que se queira começar uma guerra... Eu era mais cuidadoso com isso, mas Sniper não respeitava quase ninguém e estava se lixando se rabiscassem em cima dele.

Exibiu os dentes numa expressão frouxa e o cinza dos seus olhos, como um rato, pareceu ficar um pouco mais claro.

— Pinto para saber quem eu sou e por onde eu passo, ele dizia. Pinto para que saibam como eu me chamo. — A expressão se tornou evocadora. — Ele era bom com frases.

— Ele tinha algo a dizer, eu imagino. Ou achava que tinha.

— Todo mundo que escreve numa parede tem algo a dizer. Saber que você é você, e que os outros também saibam. Você não escreve para o público, mas para outros grafiteiros. Todos nós temos direito a meio minuto de fama. Sniper compreendeu logo a coisa da fugacidade, ao contrário de mim. Eu ficava puto quando estragavam o trabalho da gente. Seu acerto foi trabalhar de maneira apropriada. *30 segundos sobre Tóquio*, costumava dizer. Sniper adorava esse filme e insistia que, na verdade, era um filme sobre grafiteiros. Ele ficava impressionado com a quantidade de morte de aviadores. Me obrigou a ver esse filme em vídeo mil vezes. Outro filme que adorava era *Maluco genial*, com Alec Guinness no papel de um pintor inglês. Um filme do caralho, mesmo. A gente saía toda noite sonhando com estações de trem e vagões de metrô. Procurando nossos trinta segundos sobre Tóquio.

— Você tem fotos dessa época?

— Com Sniper? Nem pensar. Ele nunca deixava que tirassem foto dele.

— Nem mesmo os amigos?

— Nem eles. E não tinha muitos.

— Então ele era um solitário.

— Não exatamente. — Topo pensou um pouco. — Era mais um paraquedista, como se tivesse caído de outro lugar. Desses que, no fundo, se você prestar atenção, não pertencem ao grupo ao qual parecem pertencer.

Topo tinha que fechar a loja, ele me disse depois de olhar o relógio. Por isso voltei ao bar da frente e fiquei esperando por ele. Chegou em quinze minutos, depois de descer a porta de aço, coerentemente coberta de grafites. Vestia um jaquetão verde-oliva muito surrado e trazia um gorro preto de lã na mão. Pediu uma taça de vinho tinto e se acotovelou no balcão. As luzes da rua, filtradas pelo vidro da janela, envelheciam seu rosto.

— Sem trens não tem fama, dizia Sniper. A gente trabalhava pesado nos trilhos de Atocha, Alcorcón, Fuenlabrada... E no metrô, é claro. Túneis e terminais. No início os caras do metrô não apagavam os desenhos, e os grafites passavam pelas estações durante semanas. A gente tirava foto para o nosso zine. Ainda não existia internet.

— É verdade que vocês inventaram o *palancazo*?

— Não tenha dúvida. E logo foi imitado no mundo inteiro. Isso e a espessura do traço são a contribuição de Madri à cultura global do grafite. E fomos Sniper e eu. A gente estava em Los Peñascales, em pé do lado do trilho, cuidando de um vagão. O trem ia partir, Sniper subiu, parou o vagão e desceu para terminar a peça. Foi do caralho.

Pintar em qualquer lugar, acrescentou depois de um instante, era coisa de *toy*. De moleque. Era preciso procurar lugares difíceis, planejar, quebrar ou pular cercas, entrar pelos dutos de ventilação, se infiltrar, se esconder, caminhar pelos túneis no escuro, pintar sem luz para que não fossem vistos, sentir a escalada da adrenalina enquanto os outros mortais estavam na farra ou dormiam. Arriscar a liberdade e a grana para que, às seis da manhã, pessoas sonolentas vissem, das plataformas, seus grafites passarem.

— A gente se exercitava. Precisava estar em forma para pular cercas e escapar quando era pego. Aconteciam perseguições terríveis. Um dia, Sniper resolveu lutar em vez de fugir. Em grupo, podemos ser tão perigosos quanto eles, disse. A gente estava cansado de levar surra e dos abusos. E aí endurecemos o grafite, convocamos outros colegas. Sniper planejava, e só aparecíamos em grupo para brigar com os guardas. No geral, ao contrário de mim, ele sempre gostou de agir sozinho. E, quando a gente se separou, ele não voltou a se juntar com ninguém. Isso não é comum, porque os grafiteiros fazem juntos coisas que os motivam e gostam de conversar sobre isso. Mas ele era assim. Um desses que, numa revolução, ficam olhando do balcão, descem à rua, organizam os vizinhos e acabam se tornando líderes. E, quando a revolução triunfa, eles desaparecem.

— Você sabe se ele tinha relações com garotas? Alguma namorada?

— Nunca nenhuma fixa. As garotas gostavam dele porque era um cara alto, sério, de boa aparência. Desses sujeitos calados que ficam do seu lado no balcão de um bar e, quando você tenta chegar numa garota, se dá conta, arrasado, que ela está olhando para ele por cima de seu ombro.

— Ele tinha sentimentos?

— Em relação às garotas?

— Em geral.

Topo ficou calado por alguns instantes, olhando para sua taça de vinho. Achei que a pergunta o tinha deixado desconcertado.

— Eu não sei o que ele sentia — respondeu. — Mas a gente chorou junto quando viu uns garis da prefeitura apagando a assinatura de Muelle em seis cores da parede do Jardim Botânico, em 1995. Muelle tinha morrido alguns meses antes. Acho que de câncer no pâncreas.

Ele pensou mais um pouco. Depois levou a taça aos lábios e continuou pensando.

— Sniper estava sempre tranquilo — disse, por fim. — Nunca perdia a calma, mesmo quando a gente era perseguido por guardas ou policiais. E às vezes arriscávamos a vida. Você invadia o lugar, pintava e depois saía correndo com os bandidos atrás. A gente tinha que ir de uma estação a outra no escuro, escapando pelos trilhos, porque iam nos dar uma surra. Uma vez deram um susto na gente: eu vi lanternas se mexendo ao longe e gritei para ele "corre!" e saí em disparada; mas Sniper ficou terminando o grafite até que percebeu as luzes a trinta metros de distância. Então ele escreveu "Não me pegaram" e foi embora.

— Sniper é uma lenda — observei.

— Sim — confirmou, depois de um silêncio que me pareceu amargo. — A porra de uma lenda.

Ele colocou a taça no balcão, vazia, e o garçom marroquino se ofereceu para enchê-la de novo. Negou com a cabeça e olhou o relógio.

— Como vocês passaram de *flecheros* a grafiteiros de *pieces* diferentes? — perguntei.

— Antes mesmo que Muelle tivesse se retirado, já tínhamos nos separado por meios naturais. Uns se afastaram e outros foram influenciados pela cultura nova-iorquina e pelo hip-hop, que eram mais divertidos, com mais possibilidades. Eu inventei uma assinatura nova, grande, num caderno da minha namorada. Deixei de ser *flechero*. E Sniper também. A gente começou a seguir o grafite americano e o europeu, dispostos a fazer coisas sérias. Grafites mais elaborados. Sniper gostava de sacanear aqueles murais que a prefeitura oferecia aos artistas de rua.

— "Kague fora".

Dessa vez o sorriso foi amplo, espontâneo, incluindo costeletas e bigode. Era o velho grafiteiro quem sorria nesse momento, compreendi. Não o dono da loja Radikal.

— Essa também faz parte das melhores. Ele era realmente bom; e mais ainda quando trabalhava sozinho, à vontade. Até chegaram a pedir autógrafos a Sniper. Uma noite, dois policiais ficaram durante um tempo observando enquanto ele trabalhava, de longe. Depois se aproximaram e falaram para ele abaixar o capuz do casaco, porque queriam ver o rosto dele. Sniper disse: "Não, eu não vou fazer isso. Eu vou começar a correr e esse grafite vai ficar inacabado, o que seria uma pena." Então o policial disse: "Tá bom, cara, continua." E pediu um autógrafo a ele.

— Nunca pediram autógrafos a você?

— Nunca. — Um vago rancor, repentino, apagou o sorriso de seus lábios. — Sniper era sempre a estrela.

— E você se importava?

— Não. Naquela época ainda não. Porque aquela era uma vida incrível. Depois a gente se sentava e ficava vendo as pessoas admirarem os nossos grafites. Uma vez fizemos um *whole car* que levou uma noite inteira para ficar pronto. Às sete da manhã a gente estava cheio de dor nas costas numa plataforma no meio de pessoas que iam trabalhar, com as nossas mochilas, esperando para voltar para casa. Nesse momento o nosso vagão pintado entrou na estação, belíssimo com toda aquela luz, e a gente começou a pular apontando para ele e dando gritos de alegria.

— Qual era o lugar preferido de vocês?

— O viaduto. Trabalhávamos muito embaixo dele, nos pilares de concreto armado. Um lugar fantástico. Uma noite, uma mulher se suicidou lá, porque às vezes alguém se atirava lá de cima. A gente viu o suicídio e Sniper ficou muito impressionado. Eu acho que isso o marcou. Foi antes que a prefeitura estragasse o viaduto com painéis de metacrilato para que as pessoas não se atirassem. Esses filhos da puta nem deixam mais você se matar como bem entender.

Olhou o relógio outra vez. Preciso ir, disse, colocando o gorro de lã. Deixou que eu pagasse a conta e fomos para a rua. Ia pegar o metrô na estação de Chueca e eu o acompanhei. Tinha voltado a chuviscar e minúsculas gotas de água salpicavam nossos rostos.

— Depois Sniper fez uma viagem, trouxe essas caveiras na mochila e isso mudou sua vida. Ele não era mais o mesmo. Ficou mais agressivo. Dava a impressão de ter se transformado em um desses junkies que se importam menos com a pintura do que com o barulho das bolas ao agitar o tubo ou da tinta ao sair.

— Adrenalina própria — comentei —, que trocou por adrenalina alheia. Ou por sangue alheio.

Topo me olhou de soslaio, com desagrado, como se eu lhe atribuísse algum tipo de responsabilidade.

— Nos últimos tempos, lá pelo meio dos anos noventa, usava muito as palavras "quebrar", "sacanear", "matar". A gente discutia e ele se fechava, ficava na dele. Depois veio a história do México. Quando voltou, fez uma coisa no AVE de Atocha que todos os grafiteiros da cidade foram ver: sombras de passageiros cujos esqueletos pareciam se mover no muro de concreto, só com as palavras "E se...?".

— Eu me lembro — confirmei. — Ficou muito tempo lá, e aí reconstruíram o estacionamento.

— É verdade. Foi excelente, não é mesmo? E então a gente se separou, parou de andar junto.

— Deve ter sido triste para você. Você chegou a admirá-lo, eu imagino.

Ele não respondeu. Continuou caminhando em silêncio, os olhos fixos no chão.

— Você nunca vai me dizer o nome dele? — inquiri.

Também não respondeu. Olhava para os reflexos da luz no chão úmido.

— Como é possível que vocês sejam tão leais? — perguntei num impulso.

— Você sabe conduzir a galera. — Topo balançou a cabeça como se estivesse diante de algo irremediável. — Apela para coisas que a gente carrega por dentro e faz com que o cara se sinta sujo se não cumprir. Mas eu tenho uma teoria perversa.

— Perversa?

— Sim. Um pouco. No fundo, ninguém quer saber quem ele é. Seria decepcionante dar uma cara e um nome para ele. Assim, cada um pode imaginar o Sniper como bem entender. Colaborando com o segredo, todo mundo se sente parte dele. Sniper é uma lenda porque os grafiteiros precisam de lendas desse tipo. E mais ainda nesses tempos de merda.

Continuava olhando para o chão, como se encontrasse aquelas explicações ali. O verde, o amarelo e o vermelho dos sinais de trânsito pareciam traços rápidos de tinta fresca sob seus pés. Essa noite, pensei, Topo caminha sobre a nostalgia. Por fim levantou a cabeça.

— Há oito anos, a prefeitura de Barcelona ofereceu a ele uma parede ao lado do MACBA, com a garantia de conservar a peça, e ele não quis. Quatro grafiteiros famosos aceitaram, mas ele não. Duas semanas depois, fez um *throw-up* sem compaixão no parque Güell: crânios e miras de franco-atirador por todos os lados. Os jornais disseram que limpar aquilo custou mais de onze mil euros.

Topo mencionou a cifra com um deleite maquiavélico, como se fosse o preço que aquilo teria alcançado em uma galeria de arte. Depois se calou outra vez e deu quatro passos antes de voltar a falar.

— O poder sempre tenta domesticar aquilo que não consegue controlar.

— Obrigá-lo a dançar conforme a música — observei.

— Sim. — Dessa vez ele sorriu com reticência, como se tivesse dificuldade de sorrir. — É o que ele dizia.

Atravessamos a praça de Chueca: fezes de cachorro espalhadas pelo chão e algumas mesas do lado de fora de bares protegidas por toldos e biombos de plástico, com aquecedores desligados e cadeiras vazias. O chuvisco tinha se transformado numa chuva misturada com neve.

— Até a música que ele ouvia era muito rude, muito dura — comentou depois de um tempo. — Colocava os fones do walkman no volume máximo e ouvia de tudo: coisas de Cypress Hill, Redman, Ice Cube. Na época, suas favoritas eram "Lethal Injection", "Black Sunday", "Muddy Waters" e outras do estilo. Música para guerrilha urbana, dizia ele. Muitas vezes ouvi Sniper dizer que a arte tem um lado perigoso, porque ela é domesticada pela burguesia e tem suas origens apagadas. Ele costumava dizer que estigma da legitimidade fode qualquer bom artista. Eles se apossam de você para sempre. É como vender a alma ao diabo ou a bunda em um parque. E não dá para ficar com um pé dentro e outro fora. Ilegal era sua palavra favorita.

— E continua sendo — comentei.

— Sniper dizia que toda essa bobagem de que uma instalação oficial seja considerada arte e de que outra não oficial não seja... Quem coloca essa etiqueta? Os donos de galerias e os críticos ou o público? Se você tem algo a dizer, deve dizer onde possa ser visto, por meio da arte. E para Sniper toda arte consistia em não ser capturado. Pintar onde não se deve. Fugir dos guardas para que não te peguem. Voltar para casa e pensar "eu fiz" é a melhor coisa. Mais que sexo ou drogas. E nisso ele tinha razão. O grafite salvou muitos de nós de tantas coisas.

Eu me lembrei da conversa que tinha tido recentemente com Luis Pachón.

— Pouco tempo atrás, ao conversar sobre Sniper, alguém me falou de ideologia...

— Não sei se é a palavra que eu usaria — respondeu Topo, depois de refletir. — Certa vez ele comentou que, segundo as autoridades, o grafite destrói a paisagem urbana, mas a gente tem que aturar os letreiros luminosos, a publicidade, os ônibus com seus anúncios e mensagens estúpidas. Eles se apoderam de toda superfície disponível, ele me disse. Até as obras de restauração dos edifícios são cobertas com lonas de publicidade. E negam o espaço para as nossas respostas. Por isso, ele repetia, a única arte que concebo é ferrar com tudo isso. Acabar com os filisteus. O grafite de Sansão e os filisteus, ele os chamava brincando: vão todos tomar no cu.

Não consegui reprimir um riso cético.

— Só brincando?

— Era o que eu achava na época. — Ele me olhou com antipatia. — Agora sei que não estava brincando porra nenhuma.

Tínhamos parado perto da entrada no metrô. Fazia frio e a chuva com neve continuava caindo. As gotas ficavam suspensas na lã do gorro de Topo e em seu bigode unido às costeletas.

— Se você quer chamar isso de ideologia, talvez... bem... Por isso ele não abandonou o grafite agressivo nem a forma de agir. Por isso ele não perdoa aqueles que se deixaram domesticar por um prato de comida.

— Você se inclui nisso?

Ele ficou em silêncio por um instante enquanto balançava a cabeça com desalento. Parecia exausto.

— Eu também não o perdoo.

— Por quê?

Topo deu de ombros, em tom de desprezo. Como se minha pergunta oscilasse entre o óbvio e o estúpido.

— Sniper nunca foi um grafiteiro que não se vendeu, porque, na verdade, ele nunca foi um grafiteiro.

Eu me aproximei dele, inclinada, espantada. Aquela conclusão, à qual eu não teria sido capaz de chegar sozinha, me parecia de uma exatidão reveladora.

— Você acha que ele não é sincero? Que o radicalismo dele não é tão descomprometido e honrado como dá a entender?

— Ele é um paraquedista que caiu nas ruas, eu já disse. Um intruso. Encontrou o grafite como outros encontram uma arma carregada. O papel dele é atirar.

— E quanto à honra?

— Ninguém consegue ser honrado por tanto tempo, a menos que tenha enlouquecido. A gente foi amigo durante quase dez anos e eu garanto a você que ele é absolutamente sensato.

O cinza de rato de seus olhos tinha ficado mais escuro, como se as órbitas fossem cobertas por sombras lentamente. Era o efeito da luz da praça e da chuva que a filtrava, mas também do rancor que pulsava no limite de cada palavra.

— Um inglês, Banksy, fez uma coisa parecida — falou, de repente. — Mascarar sua identidade para atrair primeiro a atenção pública e depois a do mercado. Eu acho que Sniper está fazendo ainda melhor e com mais calma. Ele é muito esperto. Soube se manter aparentemente digno, sem se vender, mas tendo consciência de que seria absorvido pelo mercado de forma espetacular. E isso aumentou seu valor.

— Aparentemente, você disse?

— Sim, porque eu acho que se trata de um plano. Que ele vai acabar cedendo, e suas obras serão leiloadas a peso de ouro. E aí ele vai tirar a máscara. A porra da sua caveira. Não vai poder continuar para sempre. O mundo da rua é um mundo veloz. Se você não se mantiver nele, vai desaparecer. Como eu desapareci.

3

Os grafiteiros cegos

No meu segundo dia em Lisboa, a previsão do tempo dizia que a cidade estava entre duas frentes frias de inverno. O sol resplandecia em um céu azul vagamente enevoado, e a luz do meio-dia iluminava quase verticalmente a Casa dos Bicos, projetando um curioso efeito de centenas de sombras piramidais nos adornos do edifício. Esse jogo de luzes permitia perceber, na parede com mais de quatro séculos, as marcas do grafite que tinha sido apagado havia pouco pelos funcionários do serviço de limpeza urbana; uma ação sobre as pontas de pedra que as coloriu como se fossem peças de um gigantesco quebra-cabeça e tinha decorado a fachada com um enorme olho preto rabiscado por um x vermelho: o símbolo da cegueira, desenhado por Sniper, com o qual, na noite de 7 para 8 de dezembro, uma turba de grafiteiros enlouquecidos tinha saturado a cidade de ponta a ponta: olhos rabiscados com x por todos os cantos, num *throw-up* impiedoso de trens, metrô, edifícios, monumentos e ruas inteiras. Milhares de olhos cegos virados para os transeuntes, a cidade, a vida. A ação havia sido planejada dias antes sob o mais absoluto sigilo, em uma operação de guerrilha urbana coordenada através das redes sociais. Sniper em pessoa havia participado dela, de spray na mão, reservando-se para a

Casa dos Bicos, numa escolha que não tinha nada de casual. Há um ano, o edifício sediava a Fundação José Saramago, o Prêmio Nobel de Literatura que durante toda a sua vida tinha sido aliado da esquerda radical e criticava ferozmente a sociedade de consumo. Um dos seus livros mais importantes se chama *Ensaio sobre a cegueira*.

Parada diante do edifício, na rua dos Bacalhoeiros, contemplei o rosto do velho intelectual: ele me olhava com melancolia de um grande cartaz de lona pendurado em cima da porta. "A responsabilidade de ter olhos quando outros os perderam", relembrei. Eu tinha lido muitos livros de Saramago, que conheci em Lanzarote poucos meses antes de sua morte, quando fui lhe pedir para escrever o prefácio de um livro português sobre arte moderna. Diante da Casa dos Bicos, relembrei sua figura magra e cansada, já doente. As maneiras elegantes e o olhar triste por trás das lentes dos óculos: o olhar de quem, com o pé no estribo, observa com pessimismo tudo que está deixando para trás. Um mundo que faz tempo errou seu caminho e não tem intenção de endireitar os passos.

— A prefeitura gastou quase meio milhão de euros para limpar esses olhos rabiscados — havia me dito Caetano Dinis no dia anterior. — Foi uma coisa violenta, impiedosa. Sem o menor respeito por nada nem por ninguém. O lamentável é que isso aconteceu na cidade mais tolerante a grafite do mundo. Em poucos lugares os grafiteiros encontram tanto apoio, tanta compreensão.

Caetano Dinis, diretor do Departamento de Conservação do Patrimônio, era o amigo que Luis Pachón tinha mencionado. Seu contato local. Ele havia atendido o telefone com muita amabilidade e me convidou para encontrá-lo no restaurante onde almoçava todos os dias. Não tinha como me perder: era um estabelecimento antigo, famoso, o Martinho da Arcada, que fica numa esquina da praça do Comércio. Quando cheguei, Dinis estava me esperando sentado a uma mesa posta para dois, junto à janela. Calculei que tinha uns 50 anos. Era charmoso e corpulento, de cabelo loiro avermelhado cortado à escovinha e com sardas no rosto e no dorso das grandes mãos. Uma espécie de viking deixado em Lisboa pelos normandos que doze séculos atrás tinham saqueado a cidade subindo o Tejo.

— Quando reformamos o Chiado, destruído pelo incêndio de oitenta e oito, compreendemos que ou conquistávamos a confiança dos grafiteiros ou a limpeza das fachadas seria um pesadelo. E fizemos um pacto com eles: zonas permitidas, edifícios antigos... A gente facilitava, afrouxava a repressão, e eles aceitavam que nem todos os lugares são adequados para pintar.

Fomos interrompidos por um garçom que trazia uma garrafa de vinho branco do Minho. Caçarola de arroz com marisco para a senhora, pediu Dinis depois de me consultar. E um bife com molho de café para mim. Cerimonioso como um bom funcionário público português, ele me tratava o tempo todo de senhora, e eu me ajustei ao protocolo. Também não tinha me escapado seu olhar avaliador inicial quando me viu chegar, nem sua reação tranquila quando recebeu os primeiros sinais desalentadores. Não sou uma mulher especialmente atraente para os homens; mas sou mulher, e estou habituada a ser avaliada durante os três primeiros minutos. Os idiotas costumam demorar um pouco mais, no entanto Dinis foi rápido. E foi direto ao ponto:

— Procuramos fábricas abandonadas nas cercanias da cidade e edifícios deteriorados da zona histórica — continuou dizendo, afável. — A condição era que estivessem vazios, que seus proprietários não se opusessem e que existissem projetos de recuperação em andamento. Isso nos garantia que os grafites não iriam ficar ali por muito tempo. Acontece que veio a crise econômica, os projetos foram paralisados e os edifícios continuam com seus grafites, esperando por tempos melhores.

— Mesmo assim foi um sucesso, pelo que entendi.

— Naturalmente. Não acabou com a selvageria, mas conscientizou muitos grafiteiros, e o vandalismo foi um pouco atenuado. Também abrimos um espaço, a Calçada da Glória, onde eles podem trabalhar à vontade.

— Eu conheço o lugar.
— É espetacular, não é?

Assenti. Chegaram a carne e a caçarola de arroz, fumegante. Tudo cheirava bem. Comemos.

— Fizemos outra experiência — continuou — no estacionamento do Chão do Loureiro, em Alfama. Convidamos cinco grafiteiros para decorá-lo, e agora é um ponto turístico obrigatório. Hoje dizem que é cult.

Era verdade, e eu também estava a par disso. Essas iniciativas deram a Lisboa um prestígio internacional como capital do grafite e beneficiavam *writers* de qualidade. Pessoas como Nomen, Ram, Vhils ou Carvalho, que começaram fazendo *throw-ups* nos trens e no metrô, agora eram respeitadas pela prefeitura, expunham como artistas formais e ganhavam dinheiro. Farejando negócios, os donos de galerias portugueses davam cada vez mais corda à arte de rua.

— Nossa ideia ainda é a mesma — acrescentou Dinis. — Queremos quebrar o vínculo grafite/vandalismo por vias alternativas, embora alguns se neguem a aceitar as regras e façam *throw-ups* em tudo que entra na mira. Também tem os estrangeiros que vêm e rabiscam tudo: os turistas do spray. No âmbito do grafite europeu, Lisboa faz parte do Gran Tour. Há alguns anos, houve em Barcelona uma repressão brutal que não deteve os grafiteiros, mas acabou com muitas obras boas que estavam em paredes que poderiam ter sido preservadas. Várias peças históricas datam do início da década de noventa. Às vezes, algum artista consagrado, que já expõe em galerias de arte, não consegue evitar e escapa para a rua à procura de uma parede. São efeitos secundários inevitáveis; mas, dentro do cabível, estamos satisfeitos.

— O que aconteceu em 8 de dezembro?

Não devia ser seu assunto favorito. Ele franziu a testa. Tomou um gole de vinho, estalou a língua e demorou mais que o necessário para secar os lábios com o guardanapo.

— Por qualquer que seja o motivo, Sniper se estabeleceu em Lisboa. A ideia era fazer um *throw-up* na cidade toda com esse olho rabiscado, em homenagem a Saramago. A senhora leu o livro?

— Sim.

— Calculamos que naquela noite houve a intervenção de uma centena de grafiteiros, replicando o tema idealizado por Sniper, embora cada um à sua maneira: sprays, estênceis, cartazes, colagens... Eles sujaram tudo, inclusive monumentos e igrejas. Até os bondes. Tudo. Pintaram a estátua de Fernando Pessoa, que fica diante da Brasileira; rabiscaram olhos no rosto dela. Os serviços de limpeza contabilizaram mais de duas mil pinturas na parte nobre da cidade. Também não pouparam os Jerônimos, nem o monumento às Descobertas, nem a torre de Belém.

— Alguém foi preso?

— Com tanta gente na rua ao mesmo tempo, calcule. Nessa noite caiu uma dúzia. Foram pegos em flagrante, com spray na mão. Um deles tinha acabado de grafitar o elevador de Santa Justa: um olho em cada andar, de cima a baixo, e não me pergunte como ele fez isso. Foi pego quando pintava o quinto.

— E o que ele disse? O que todos disseram?

— A mesma coisa: Sniper, internet. Uma ação preparada em código há várias semanas. Dia D, hora H, missão de *bombing* maciço. Desfrutaram como vândalos.

— Mas ele esteve aqui. Ninguém o viu?

Dinis cortava a carne em seu prato. Balançou a cabeça antes de levantar um pedaço na ponta do garfo.

— Quem viu não disse uma palavra. — Dinis mastigou devagar, pensativo. — Mas sem dúvida ele foi visto. O máximo que chegamos a saber é que um sujeito encapuzado e com uma manga preta tapando o rosto ficou meia hora diante da Casa dos Bicos, trepado numa escada. Quando uma patrulha da polícia passou pelo lugar, alertada por um vizinho, o olho rabiscado já estava lá, enorme, assinado com a mira de franco-atirador. Encontraram a escada e várias latas de spray vazias, escondidas no meio das plantas da praça. Mas, do autor, nem rastro. Nem sequer sabemos quanto tempo ele ficou em Lisboa.

— Alguém teve que ajudá-lo. Ele precisaria de guias locais. Amigos...

— Claro que sim, mas ninguém o delatou. Todos sabem, além disso, que sua cabeça está a prêmio. Que está sendo procurado pela turma desse seu patriota milionário, o tal do Biscarrués, para puni-lo pelo acidente do garoto: uma razão a mais para que se aplique a lei do silêncio. *Omertà*, como dizem na Itália, mas à portuguesa.

Deixou os talheres ao lado do prato vazio. Depois tomou mais um gole de vinho e voltou a secar os lábios com o guardanapo.

— Tem uma dupla de grafiteiras locais que pode estar em contato com ele: duas garotas difíceis, a meio caminho entre a arte urbana e o grafite baderneiro. Assinam As Irmãs.

— Eu sei quem são elas. E até conheço seu galerista de Lisboa. Também foram convidadas a fazer uma intervenção na fachada da Tate Modern por ocasião da exposição de grafite de Londres, quatro anos atrás.

— Elas mesmas. Aqui, nós autorizamos que grafitassem uma das casas da avenida Fontes Pereira: a da revoada de pássaros que saem pelas janelas. A verdade é que são boas. Engraçadas, com bom humor e más intenções. Meio civilizadas, como costumo dizer. Elas gostam de andar no fio da navalha.

— O senhor acha que elas trabalharam com Sniper naquela noite?

Dinis deu de ombros e me dirigiu um olhar plácido. Quase inocente, como pude reparar. A nuance estava no quase.

— Eu não posso jurar, mas há quem jure. Talvez a senhora devesse conversar com elas... se permitirem.

Deixando a Casa dos Bicos para trás, fiquei perambulando pela Alfama, subindo ladeiras, sem pressa, no meio do labirinto de ruas estreitas, onde a roupa estendida e as fachadas arruinadas de casas ocres, amarelas e brancas emolduram becos íngremes e escadinhas intermináveis. Encontrei muitos grafites naquela parte da cidade: era mais um *throw-up* selvagem de assinaturas em paredes e portas, embora em alguns cantos de casas e pracinhas eu tenha visto paredes pintadas com esmero e qualidade. Chamou minha atenção um grafite grande com pretensões de arte urbana, muito colorido, encaixado numa esquina, perto da Igreja de São Miguel: uma mulher nua com olhos enormes e doces, seios que se transformavam em mariposas voando pela parede. A assinatura era de um tal de Gelo, e não era ruim, de forma nenhuma. No entanto, um pouco acima do ventre da mulher, alguém com pouco respeito pelo *writer* e seu grafite — sem dúvida um dos grafiteiros anônimos que na noite da homenagem a Saramago fizeram o *bombing* em Lisboa — havia pintado, com spray vermelho e preto, um dos olhos cegos idealizados por Sniper.

Segui em frente. Subi as escadas em direção ao Chão do Loureiro, embora poucos passos depois tivesse me ocorrido tirar uma foto do grafite das mariposas com minha pequena câmera compacta. Eu me virei de repente e, ao fazê-lo, cruzei com um homem que tinha parado no primeiro degrau para amarrar o cadarço do sapato. Havia pouca gente na rua, por isso prestei atenção nele: gordo, estatura mediana, usando um sobretudo verde de lã e um chapéu de tweed inglês de aba curta. Percebi um bigode loiro, quase enrolado nas pontas, e olhos claros que mal se levantaram para me olhar quando passei perto. Uma vez feita a foto, voltei à escadinha, e então o desconhecido já estava lá no alto, afastando-se em direção ao arco do beco das Cruzes.

Passei uma interessante meia hora no estacionamento do Chão do Loureiro. Cada grafiteiro autorizado pela prefeitura tinha se encarregado de um andar, com total liberdade de tema. O resultado era uma boa mostra de estilos da região, a salvo da intempérie e dos rabiscos agressivo de outros grafiteiros. O estacionamento fazia parte do roteiro turístico da cidade, e o guarda que verificava os tíquetes vendia cartões-postais com reproduções dos grafites. Fiquei olhando tudo aquilo e depois saí ao ar livre. Refiz meu trajeto e subi ao Mirante de Santa Luzia. O céu continuava com uma cor azul vagamente enevoada, e a luz singular de Lisboa desenhava no espaço que ia até beira do Tejo um mosaico de terraços e telhados, com a ponte Vinte e Cinco de Abril visível a distância e os barcos se movimentando lentamente pelo estuário, em direção ao Atlântico. A temperatura estava agradável. Fiquei sentada num banco diante da grade de ferro do mirante, fazendo anotações na caderneta. Depois caminhei até o ponto e subi no bonde 28 para voltar à parte baixa da cidade. Quando o bonde começou a andar, e enquanto eu me acomodava no assento no seu interior agitado, olhei para trás e acreditei ter visto, parado na rua, o homem do sobretudo verde e chapéu inglês. Depois de avaliar a coincidência, eu me concentrei nos meus assuntos.

Sim e Não, também conhecidas como As Irmãs, eram gêmeas, embora não fossem parecidas. Sim, a mais velha — tinha nascido meia hora antes —, estava sem maquiagem e se cobria com um gorro preto e uma jaqueta camuflada toda torta. Não, a mais nova, vestia jeans apertados e uma jaqueta de couro justa, estava com os cabelos cacheados soltos, um piercing no lábio inferior e meia dúzia de brincos em cada orelha. Quanto ao resto, suas feições eram quase idênticas: morenas, rígidas. Tinham o mesmo rosto anguloso e atraente. Gotas diluídas de sangue africano desenhavam uma boca larga, carnuda e enormes olhos escuros.

— Por que convidamos você para vir até aqui? Você vai ver. Mistério.

Não tinha uma mochila manchada de tinta aos seus pés. Estávamos as três sentadas em uma das rampas de concreto da margem do rio, com os trilhos do trem e a estrada às nossas costas, vendo os barcos passarem. O sol já estava muito baixo, tingindo de reflexos violáceos a água e o horizonte. À nossa esquerda eu podia ver a Torre de Belém, sobre o fundo distante e avermelhado da ponte iluminada pela luz quase horizontal em que a paisagem parecia adormecer.

Por que grafite de rua?, tinha sido minha outra pergunta. O toque de investigação. Como duas mulheres conseguiram se destacar num mundo em geral masculino? A pergunta era de uma simplicidade evidente, mas eu não podia dizer oi, tudo bem, e perguntar por Sniper à queima-roupa. Não, naturalmente, tratando-se daquelas duas. Achei oportuno quebrar o gelo antes; embora, em apenas meio minuto, eu tivesse compreendido que não era necessário quebrar coisa alguma. As Irmãs eram garotas espertas, afáveis, seguras. Francas. Seu galerista tinha repetido a versão que contei a ele: eu estava em Lisboa para documentar a agitação dos grafiteiros em torno de Saramago, para produzir um livro. Ele dissera a elas que eu andava caçando artistas talentosos, que tinha influência no mundo dos editores de livros de arte. Mas ele havia exagerado, expliquei. Meu trabalho se limitava a localizar autores e fazer sugestões, e só recebia pelo que dava certo. O que nem sempre era o caso.

— A gente era criança quando descobriu que o grafite não combinava muito bem com festas, namorados e coisas assim — disse Sim. — Era preciso trabalho duro para ser respeitada. Fazer como todo mundo e se sair melhor. A princípio, todo mundo olhava para a gente de nariz em pé. "É o melhor que eu já vi de uma mulher" e coisas assim. A gente ficava arrasada. Quando saía para fazer um *bombing* com um garoto, todo mundo achava que a gente estava dormindo com ele. Por isso a gente resolveu continuar sozinha. Por nossa conta.

— Até mudamos de letra — observou sua irmã.

— Por quê?

— A letra das mulheres é mais arredondada, que nem no colégio — explicou Sim. — Por isso a gente começou a mudar. A tornar a letra mais assexuada. No começo a gente assinava Sim e Não e, por um tempo, ninguém sabia quem era. A história de As Irmãs veio mais tarde, quando já éramos conhecidas. Começaram a chamar a gente por esse nome e assim ficou.

Eu as ouvia atentamente. Falavam rápido, de forma vulgar. Gíria de gente criada na rua. Sim carregava o peso da conversa e Não fazia breves comentários e concordava. Tinham acabado de completar 28 anos — que eu havia confirmado com o Google — e eram grafiteiras desde os 14. Ficaram conhecidas no Lumiar, um bairro no norte de Lisboa, fazendo publicidade agressiva para impor sua *tag* e espalhar mensagens inteligentes de viés radical. Seu estilo era inspirado nos mangás, a meio caminho entre o grafite selvagem e a arte urbana convencional. Uma apresentação no Chiado lisboeta, quando ainda eram muito jovens, lhes valeu um convite para participar do Meeting of Styles de Wiesbaden. E agora, depois de sua intervenção na fachada da Tate Modern, há quatro anos, eram artistas consagradas, tinham prestígio internacional e expunham em uma galeria renomada do Bairro Alto. No entanto, preservavam sua tendência ao radicalismo furtivo, contra o sistema e um pouco violento. Na noite anterior, eu tinha visto uma obra delas num painel de quatro metros de largura iluminado por holofotes da prefeitura, na Calçada da Glória. Sob uma composição esplêndida de mulheres sofrendo, acorrentadas por sacerdotes católicos e imãs islâmicos, a frase era inequívoca: "Afastem os rosários dos nossos ovários."

— Afinal, escrever em paredes é uma atividade que não tem sexo — opinou Sim. — A gente detesta aquelas mulheres que se dedicam ao grafite de gênero. Uma vez, uma puta veio ver a gente.

— Uma socióloga — observou a irmã.

— Isso. Uma puta socióloga que estava fazendo uma pesquisa sobre grafiteiros. E a gente a mandou dar a boceta. O bom do grafite é que ele é uma das poucas coisas em que você não tem como saber se quem está por trás é um homem ou uma mulher. A única diferença é que a gente mija sentada.

— Ou agachada, quando não tem onde sentar — suavizou Não.

Elas riram, coordenadas, idênticas, balançando numa sincronia perfeita — uma espécie de rap silencioso que só elas conseguiam ouvir.

Agora estavam trabalhando, explicaram depois, num projeto com tinta ultravioleta. Uma coisa nova e insólita que as divertia muito: grafites que só seriam vistos por aqueles que os procurassem com os instrumentos ópticos adequados. Uma Lisboa secreta, invisível para os leigos.

— Quem deu a ideia foi Sniper — observou Sim. — E a gente achou genial.

Foi a deixa para entrar no assunto.

— Foi na época da história do Saramago?

Elas olharam para mim sem pestanejar, como se estivéssemos jogando pôquer. Em silêncio.

— Mas vocês o conhecem, não é?

As Irmãs levaram exatos cinco segundos para assentir quase simultaneamente, sem desgrudar os lábios, esperando minha próxima pergunta.

— Como vocês o conheceram?

Então Não olhou para a irmã, que continuou olhando para mim. Uns cem passos atrás de nós, numa rua próxima, soou o estrondo de um trem passando.

— Foi há sete anos — respondeu Sim. — Ele estava visitando Lisboa pela primeira vez e um dos seus contatos falhou. Por isso um amigo deu os nossos nomes para ele e disse que nós éramos as melhores caçadoras de paredes da cidade. A gente saiu com ele.

— Foi coisa rápida, cara — suavizou Não.

— Dizer isso é pouco. A gente encontrou um lugar excelente na velha estação central de Santa Apolónia e fomos os três para lá. Nós, para olhar, e ele com sua mochila e suas latas de spray. No meio da atividade, minha irmã avisou que os guardas estavam vindo e a gente partiu em disparada, correndo pelos trilhos.

— Mas não acabou aí — interveio Não.

— Claro que não. O grafite tinha ficado incompleto, por isso Sniper insistiu em voltar na noite seguinte, para terminar. Você faz ideia do que é isso?

— Faço — respondi.

Sim olhou para mim por um instante, avaliando, para ver se eu realmente sabia do que estávamos falando. Tive a impressão de que ela me concedia o benefício da dúvida.

— É preciso ter muito colhão — disse — para voltar a um lugar que deixou às pressas, sabendo que podem estar esperando por você.

— E vocês foram com ele?

— Nem fodendo. Você está maluca ou o quê? Era muito perigoso. Mas no dia seguinte a gente se aproximou para ficar de olho por um tempo e lá estava o grafite completo: um trem entrando num túnel que era a boca aberta de uma daquelas caveiras dele. Um flash, eu juro. Uma coisa muito agressiva e forte. E, embaixo, a assinatura de franco-atirador.

— Vocês estavam com ele naquele lance da Casa dos Bicos?

Elas olharam para mim de novo, impassíveis, sem desgrudar os lábios. Mas sei ler silêncios apáticos. A resposta era talvez. Ou seja, sim.

— Eu fico me perguntando onde ele deve estar agora — comentei, deixando correr. — Ainda está em Portugal?

Deram de ombros ao mesmo tempo, e Sim enfiou a ponta da língua no meio dos lábios.

— Muita gente pergunta isso — disse, brincando. — Nem sempre é para tirar uma foto dos seus grafites.

— E vocês?

— A gente não sabe de porra nenhuma.

Isso com certeza era verdade, pensei. As Irmãs eram muito conhecidas para que Sniper passasse muito tempo em contato com elas. Estaria se expondo mais do que era conveniente.

— Vocês sabem o nome verdadeiro dele?

— Não — atalhou Sim. — Quem se importa com isso?

Sua irmã tinha a mesma opinião.

— Sniper é Sniper. Nenhum outro nome faz sentido.

— Vocês estiveram alguma vez na Espanha? Com ele?

Elas balançaram a cabeça lentamente, assentindo. Depois, Sim disse que Madri era uma cidade pesada. Muita segurança. Rondas policiais. Um lugar difícil.

— A gente fez um grafite em Chamartín e foi alucinante: três muros inteiros em quarenta e oito horas. A gente dormiu num galpão próximo, escondidas no meio de caixas de papelão para que não nos vissem. — Sim olhou para a irmã. — Ela se furou num ferro enquanto a gente corria no escuro para se aproximar de um trem, que a gente pintou às cegas, e ela sangrava feito uma porca.

— Olha — disse Não.

Abriu a jaqueta e levantou o suéter que usava por baixo. Havia uma cicatriz longa e roxa no lado esquerdo, em cima do quadril. Um belo quadril, por sinal.

— A gente tinha medo de ir a um hospital e ser identificada pela polícia — acrescentou, cobrindo-se de novo. — Por isso a minha irmã ligou para Sniper e ele cuidou de tudo. Um comportamento digno de cinema. Ele ainda morava lá. Ainda não tinha acontecido aquele lance do garoto que caiu do telhado.

Outro trem passou às nossas costas. Tac-tac-tac. Às vezes soava uma buzina ao longe, na estrada que passava mais além. Diante de nós, os barcos navegavam em silêncio, iluminados pelo sol poente.

— Muita gente — continuou Sim — não sabe o que significa ser perseguido e ter que se esconder durante oito horas sentindo um frio mortal ou quando chove, como se Cristo estivesse cuspindo, enquanto todos os guardas ferroviários estão atrás de você. Ou viajar dois mil quilômetros para pintar um vagão do metrô de Berlim indicado por um amigo. Chegar a uma cidade e passar dois dias sem comida nem dinheiro, dormindo na cabine de caixas eletrônicos ou debaixo de uma ponte para escrever ali. Quem nunca teve que pegar no batente assim é *toy*, amador.

Ela ficou em silêncio por um momento e, levantando um pouco a manga da jaqueta, deu uma olhada no relógio que usava no pulso direito. Depois trocou um breve olhar com a irmã.

— Sniper nos disse uma coisa legal quando esteve aqui. Você acaba compreendendo que a paisagem urbana é necessária, que sem ela você não é nada. Seu grafite se insere numa tela maior, numa moldura: casas, carros, sinais. A porra da cidade é seu complemento, você entende? Faz parte do que você faz.

— *É o que você faz* — sintetizou Não.

— Mas as galerias de arte... — comecei a dizer.

— A gente caga para o que os merdas dos galeristas dizem. Esses abutres e seus críticos de arte comprados, com a consciência social de um bife cru.

— Se fôssemos artistas tradicionais seríamos medíocres — afirmou Não com desleixo. — Uma verdadeira merda. Mas, como grafiteiras, a gente é genial.

De novo a risada simultânea. Era espantoso, concluí, como aquela risada as tornava totalmente idênticas. Como num espelho.

— As galerias se interessam pela gente e isso dá dinheiro — comentou Sim. — Mas a gente se nega a dizer que é artista. E nisso concordamos com Sniper: a rua é o único lugar onde você sabe que alguma coisa é real.

— Dúvidas como bombas — observou Não.

— É o que ele dizia. Lançar dúvidas sobre a cidade como se fossem bombas. O grafite precisa de campos de batalha, e isso é o que nós, grafiteiros, temos mais à mão. A arte é uma coisa morta, mas os grafiteiros estão vivos. É preciso bombardear periodicamente.

— Imagino — falei.

Sim me dirigiu um olhar desconfiado. Ela tentava me imaginar, supus, com uma lata de spray na mão.

— Eu desconfio de quem nunca escreveu em paredes. É como menstruar, você sabe? Uma coisa inevitável, que vem lembrar o que você é. E que também a impede de se distrair, de adormecer.

Olhou outra vez para o relógio e de novo para a irmã. Percebi que os olhos das duas se dirigiam Tejo acima, em direção à ponte Vinte e Cinco de Abril. Os últimos raios de sol só iluminavam a distante estrutura metálica e as partes mais altas dos barcos que passavam lentamente pelo rio.

— Receber uma ligação ou uma mensagem de um amigo às quatro da manhã dizendo que ele acabou de fazer isso ou aquilo — continuou Sim. — Tudo isso é um flash. E você explode de inveja ao pensar que ele está voltando de uma missão bem-sucedida enquanto você dorme feito uma idiota.

Ela continuava olhando rio acima, para a cidade, e pensei que as duas estavam esperando algo que eu era incapaz de imaginar. Mistério, disseram no começo da conversa. Fiquei me perguntando onde estaria esse mistério.

— Sniper é mais radical — disse Sim. — Mais intransigente. Mas a gente entende quem é assim. Fomos obrigadas a ser mais transigentes alguns anos atrás, quando recebemos uma multa de seis mil euros. E por isso aceitamos fazer o legal para pagar o ilegal. Imprimimos cartões de visita e trabalhamos em troca de dinheiro. A gente personalizava qualquer coisa com grafite e depois vendia: tênis, brinquedos, bolsas, bonés... Depois a coisa avançou. Exposições, negociações. Coisas assim.

Ela fez com as mãos um gesto imitando um T, como se estivesse pedindo tempo, e então, com um sorriso, me convidou a segui-la. Cruzamos os trilhos do trem e caminhamos até uns tapumes próximos, ao lado de um posto de gasolina.

— Olha — disse.

Olhei e não pude evitar um estremecimento. Uns seis metros quadrados do tapume estavam pintados completamente de branco, com uma única frase escrita em preto, no centro. A chuva e a intempérie tinham deteriorado o grafite, e uma dúzia de grafiteiros escreveu suas *tags* em cima do texto original, que ainda estava legível: "Sniper nunca esteve aqui", assinado embaixo e à direita com a inconfundível mira de franco-atirador.

— Filho da puta. — Sim ria. — E essa é outra mostra.

Tirei uma foto e olhei para o segundo grafite. Estava quase ao lado do grafite de Sniper, assinado pelas Irmãs: uma enorme cédula de cinquenta euros com uma vagina e a frase que dizia sem rodeios: "Comam com zero e tudo, comam a nossa."

— O poder, o dinheiro e o sexo movem o mundo — comentou Sim enquanto eu fotografava seu grafite. — O resto é pintura cor-de-rosa. A gente não é de fazer Sininhos do Peter Pan, coelhinhos, corações, bonequinhas, energia positiva e toda essa estupidez. A gente já disse que odeia essa coisa de grafite feminino. Somos uma equipe sólida e experiente que vai ao inferno com um sorriso, feliz de antemão.

Atravessamos de novo os trilhos, de volta à margem do rio. Outro trem passou fazendo um estrondo às nossas costas à medida que nos afastávamos.

— Eu sempre me lembro do que Sniper disse ao escrever isso: "Num museu você compete com Picasso, que está morto, enquanto na rua compete com as latas de lixo e com o policial que te persegue."

— Bela frase — comentei.

— Sim, pois foi ele quem disse isso. Ele acha do caralho esse tipo de frase.

Quando chegamos à margem, o sol já havia se posto no estuário, embora o último reflexo violáceo iluminasse o céu como uma labareda de algodão. Isso dava àquela parte do rio uma luz decrescente, mas ainda intensa. Era uma hora tranquila, sem ventos nem sons, apenas com um leve chapinhar da água ao pé da rampa de concreto da margem. Sim consultou outra vez o relógio e olhou para a irmã, que havia tirado uns binóculos pequenos da mochila e observava rio acima, na direção da ponte e da cidade.

— Olha lá — indicou.

As primeiras luzes começavam a se acender ao longe, na parte baixa e distante da outra margem; mas a claridade azul-acinzentada ainda era suficiente e podíamos perceber os detalhes. Segui a direção dos seus olhares e vi um pequeno navio de carga que navegava em direção ao Atlântico, aproximando-se de nós.

— Pontual, como sempre — comentou Sim.

Não lhe passou os binóculos, tirou da mochila uma pequena câmera de vídeo e começou a filmar o barco. Sim deu uma olhada e depois passou os binóculos para mim. Sorria, radiante. Um sorriso idêntico ao da irmã, que nesse momento acionava o zoom da câmera.

— Agora nossas unhas estão mais bonitas — comentou. — A gente tem menos problemas com a polícia, é mais famosa, tem algum dinheiro e alguns garotos querem se deitar com a gente... Mas nada pode ser comparado a isso.

Aproximei os olhos das lentes. Conforme o barco se aproximava, até que passou diante de nós, fui conseguindo ver seu lado direito. Ali estava pintado um imenso grafite, maravilhosamente colorido: grandes golfinhos azuis com lombadas violeta que pareciam brincar no mar, em liberdade, como se quisessem deixar a proa para trás.

Voltei a ver o indivíduo do sobretudo verde e chapéu de tweed à noite, e dessa vez prestei bastante atenção nele. Eu havia jantado no Tavares, um restaurante do Bairro Alto, com o editor Manuel Fonseca e sua mulher — tínhamos assuntos profissionais pendentes, sem nenhuma relação com Sniper —, e depois bebemos um pouco num bar gay da rua das Gáveas. Manuel era um velho amigo, um sujeito simpático, e sua mulher era ótima para conversar, por isso a noite se prolongou um pouco. Quando saímos, os Fonsecas se ofereceram para me acompanhar até o hotel — eu sempre fico no Lisboa Plaza, ao lado da embaixada da Espanha —, mas era tarde e seu carro estava na direção oposta, no estacionamento do Chiado. A noite estava fria, embora agradável; eu ia abrigada no meu casaco e num xale de lã, carregando a bolsa cruzada, sob os seios, para evitar sustos. Eram apenas vinte minutos de percurso até o meu hotel e assim me despedi e andei em direção ao Mirante São Pedro, desfrutando das ruas tranquilas; as portas das lojas e as paredes na sombra — agora eu prestava atenção a isso de uma maneira diferente — estavam cheias de grafites, apesar dos esforços de Caetano Dinis e seu departamento para domar os grafiteiros locais. Foi uma caminhada tranquila, um pouco semelhante àquela com que sonho às vezes. Nos meus pesadelos, aparecem com frequência desconhecidos e táxis que não param: ruas estranhas pelas quais caminho tentando voltar a um lugar que não lembro. Também sonho que seduzo mulheres de editores e livreiros, embora essa seja outra história.

O fato é que conheço bem Lisboa, e não precisava de táxi. Deixando para trás a Igreja de São Roque, subi no bonde que percorre a ladeira da Glória e me acomodei num assento. Ele começou a andar alguns minutos depois e, enquanto descia a rua, dei uma olhada pela janela: na penumbra do muro da esquerda, depois de ter percorrido dois terços do percurso, pouco antes de chegar ao ponto dos Restauradores, um grafiteiro escrevia na parede — ele nem sequer se alterou quando o bonde passou. Àquela altura eu já havia adquirido o instinto automático do caçador contagiado pelo rastro da presa, e por isso, obedecendo a um impulso de curiosidade natural, quando cheguei lá embaixo, voltei e subi um trecho da ladeira, caminhando ao longo da via de mão dupla. Eu queria observar o grafiteiro de perto. Era um garoto magro e ágil, de feições imprecisas, que, ao me sentir chegar, virou-se para ver se se tratava de uma possível ameaça. Ele deve ter se tranquilizado ao ver que eu não era nem guarda-noturno nem policial, pois se limitou a levantar o *kufiya* que estava em volta do pescoço, agitar as latas de spray e continuar o trabalho. Tinha uma lata em cada mão, como os pistoleiros ambidestros dos filmes de faroeste, e preenchia rapidamente com amarelo e azul um grafite grande, alto, composto de letras enormes, que não consegui decifrar por causa da iluminação precária.

Eu estava prestes a dar meia-volta quando percebi o homem que havia visto de manhã: gorducho, bigode loiro. Usava o mesmo sobretudo e o chapéu inglês de tweed. Olhei para cima casualmente e o vi descer no meio das sombras, a pé e do lado oposto, às pressas. Ao me avistar, parou a alguns passos, indeciso. A situação era peculiar: a ladeira estava deserta, com exceção do grafiteiro, dele e de mim. Depois de um breve momento de hesitação, ele retomou seu caminho, mas então eu já estava atenta, juntando as pontas soltas. A única luz acesa naquele trecho ficava ali perto, iluminando o suficiente para que eu o tivesse reconhecido no ato. Compreendi imediatamente: o sujeito tinha me seguido pelo Bairro Alto até o ponto de cima. Depois, para não se arriscar andando no mesmo bonde, havia descido a ladeira caminhando rapidamente com a intenção de me alcançar quando chegasse lá embaixo. Ao ter recuado por causa do grafiteiro eu havia estragado sua manobra.

Não havia dúvida de que era o homem de Alfama. Era a terceira vez que o via em pouco mais de doze horas, então me ocorreu a frase que Goldfinger diz para James Bond no livro: uma vez é casualidade, duas pode ser coincidência e três significam que o inimigo entrou em ação. James Bond não tinha nada a ver com isso, pensei, e talvez a palavra inimigo fosse exagero — logo constataria que não era, de forma alguma —, mas ninguém gosta de descobrir que está sendo seguido com intenções no mínimo inquietantes. Isso me deixava irritada — e, em matéria de irritação, eu podia alcançar níveis tão altos quanto qualquer um. Senti uma mistura complexa de estupor, medo e raiva, e, depois de passar alguns segundos ajustando as ideias, foi a raiva que levou a melhor. Para continuar com citações literárias, não sou o que se poderia chamar de uma mulher suave. Recebi e devolvi alguns golpes etc. Nem sempre em sentido figurado. Assim, abordei o sujeito do bigode loiro.

— Por que você está me seguindo? — perguntei sem rodeios.

— Como assim?

Ele tinha parado quando percebeu que eu me aproximava. Respondeu em espanhol, quase sobressaltado pelo meu tom brusco, que o jeito coloquial tornava ainda mais agressivo.

— Eu estou te perguntando por que, caralho, você está me seguindo.

— A senhora... — começou a dizer.

Achei que o meu tom me dava vantagem, por isso o mantive. Mas subi um grau.

— Filho da puta!

Ele piscou, desconcertado. Ou deu a impressão de que estava. Eu era pouco mais alta que ele, nado duas vezes por semana numa piscina e tenho uma constituição física razoável. Quanto ao caráter, eu nunca fui daquelas que dão um gritinho e se agarram, tremendo, ao ombro do belo cowboy — sempre o dele, aquelas vadias delicadas — quando os apaches atacam o forte. Dizendo de outra maneira: eu estava com tanta raiva que, à menor provocação, teria arrancado do gordinho aqueles olhos azuis que me olhavam com inocência, atônitos, sob a aba curta do chapéu inglês, na iluminação amarelada da luz do poste.

— A senhora não tem o direito — completou finalmente a frase.

Não levei em conta sua ideia de direitos e deveres naquele lugar, depois da meia-noite.

Ele me encarou mais um pouco, fixamente. Torcia o bigode loiro, enrolado nas pontas, revelando dentes de coelho ao morder o lábio inferior, como se estivesse pensando. Como se realmente tentasse compreender do que eu estava falando. No entanto, durante alguns segundos, a expressão fria dos seus olhos me levou a suspeitar que talvez não fosse tão fácil arrancá-los como eu tinha calculado no começo. Que não eram daqueles que podem ser atacados com facilidade, ou seja: nada de arrancar nada. Mas foi só por um momento.

— A senhora está enganada.

Ele se moveu bruscamente, me evitando, e começou a descer a ladeira de novo. Olhei para suas costas.

— Na próxima vez eu arranco a sua cabeça — quase gritei. — Babaca.

Do outro lado da rua, com uma lata de spray em cada mão, o grafiteiro havia se virado e nos olhava com curiosidade. Depois recolheu suas tralhas e foi embora em silêncio, subindo a ladeira. Fiquei ali, parada, diante do amarelo e azul do seu grafite, cheirando a tinta fresca, enquanto a adrenalina se diluía nas minhas veias e a pulsação recuperava seu ritmo normal, até que o indivíduo chegou ao ponto do bonde, no fim da rua, e dobrou a esquina à direita. Fui atrás e dei uma olhada precavida, sem encontrar nenhum vestígio do sujeito. Na avenida da Liberdade virei à esquerda e me dirigi ao hotel, tentando colocar minha cabeça em ordem. Tirei o telefone da bolsa e liguei para Mauricio Bosque, embora fosse muito tarde — que ele também se aborreça, decidi —, mas recebi como resposta uma mensagem da caixa postal, bem alta. Deixei um recado pedindo que entrasse em contato comigo. Urgentemente. De vez em quando virava a cabeça e olhava para trás, inquieta. Mas dessa vez ninguém estava me seguindo.

Quando entrei no hotel e pedi a chave do quarto, o balconista de plantão me entregou uma mensagem que deixaram para mim por telefone. Era das Irmãs, com apenas quatro palavras, e fez com que eu me esquecesse imediatamente do homem de bigode loiro, me jogasse no sofá do salão deserto e conectasse meu telefone à internet. Dizia: "Sniper, ação na Itália."

4

O balcão de Julieta

— Incrível — disse Giovanna.

Eu concordei. Era mesmo. Nem sequer os museus da cidade conseguiriam aquela afluência de público. O pátio da casa de Julieta, no centro de Verona, estava cheio de gente que se amontoava no túnel de entrada e na rua, formando uma fila que vários policiais tentavam manter em ordem. O frio não desanimava ninguém: sob a mansa chuva mesclada com neve, destilada por um fosco céu cinzento, havia muitos turistas com guarda-chuvas, agasalhos, gorros de lã e de mãos dadas com crianças mas também veronenses que vinham ver o que os jornais e a televisão italianos, com certo despudor chauvinista, estavam havia três dias qualificando como "uma das mais originais intervenções de arte urbana realizada na Europa".

— Como ele conseguiu fazer isso? — perguntei. — Aqui não tem guardas-noturnos?

— Tem um guarda dentro do edifício, mas ele não viu nada. E o portão da rua estava fechado.

Verona inteira discutia aquilo. Nem os *carabinieri* encarregados da investigação tinham certeza sobre como Sniper havia conseguido se enfiar no pátio da casa-museu dedicada à lenda shakespeariana: o balcão do lugar onde teriam se encontrado a jovem Capuleto e seu amante Romeu Montéquio.

Ele entrou descendo pelo telhado? Fazia tempo que o pátio e o túnel haviam se transformado numa espécie de pequeno parque temático dedicado ao amor: as grades repletas de cadeados com iniciais, inscrições românticas em cada parede e um espontâneo mosaico multicolorido formado por milhares de chicletes com frases carinhosas, esmagados e colados nos muros. Assim como a loja de suvenires, como as da via Cappello, ali perto, lançava um pesadelo colorido de chaveiros, dedais, cinzeiros, taças, pratos, Romeus e Julietas em miniatura, cartões-postais, almofadas e tudo o que é possível imaginar em matéria de mau gosto, cujo tema dominante eram milhares de corações que saturavam tudo até causar enjoo. Com o tempo, essa explosão de cafonice ilimitada tinha acabado deslocando o interesse do motivo original do balcão e da estátua de bronze de Julieta que ficava no fundo do pátio: a maioria dos turistas não tirava mais fotos ali, mas diante da decoração desaforada e multicolorida, das centenas de cadeados presos nas grades, dos milhares de frases manuscritas e do mosaico de chicletes que cobria o túnel e o pátio. Arte urbana em mutação perversa, para dizer de alguma forma. Interação com o público e tudo o mais. Embora haja outras formas menos piedosas de qualificá-la.

— Em todo caso — comentou Giovanna —, Sniper é um gênio.

Olhei para o objeto de seu comentário, o motivo que tinha levado, nos últimos dois dias, a multiplicar o número de pessoas que visitavam o balcão de Julieta, no frio mês de fevereiro de uma pequena cidade do norte da Itália. No fundo do pátio, diante das grades cheias de cadeados com promessas de amor e da loja de suvenires com uma constelação de corações, a estátua de bronze em tamanho natural da donzela de Verona, sua pátina habitualmente gasta pelos milhares de mãos de turistas que a roçavam ao acariciá-la para tirar fotos com ela, exibia um aspecto incomum: seu corpo estava coberto de notas de cinco euros, grudadas com cola e esmaltadas com spray, e seu rosto, por uma máscara de lutador mexicano que representava uma das caveiras ou crânios que Sniper costumava usar em seus trabalhos. Para que não houvesse dúvida quanto à autoria, o pedestal da estátua estava decorado com a assinatura e o círculo cruzado de franco-atirador.

— Não sabem o que fazer com isso. — Giovanna ria.

Era verdade. E evidente. A secretária municipal de Cultura tinha sido atropelada pelos fatos. Quando a notícia se espalhou e os meios de comunicação apareceram, turistas e veronenses vieram em massa para ver a intervenção de Sniper. O primeiro impulso de retirar a crosta de cédulas e a máscara do rosto de Julieta havia tropeçado na explosão midiática do sucesso; e, agora, milhares de pessoas queriam ver o que tinha sido feito na Itália pelo artista ilegal que estava escondido por razões confusas sobre as quais a imprensa, o rádio e a televisão especulavam havia dias. Tinham até colocado uma estrutura de alumínio e plástico em forma de toldo sobre a estátua para protegê-la das intempéries. Críticos de arte e catedráticos universitários apareciam diante das câmeras para comentar a ação original do artista urbano espanhol — os mais críticos, embora fossem minoria, chamavam-no simplesmente de vândalo —, cuja presença na Itália, até então, havia passado despercebida. De modo que, enquanto tomavam uma decisão, determinadas a explorar a repercussão daquela novidade na paisagem turístico-cultural da cidade, as autoridades transformaram a necessidade em virtude. Nas palavras de um editorial publicado naquela manhã no jornal *L'Arena*, em pleno mês de fevereiro, com tempo frio, crise econômica e baixa estação, no meio daquela história de Sniper e Julieta — o pobre Romeu tinha ficado de fora —, Deus tinha ido ver Verona.

Deixamos para trás a fila e os flashes das câmeras e dos celulares e caminhamos até a praça Erbe. Ainda fazia muito frio. A chuva com neve começava se acumular no chão úmido e uma tênue cortina branca de flocos minúsculos cobria a praça. Resolvemos nos refugiar no café Filippini para beber alguma coisa quente.

— E isso é o que há — resumiu Giovanna, sacudindo as gotas de água de seu xale de lã antes de pendurá-lo no encosto da cadeira.

Giovanna Sant'Ambrogio era elegante, atraente, tinha olhos escuros enormes e seu nariz era longo — um pouco mais que atrevida, e, se não fosse italiana, pareceria vulgar. Agora pintava os cabelos para esconder os primeiros fios grisalhos. Tínhamos nos conhecido uma década antes quando estudávamos história da arte em Florença, onde mantivemos uma breve relação durante um curso de verão sobre a Capela Brancacci, com agradáveis passeios pela margem do Arno e noites calorosas de intimidade na estreita cama da minha pensão na via Burella. Giovanna se casaria alguns meses depois, e tudo havia terminado de maneira afável, transformando-se numa amizade cordial. Agora ela estava divorciada e vivia em Verona, onde trabalhava na Fundação Salgari e era editora da revista cultural *Villa Della Torre*, patrocinada por uma importante vinícola de Fumane, na Valpolicella.

— A questão é se Sniper continua na cidade — comentei —, saboreando seu sucesso.

Giovanna mexia seu café com leite com uma colher. *Macchiato*, havia pedido. E outro para a senhora. Com algumas gotas de conhaque.

— Eu posso tentar descobrir — disse, depois de refletir por um momento. — Conheço pessoas que estão envolvidas com arte urbana e algumas fazem grafite. Não se perde nada mantendo todo tipo de contato.

Ela refletiu mais um pouco, enquanto levava a xícara aos lábios.

— Eu tenho um amigo ligado a isso — continuou. — Um sujeito que ostenta o recorde local de processos por vandalismo. Assina Zomo. Seu rastro pode ser seguido por todo o norte da Itália, em estações de trem e pontos de ônibus. Rígido e agressivo, muito ao estilo desse que você está procurando.

Aquela *tag* italiana não me era desconhecida. Quis puxar pela memória.

— Ele é jovem?

— Agora nem tanto. Deve ter uns 30 anos. Atua pouco em Verona, porque a polícia o controla e ele se arrisca a sofrer consequências graves, mas, de vez em quando, não consegue se segurar e vai para a rua ou faz incursões em outras cidades.

— Acho que vi alguma coisa dele na internet. É aquele dos policiais?

— Esse mesmo. — Giovanna riu. — A polícia investe contra ele há anos.

— Ora, é excelente.

Lembrei, finalmente. Havia peças de Zomo em sites sobre grafite na internet. Além de grafites convencionais, ele costumava pintar policiais italianos, os *carabinieri*, em situações comprometedoras: se beijando na boca, enrolando baseados, se sodomizando. Trabalhava com moldes previamente preparados — estênceis, na gíria de rua — para agir rápido e fugir: molde sobre a parede, uma nuvem de tinta de spray e pernas pra que te quero. Mais de um policial sonhava em prendê-lo, em conversar com ele a sós, sem testemunhas, por alguns minutos. E não seria para pedir um autógrafo.

Giovanna disse que o conhecia. Ela mesma havia promovido em Verona, alguns anos antes, uma iniciativa para destinar um lugar à *street art*: convocação ao vivo, pública, patrocinada pela vinícola. O plano era convidar grafiteiros conhecidos, como tinha sido feito em outros lugares. O lugar ideal era uma velha fábrica abandonada perto do rio, ao sul da cidade. As pessoas poderiam ver os grafiteiros locais trabalhando à luz do dia, enquanto haveria um show de funk, rap e tudo o mais. Mas a ideia não caiu bem no município. Houve debates, discussões, e acabou sendo descartada. Mesmo assim, Giovanna havia conversado com Zomo, que iria se encarregar de organizar tudo.

— Você continua em contato com ele? — Eu estava interessada.

— Sim. E não é um mau sujeito. Um pouco barulhento, mas não um mau sujeito.

— Você tem certeza de que ele conhece Sniper?

— Ouvi dizer que ele foi seu guia local no lance da Julieta.

Acabei de tomar meu café. Isso abria perspectivas interessantes.

— Ou seja, se Sniper ainda estiver em Verona, Zomo estaria em contato com ele?

Giovanna sorriu, enigmática. Uma das suas mãos, enfeitada com anéis de pratas e uma pedra grande, de bijuteria, estava perto da minha. Isso me trazia lembranças. Olhei nos olhos dela, retribuindo seu sorriso. Pela forma como entreabria os lábios, ela também estava se lembrando.

— É possível, mas talvez não seja só isso. Corre um boato.

Ergui mais o rosto, fiquei séria de repente, como uma cadela ao sentir o cheiro de um bom osso.

— Que tipo de boato?

Giovanna afastou a mão e levantou um dedo com uma unha muito longa e bem-cuidada, pintada com perfeição, e apontou para a rua, onde agora a neve caía abundantemente.

— De que Sniper não terminou seu trabalho em Verona, que ainda tem coisas a fazer por aqui.

— Que tipo de coisas? — Afastei minha xícara vazia para o lado e me apoiei na mesa. — Você tem como verificar?

— Está circulando uma história estranha. Ele pode estar preparando alguma coisa que vai fazer a intervenção na casa de Julieta parecer apenas um prólogo.

— Outra ação?

— Pode ser. Depois de amanhã é 14 de fevereiro. É o dia em que na Espanha se comemora o Dia dos Namorados, não é?

De novo aquele sorriso absorto, evocador. Então me perguntei com quem Giovanna estaria se relacionando agora. Homem ou mulher? Meu instinto se inclinava mais para a segunda opção. De qualquer forma, eu não tinha tempo para isso. Nunca volto aonde fui feliz. E também havia outros motivos para ter reservas. Regras pessoais. Lealdades.

— Dia dos Namorados, sim — confirmei. — São Valentim.

— Ora, Romeu e Julieta são, graças a Shakespeare, os namorados por excelência. E Verona, a cidade do amor. — Ela se virou de novo para a janela que dava para a praça. — Um amor, como você viu, que o público, a estupidez, o contágio social, a televisão e tudo o que isso pressupõe, inclusive os romances e os filmes de Federico Moccia, transformaram em manifestação popular, mercantilizada, a coisa mais cafona que se pode imaginar. A intervenção de Sniper apontaria justamente para isso.

— E daí?

— É isso. Por isso dizem que ele não acabou de manifestar o que pensa sobre toda essa idiotice. E está preparando outro ataque. Pelo visto, grafiteiros de toda a Itália estão vindo para Verona. Convocados por Sniper em código, como costuma ser. E-mails, internet, mensagens de celular e coisas assim.

Respirei devagar, procurando manter a calma. Caso contrário, teria pulado da cadeira.

— Com que intenção?

— Bem, isso eu não sei. Mas não me surpreenderia se daqui a dois dias todo mundo ficasse sabendo.

Olhei para o espelho atrás dela. Eu também estava ali, sentada, com a gola do casaco levantada, um lenço de seda no pescoço e os cabelos ainda úmidos de neve. Atrás de mim, ao lado do balcão e diante do fundo coberto de garrafas alinhadas nas prateleiras, clientes se refugiavam do mau tempo lá fora. Eu ouvia o burburinho das conversas. Talvez, pensei, estremecendo, Sniper estivesse no meio deles. Bebendo, assim como eu, um café *macchiato* com gotas de conhaque, enquanto planejava a segunda parte de sua ação.

— Eu preciso ver Sniper. Se ele ainda estiver em Verona, tenho que encontrá-lo.

— Não parece fácil. Aonde quer que ele vá, seus seguidores costumam protegê-lo com um bom esquema de segurança. Mas Zomo deve estar envolvido, e a gente não vai perder nada se tentar. O que eu não vejo é você ter um motivo convincente para ser ouvida.

Pensei sobre isso. Argumentos. Iscas. Olhei outra vez para o espelho e depois me virei para a janela. O vidro estava começando a ficar embaçado. Lá fora, no ar riscado por flocos que caíam suavemente. A neve cobria de branco a estátua da fonte no meio da praça.

— A gente podia enviar uma carta minha para ele por meio de Zomo? Uma mensagem?

— Podemos fazer isso, mas não posso garantir nada. Nem sequer que ele a receba.

Chamei o garçom e pedi a conta.

— Tentar já é o bastante — falei.

Em Verona, costumo me hospedar no Hotel Aurora, que fica no centro da cidade e tem preços razoáveis. Mas dessa vez era Mauricio Bosque quem estava pagando as despesas e por isso meu quarto — diárias de 300 euros, fora as taxas — era o 206 do Gabbia d'Oro, que também fica perto da praça Erbe. E naquela tarde, com os pés descalços em cima de um belo tapete antigo e apoiada num *bureau* do século XIX, escrevi uma carta para Sniper. Ajustá-la me custou vários esboços até encontrar o tom que considerei adequado. Transcrevo-a aqui:

> Dizer a esta altura que admiro seu trabalho me parece uma bobagem. Por isso o pouparei de uma longa introdução cheia de elogios. Acredito que o senhor seja uma das personalidades mais intensas e singulares da arte contemporânea e que suas ações apontam para o coração do grande tema: em uma sociedade que domestica, compra e se apossa de tudo, a arte atual só pode ser livre, a arte livre só pode ser feita na rua, a arte na rua só pode ser ilegal e a arte ilegal se movimenta em um território alheio aos valores impostos pela sociedade. Nunca, como agora, foi tão adequada a velha afirmação de que a verdadeira obra de arte está acima das leis sociais e morais de seu tempo.
>
> Tenho experiência e contatos adequados. Fui contratada para lhe sugerir um projeto que permitiria levar, com todas as honras, essa verdade ao núcleo do sistema que o senhor combate com tanta energia. Só lhe peço, sob todas as garantias de segurança pessoal que considerar oportunas, um breve encontro que me dê a oportunidade de lhe expor minha ideia.

Li mais algumas vezes a última versão, cortei "com todas as honras" do segundo parágrafo, introduzi o adjetivo "explosiva" entre "essa" e "verdade", e, depois de uma releitura final, passei o texto para o meu e-mail e o enviei a Giovanna, que, por sua vez, deveria fazê-lo chegar a Zomo. Depois liguei a televisão — a estação local continuava informando sobre a ação de Sniper na casa de Julieta —, me deitei na cama e liguei para o editor da Birnam Wood a fim de informá-lo sobre meus últimos passos.

O telefone de Giovanna tocou no meio do almoço do dia seguinte, 13 de fevereiro. Estávamos na Trattoria Masenini, em frente ao castelo, e um garçom tinha acabado de retirar o primeiro prato quando ela abriu a bolsa, pegou o telefone e, enquanto escutava, me lançou um sorriso que aos poucos foi ficando mais intenso. Por fim disse *"Grazie, caro"* e desligou. Guardou o telefone e ficou me olhando, satisfeita.

— Você tem um encontro — anunciou.

Minha boca ficou seca de repente. A massa recém-ingerida parecia se embrulhar no meu estômago. Quando estiquei a mão lentamente para pegar a taça de vinho, fiz um esforço notável para não tremer.

— Quando?

— Hoje à noite, às onze em ponto. Na esquina do beco Tre Marchetti.

— E onde fica isso?

— Perto daqui. Atrás da Arena. Do anfiteatro romano.

Tomei um longo gole de vinho. Era um Amarone Nicolis de 2005, e, naquele momento, tinha o sabor do bendito estado de graça.

— Era Zomo?

— Sim. Ele disse que você deve ir sozinha, sem gravador, câmera nem celular. E que, quando chegar lá, eles vão revistá-la para checar.

— O que ele disse além disso?

— Mais nada. Só isso. — Giovanna também pegou sua taça de vinho e a ergueu ligeiramente em minha homenagem. — Parece que, depois de tudo, você vai se encontrar com Sniper.

Tocamos ligeiramente nossas taças. O cristal vibrou, com um som agudo e limpo, em torno do vinho cor de sangue.

— Graças a você — falei.

Giovanna me olhou com afeto.

— Eu não fiz nada — respondeu, com suavidade.

Percebi novamente aquele sorriso evocador em seus lábios. Semelhante ao meu, supus. Ela se lembrava de mim, compreendi. Ela se lembrava de nós.

Havia parado de nevar, mas as ruas de Verona estavam cobertas por um tapete branco e gotas de água pesadas caíam pelas laterais dos edifícios. Faltavam dez minutos para as onze. A hora avançada, o frio, a ausência de vento, os edifícios na sombra e a palidez fantasmagórica das ruas formavam uma paisagem estranha, silenciosa, em que os passos das minhas botas caminhando sobre a neve soavam como rangidos. Eu havia descido pela rua Mazzini e, quando cheguei em frente à extensa superfície branca da praça, virei à esquerda, na direção da massa escura do velho anfiteatro. O beco Tre Marchetti desembocava ali mesmo, perto dos arcos de pedra de dois mil anos, sob balcões de ferro fundido e da vitrine de uma trattoria que a essa hora já estava fechada.

Parei na esquina e olhei em volta. Apesar de ser uma noite sem lua nem estrelas, e de uma parte da iluminação pública ter sido desligada ou não estar funcionando por causa da nevasca, a reverberação da neve proporcionava uma claridade razoável que permitia distinguir os objetos na penumbra: havia carros estacionados cobertos de neve, marcas de pneus que esmagavam o chão congelado, tornando-o escorregadio. Um poste solitário, aceso pelo lado do Portone della Brà, recortava as árvores distantes e os grossos obstáculos de pedra da grade metálica que circundava o fosso do anfiteatro.

Passavam dez minutos da hora prevista e meus pés estavam congelando, imóveis em cima daquela superfície branca e fria. Esfreguei minhas mãos enluvadas, bati os pés no chão para me aquecer; por fim, caminhei na direção do enorme edifício e andei ao longo do fosso, sem ver ninguém. Às vezes, os faróis dos carros que atravessavam lentamente a praça projetavam longas sombras na neve; algumas delas pertenciam a transeuntes que, como eu, caminhavam com cuidado pelos arredores. Mas nenhuma delas veio ao meu encontro. Comecei a ficar inquieta. Confusa.

Estava refazendo o caminho, seguindo a grade, outra vez em direção à esquina, quando uma silhueta se destacou lá embaixo, no fosso coberto de neve, afastando-se um pouco das enormes pilastras de pedra que sustentavam os arcos do anfiteatro.

— Sniper? — sussurrei.

Não recebi resposta. Quando minha voz soou, a silhueta ficou imóvel outra vez. De novo um vulto escuro fundido nas sombras, sob o arco.

— Eu sou Lex Varela — disse ele.

Achei que tinha ouvido uma risada curta, contida — mas talvez estivesse enganada. Talvez fosse um breve acesso de tosse provocado pelo frio. Depois o vulto escuro se afastou um pouco mais da pilastra. Eu estava em cima, com as mãos apoiadas na grade, e ele continuava embaixo, protegido pela sombra do arco de pedra. Olhei ao redor procurando um lugar por onde pudesse atravessar a grade: degraus ou uma rampa para descer ao fosso, com uns dois metros de profundidade; mas, nesse momento, ouvi rangidos na neve. Rumor de passos de alguém que caminhava pela calçada e se aproximava. Dissimulei, dando meia-volta para me sentar na grade. Primeiro vi uma silhueta negra se destacando na paisagem coberta de neve da rua. Depois, quando estava perto de mim, os faróis de um carro iluminaram por um instante uma mulher magra e alta, de chapéu, que caminhava envolta num casaco longo de vison. Tive a oportunidade de distinguir seu rosto seco e anguloso antes de a luz dos faróis se afastarem. A mulher também se afastou, caminhando ao longo da grade e se perdeu de novo na escuridão.

— Sniper? — perguntei mais uma vez, virando-me para o fosso.
Durante alguns segundos não aconteceu nada e temi que tivesse ido embora. Mas, finalmente, voltei a perceber um movimento na negrura lá embaixo. O vulto escuro se destacou outra vez no arco e agora se aproximava mais, saindo ao ar livre sobre a brancura do fosso coberto de neve. Uma sombra masculina, de capuz, que se mexia devagar, com precaução, até chegar aos meus pés.

— Por onde eu posso descer? — perguntei, inclinada sobre a grade.

Ele ergueu o braço e apontou para alguma coisa. Um gesto obscuro na neve, apontando para a direita. Então aconteceram várias coisas ao mesmo tempo. Da direção em que tinha visto a mulher do casaco de vison desaparecer voltaram a soar passos na calçada, aproximando-se de mim com rapidez. E, quando me virei rapidamente, eu a reconheci, ali de novo, quase em cima de mim. Mas dessa vez ela não passou ao largo. Senti uma pancada muito violenta na lateral da cabeça, tão inesperada e brutal que, nas minhas retinas, vi centelhas multicoloridas súbitas que rasgaram as sombras da noite em todos os sentidos. Perdi o equilíbrio, e, enquanto me agarrava às grades para não cair no fosso, olhei para lá, atordoada, e consegui ver, entre todas aquelas luzinhas enlouquecidas que salpicavam meus olhos, o vulto negro de um homem que estava embaixo recuar bruscamente, e que, ao mesmo tempo, outra pessoa inesperada se juntava à reunião, aparecendo sob as pilastras dos arcos para avançar sobre ele: uma nova sombra que se movia com extraordinária velocidade e violência. Então recebi uma segunda pancada, dessa vez na nuca, ainda mais forte que a outra, e, perdendo completamente o equilíbrio, balancei sobre a grade e me precipitei de cabeça no fosso, dois metros abaixo.

Eu não me lembro com clareza desses instantes. Só da impressão de que tudo desaparecia diante de mim, o pânico da queda, a sensação de poço sem fundo interrompida de repente pela violência do choque. A repentina falta de ar nos pulmões por causa do impacto do meu corpo no chão. Foi a camada de neve que cobria o fosso, suponho, que me livrou de quebrar alguns ossos lá embaixo. Fiquei de lado, incapaz de me mexer, sem perder a consciência, mas atordoada a ponto de nem sequer sentir dor. Abri a boca para gritar e respirar, mas não consegui articular nenhum som nem introduzir mais que um mesquinho fio de ar nos pulmões. Estava entorpecida, insensível, como se sofresse uma paralisia súbita que só me deixasse com a visão e a audição. Meu rosto estava virado para o lado, em cima da neve. As centelhas coloridas foram se apagando então vi o homem que estava no fosso cair ao meu lado. Um breve barulho de briga, grunhidos, gemidos. Golpes. Alguém me empurrou com o pé, dessa vez sem violência, mas me colocando de barriga para cima. Acreditei ouvir a voz de uma mulher soando ali perto, pronunciando palavras que eu não conseguia compreender. Uma voz masculina respondeu. O vulto escuro que estava ao meu lado havia parado de se debater, ou foi o que eu achei. A luz de uma pequena lanterna, fina como um lápis, iluminou por um momento meu rosto e depois procurou o do homem caído. Havia outro homem em pé diante dele, e achei que via um sobretudo longo, um bigode loiro e olhos claros. Além do brilho fugaz da lâmina de uma navalha.

— Merda — ouvi alguém dizer.

Seguiu-se uma discussão em voz baixa: uma rápida troca de frases curtas que não faziam sentido para mim. Depois a luz se apagou, ouvi passos se afastando sobre a neve e o silêncio voltou. Ao fim de alguns minutos — na verdade, não tenho certeza sobre o tempo transcorrido —, eu tentei me mexer, sem conseguir. Continuava paralisada, embora não sentisse dor ainda. Isso me deixou assustada. Eu quero que doa, pensei. Quero ter certeza de que não quebrei a coluna vertebral. Consegui, afinal, apoiar um braço no chão gelado e tentei me levantar. Uma cãibra de agonia apertou meu peito.

— Ahhh! — gemi.

Como se fosse uma resposta, um gemido também brotou do corpo que jazia ao meu lado. Tateei-o com a mão. Sua roupa estava empapada de água e neve. Toda fria. Se fosse sangue, pensei, estaria quente. Pelo menos é o que imagino. Ao sentir minha mão, o corpo pareceu recuperar a vida. Ele se mexeu um pouco, lentamente, e de novo gemeu, sentindo dor.

— Sniper... — eu disse.

— *Cazzo* — foi a resposta.

A resposta tinha vindo em italiano, e demorei para digerir isso porque outras coisas ocupavam minha atenção. Meus músculos já respondiam e, embora sentisse dores da cabeça aos pés, estava recuperando a mobilidade. Eu me levantei do jeito que pude, apalpando meu corpo com cautela à procura de algum osso fora do lugar. Não parecia ter ferimentos sérios, além do abalo causado pela pancada e da intensa dor de cabeça que me torturava como se meus miolos estivessem soltos e batessem na parte interna do crânio. Também estava empapada de flocos de neve e comecei a tiritar. Com esforço, apoiei as costas na parede do fosso e puxei para mim o homem que estava ao meu lado, ajudando-o a se levantar.

— *Cazzo* — repetiu.

Não era Sniper, compreendi, por fim. Aquele filho da puta tinha mandado Zomo em seu lugar.

— Talvez a gente devesse chamar a polícia — sugeri.

Zomo fumava e a brasa do cigarro avermelhava a metade inferior de seu rosto. Ele torceu a boca ao me ouvir dizer isso.

— Que se foda a polícia.

Estávamos quase às escuras, sentados nos degraus de um portal fechado de um dos cafés da praça. Com dores e ainda confusos. Tentei organizar minhas ideias enquanto contemplava as silhuetas fantasmagóricas das árvores distantes e o bloco imponente, maciço e sombrio do anfiteatro. A reverberação da neve recortava as cadeiras e as mesas do café empilhadas ao nosso lado, e, às vezes, os faróis de um carro nos iluminava por um instante. O rosto de Zomo era estreito e longo, vagamente equino. Protegia a cabeça raspada com um gorro de lã e vestia um casaco azul-marinho. Tinha uma pequena mochila no chão, no meio das botas.

— Que merda foi essa que aconteceu? — perguntou ele.

— Estavam procurando Sniper.

— E o que você tem a ver com eles?

— Nada.

— Não fode.

— É sério. Nada.

Deu outra tragada no cigarro e afundou num silêncio cético.

— Eles querem acertar as contas com Sniper — falei. — Por isso ele se esconde.

— Sim, eu sei. O pai de um garoto que morreu na Espanha. Disso todo mundo sabe. Mas o que aconteceu hoje...

Interrompeu-se, pois, quando esticou as pernas, deu um grito de dor.

— Se você não está com eles — disse pouco depois —, o que eles estavam fazendo aqui?

— Eles sabem que eu estou procurando Sniper. E estão me seguindo desde Madri, eu suponho.

— Caralho. Então essa história de que querem responsabilizá-lo é séria.

— O que Sniper disse a você ao meu respeito?

— Nada de especial. Tem uma mulher querendo entrar em contato comigo. Se encontra com ela e pergunta o que ela quer. Assim que chegar.

Zomo voltou a se mexer, tentando se acomodar, e grunhiu outra vez. Não estava tão maltratado quanto eu, no entanto: aquela queda no fosso, de dois metros de altura, e o golpe no chão coberto de neve. Minha cabeça continuava doendo horrores, e parecia que o resto havia levado o coice de uma mula. De vez em quando eu apalpava as costelas sob o casaco, incrédula. Surpresa por não ter quebrado nenhum osso.

— Não estava esperando esses caras — disse Zomo. — E imagino que ele também não. Ou pelo menos preferiu pensar que não apareceriam. Esses covardes quase me mataram.

— Não acho que Sniper soubesse. Nem eu suspeitava.

— Com certeza ele não sabia. Além do mais, ele nunca faria isso, mandar um colega para uma armadilha. Sniper é um cara legal.

— Por isso todo mundo o encobre?

Um carro passou por perto e nos iluminou por um instante. Zomo cavava a neve com as botas.

— O que você vê nele? — eu quis saber. — Por que pessoas de todo canto são leais a ele? Por que essa cumplicidade e esse silêncio?

Demorou alguns segundos para Zomo responder.

— Eu já disse: ele é um cara legal, que nunca se vendeu. Um verdadeiro destróier com ideias geniais, que segura a pica e mija em tudo o que é estabelecido, porque não podem comprá-lo. Ele também é uma pessoa especial. Tem coisas que outros não têm.

— Por exemplo?

— Ele sabe seduzir. Conhece as pessoas, sabe lidar com elas.

— E onde ele está agora? — eu me aventurei. — Continua em Verona?

A última tragada no cigarro avermelhou um sorriso. Depois vi a brasa descrever um arco no ar e se apagar na neve, ao longe.

— É importante que eu consiga vê-lo — insisti.

— Importante para quem? Para você?

— Para ele. E ainda mais agora, depois disso.

— Depois disso eu duvido que ele queira ver alguém. E eu também não.

Zomo pegou a mochila e se levantou com dificuldade.

— Aonde você vai?

— Eu tenho coisas a fazer.

Também me levantei, apoiando-me na parede.

— Me deixa acompanhar você — pedi.

— Nem fodendo. Eu sigo o meu caminho e você segue o seu.

Nós nos encaramos na penumbra, imóveis e um pouco cambaleantes. Parecíamos dois lutadores de boxe tontos, pensei.

— Diga a ele que eu não tive nada a ver com isso, que continuo precisando vê-lo.

Ele pensou por um momento.

— Eu não me importo em dizer isso a ele, mas o que importa é o que ele precisa e não o que você quer.

— Você poderia dizer a ele...

Zomo meio que levantou uma mão, com um gesto cansado.

— Presta atenção. Eu não sei quem você é nem qual é a sua história, mas isso não me interessa. Estou aqui porque Sniper pediu. Eu levei porrada e quase me mataram. Para mim, para ele, para você, tudo dá no mesmo. Então aqui termina o meu assunto com você. Fiz o que me pediram e agora eu vou partir.

Outro carro passou por perto, bem devagar. Muito. Observei-o com desconfiança, mas só se movimentava assim por precaução do motorista, por causa do chão gelado. A luz dos faróis se afastou praça acima.

— Só mais uma coisa — insisti.

— Fala.

— O que vai acontecer amanhã? Qual é a ação que Sniper planejou para o dia de são Valentim?

Ele pareceu ficar surpreso.

— O que você sabe a respeito disso?

— O que corre pela internet e pelos celulares. Mensagens, convocações... Eu sei que o lance da casa de Julieta não passou de um prólogo, que grafiteiros de toda a Itália estão chegando a Verona.

Enquanto eu falava, Zomo tinha aberto a mochila e procurava alguma coisa.

— Hoje já é amanhã — avisou.

Tirou duas latas de spray da mochila. Ouvi o tilintar das bolas internas sendo agitadas para misturar a tinta. Depois se virou para a porta de metal do café e traçou, primeiro em preto, um coração enorme. Depois de contemplá-lo por um instante, voltou a agitar a outra lata e preencheu o desenho com tinta vermelha.

— Dia dos Namorados. — Riu.

Depois devolveu as latas à mochila, pendurou-a nas costas e desapareceu na noite.

Voltando ao hotel, assisti a um espetáculo espantoso: da Arena à Porta Borsari, rua por rua, a zona antiga da Verona histórica estava invadida por sombras furtivas que desenhavam corações em todas as fachadas, paredes ou monumentos que encontravam no caminho. Havia corridas, sussurros na escuridão, tilintar e sibilos de latas de spray, cheiro de tinta fresca, centenas de manchas vermelhas que escorriam das paredes como sangue na neve. Em vários cruzamentos, vi brilhos de faróis de viaturas e ouvi sirenes rasgando o ar gelado. Todo o centro da cidade parecia estar em pé de guerra, assolado por uma turba de delinquentes rápidos e furtivos, comandos sem face que deixavam para trás um rastro implacável de corações vermelhos de todos os tamanhos, na via Manzzini, da Igreja da Scala, na de Santo Antônio, na rua da casa de Julieta, na estátua de Dante da Piazza dei Signori, no Palácio Maffei, na coluna do leão veneziano. Nada era respeitado naquele *throw-up* sistemático da cidade. E, quando cheguei à praça Erbe, que naquele momento era ocupada pelos *carabinieri* — havia tropas de choque com capacetes e cassetetes e grupos de grafiteiros detidos com as mãos apoiadas na parede e mochilas com latas de tinta no chão —, pude constatar que, de alguma maneira incompreensível, alguém — depois soube que foi o próprio Sniper — tinha conseguido subir na Torre Lamberti, sobre o telhado da prefeitura, e desenhar em sua base, bem visível de baixo e agora iluminado como uma instalação ultramoderna pelos brilhos intermitentes das viaturas, um enorme e desafiador coração vermelho com efeito de três dimensões e a frase *"Vomito sul vostro sporco cuore."* escrita em cima: "Vomito em vosso coração sujo."

5

Eu não sou isso

Conforme meu trem corria para o sul — de Verona a Milão, e de lá para Roma —, o rigor da paisagem de inverno foi se suavizando, como se o trajeto encurtasse a distância entre o inverno e a primavera. Planícies brancas e pequenas aldeias situadas em colinas cobertas de neve foram substituídas por pradarias verdes cobertas de orvalho e bosques gelados. Depois, esse verdor se tornou cada vez mais intenso, tomando conta de tudo, enquanto o sol dissipava as brumas que haviam turvado o horizonte cinzento.

Seis horas de trem dão tempo para pensar. Avaliar situações possíveis e prováveis ou analisar causas e efeitos. Eu havia subido no trem da mesma forma que desci dele na estação Termini de Roma e caminhei no meio de pessoas em direção ao ponto de táxi: atenta aos rostos que me cercavam, virando-me disfarçadamente para olhar para trás, da mesma maneira que no trem, com um livro de Beppe Fenoglio — *Il partigiano Johnny* — aberto em cima dos joelhos, ao qual mal dei atenção. Havia ficado atenta aos passageiros com os quais cruzei nos corredores ou que ocupavam assentos perto de mim. Tinha na bolsa, ao alcance da mão, spray de pimenta, comprado numa loja de Verona que Giovanna me recomendou, embora não tivesse certeza de qual poderia ser sua utilidade real. Não havia detectado nada de inquietante desde então, mas sabia que, às vistas ou não, eu tinha motivos de sobra para estar inquieta: um bigode loiro e olhos azuis e um rosto feminino anguloso e rígido. Meu corpo ainda doía pela queda no fosso do anfiteatro de Verona e meu rosto ardia ao relembrar o incidente, de humilhação e de vergonha.

Uma presa marca o caçador que a persegue, pensei em outro momento. Assim, durante todo o trajeto, eu havia prestado atenção nos grafites de vias e estações. Em Florença, em vagões abandonados, achei ter visto, ao passar, crânios de Sniper assinados com o círculo do franco-atirador — mas a velocidade do trem me impediu de confirmar isso. A mesma coisa aconteceu quando, chegando a Roma, consegui ler num muro sob um viaduto a frase *"Non c'è cazzo più duro che la vita"* — "Não há pica mais dura que a vida" — escrita com imensas letras pretas sob a figura de uma menina embalando uma boneca que tinha uma caveira no lugar do rosto. Só podia se tratar de Sniper, concluí. Tanto esse quanto o de Florença pareciam grafites antigos, deteriorados pelo tempo. Tinham até algum rabisco em cima. Mas estremeci ao pensar que minha presa talvez tivesse estado ali, que teria deixado seu rastro, ignorando que eu ia segui-la.

Eu havia ligado de novo para Mauricio Bosque na véspera, depois de ter organizado minhas ideias. Meus projetos. Liguei para o editor da Birnam Wood para perguntar em que confusão ele havia me metido e até que ponto poderia considerá-lo responsável. Inclusive perguntei se ele tinha algo a ver com aquilo. Bosque pareceu sinceramente espantado no começo e alarmado em seguida. Não tenho nada a ver com isso, protestou. Não sei quem são essas pessoas que você me descreveu nem por que estão seguindo você. Não tem muita gente aqui que sabe do seu trabalho. É claro que o segredo não é absoluto. Minha secretária sabe e talvez tenha comentado com alguém em particular, mas são pessoas confiáveis. Talvez suas pesquisas tenham alertado alguém. Através de intermediários. Imagino que a essa altura você já deve ter conversado com muita gente. Qualquer um pode ter entrado em contato com Lorenzo Biscarrués, se é que ele está por trás de tudo isso. Mas sabe-se lá. Sniper vem fazendo inimigos há muito tempo. De toda forma, não dava para prever que isso fosse perigoso. Bem, pode abandonar tudo, se quiser. Pago suas despesas e a gente esquece isso. Continuamos amigos. Você vai para Boston e eu, para a Califórnia.

Fiquei em silêncio depois de ouvir isso. Passei tanto tempo assim silêncio que ele acabou perguntando se eu ainda estava ao telefone ou se tinha desligado. Ainda estou aqui, falei. Pensando no que você disse. No que vou fazer. Estou tentando me aprofundar, acrescentei. Calcular os prós e os contras. Definir até que ponto vale a pena continuar. E por que você vai continuar?, perguntou Bosque. Por que vai se arriscar? O mais provável é que sejam pessoas ligadas a Biscarrués. Ao ouvir isso, minha resposta foi algo parecido com "não sei exatamente" quem são essas pessoas e por que estão me seguindo. Por isso, ainda tenho que pensar se vou continuar ou não. Então ele enfiou a palavra medo na conversa, e eu disse que não se tratava disso. Que, pensando bem, eu mesma poderia ser tão dura quanto qualquer um. Tão perigosa. E que um gordinho bigodudo e uma vadia com casaco de vison não iam me obrigar a me atirar num fosso pela segunda vez. Ou, pelo menos, acrescentei, não iriam me obrigar a cair sozinha. Já não é nem mesmo sobre você, falei. Depois repeti mais lentamente, com pausas e uma ligeira variação, para convencer a mim mesma. Nunca. Foi. Sobre você.

Então foi Bosque quem ficou um tempo em silêncio. Eu havia trabalhado várias vezes com ele e o conhecia razoavelmente bem, por isso consegui ouvir pelo telefone o ruído das rodinhas dentadas girando em seu cérebro: a cada volta soava o *cling* de uma caixa registradora. Eu preciso pensar, falei, para preencher o silêncio. E então ele riu de repente, como se tivesse encontrado uma solução para tudo. Se isso a ajuda a pensar, disse, eu dobro o valor do contrato. E não vai me dizer que sou generoso, porque é mentira. Depois do que aconteceu em Verona, Sniper é Deus. Basta ler os jornais.

Fui encontrar Paolo Taccia no L'Angoletto, um restaurante muito agradável, quase escondido no canto de uma pracinha que fica perto do Panteão. Taccia era professor universitário e crítico de arte moderna do *Corriere della Sera* — e também o motivo de eu estar em Roma. Era amigo de Giovanna Sant'Ambrogio, e ela havia avisado que eu ia visitá-lo. Você vai gostar de Paolo, disse ao se despedir. Ele é cínico, inteligente e uma autoridade em arte urbana. Escreveu *C'era una volta i muri*, que é o primeiro grande estudo italiano sobre o grafite. E tem ótimos contatos nesse mundo. Se existe alguém na Itália capaz de orientá-la sobre Sniper, é ele.

Fisicamente, Taccia não era o típico italiano meridional: quase loiro, com cabelos cortados à escovinha e olhos claros atrás de seus óculos com armação de aço, seu aspecto não teria destoado, num filme de época, do uniforme das SS. Tinha um humor ágil e uma conversa agradável, professoral, quase socrática: ele deslizava esboços de ideias, como se fossem pistas, e depois esperava, pacientemente, sem pestanejar, com um sorriso cético de raposa, que você chegasse a conclusões lógicas. Cada vez que uma delas era correta, Taccia gratificava seu interlocutor ampliando o sorriso. Foi o que aconteceu algumas vezes nos primeiros minutos da nossa conversa, até que, entre o sexto e o sétimo sorriso de aprovação, achei, com tanta naturalidade quanto se eu tivesse completado o raciocínio sozinha, que ele sabia que havia fortes razões para pensar que Sniper estava escondido no sul da Itália.

— Há uma velha e bela história — disse Taccia — que poderíamos definir como o conto do malvado e do bom garoto, se é que, é claro, esse tipo de distinção pode ser feito hoje por alguém que não seja um imbecil. Quer que lhe conte?

— Por favor.

Então ele me contou. À sua maneira. Com pausas e novos sorrisos para que eu fosse preenchendo as linhas pontilhadas. A história começava com um personagem que tinha um nome quase inverossímil: Glauco Zuppa, "sopa", dono de uma galeria de arte moderna com filiais em Londres, Monte Carlo e Amalfi que se movimentava com desenvoltura em meio às pessoas endinheiradas. Nada a ver com os modestos apaixonados por arte à base de celular e computador, mais partidários de baixar de graça uma reprodução pela internet e pendurá-la na parede de sua casa do que de colocar os pés numa galeria de arte para ver a obra original com um ponto vermelho num canto da moldura, comprada por Bono, Angelina Jolie ou não importa que milionário anônimo capaz de pagar cinquenta mil dólares por ela, ou o dobro, sem nem pestanejar. O negócio do tal do Zuppa se concentrava nesse tipo de clientes exclusivos, e a eles havia destinado, um ano antes, um leilão planejado com extremo cuidado e muita discrição. O tema era *street art*, e o acervo incluía peças urbanas que, com absoluta falta de escrúpulos, Zuppa ou seus asseclas haviam arrancado das ruas de diversas cidades da Europa, usando a mesma técnica com que se retiram os afrescos das igrejas e de monumentos antigos. Lugares sem dono, naturalmente: muros de velhas fábricas abandonadas, painéis publicitários, paredes e outros suportes.

— Adivinhe quantas eram de Sniper — sugeriu Taccia, fazendo uma pausa.

Eu me lembrava vagamente desse episódio. Tinha lido algo sobre ele, mas desconhecia alguns detalhes e havia esquecido outros.

— Umas seis? — arrisquei.

O sorriso de raposa socrática se intensificou.

— Dezessete... Um terço das obras expostas.

— E o que Sniper disse?

— Ele não disse nada.

— E o que ele fez?

Taccia voltou a sorrir, premiando minha conclusão. Depois de uma longa pausa para terminar seu peixe, continuou falando. Quase todas as obras das quais Zuppa havia se apoderado estavam documentadas com fotos na internet — algumas expostas pelo próprio Sniper. Com isso e outras fotos próprias, o galerista montou um catálogo no qual cada peça era acompanhada por uma extensa documentação sobre a localização original. Na verdade, Zuppa não tinha transgredido nenhum direito alheio, pois todos os trabalhos eram de rua e a simples assinatura do autor — quase nenhum deles registrava legalmente sua *tag* e Sniper também não o havia feito — não era suficiente para lhes atribuir propriedade legal. Pintadas ali e expostas à destruição pela intempérie ou pela ação predatória de outros grafiteiros, esses trabalhos pertenciam a quem ficasse com eles. E, além disso, Zuppa era um sujeito esperto, que jogava com o fator principal.

— Reivindicar sua propriedade teria sido uma contradição por parte de Sniper — deduzi.

Taccia me dirigiu outro sorriso silencioso, de aprovação.

— Um sujeito como ele — confirmou —, que deve manter o anonimato e torná-lo compatível com sua credibilidade como artista, obrigado a se manter distante de um mercado que ao menor descuido pode transformá-lo em milionário. Alguém que se manifesta contra todo tipo de legalidade, como ele faz, fica preso à própria ideologia.

— Claro — concluí, impressionada pela evidência. — A rua é de todo mundo.

Bebeu um pouco de vinho enquanto me olhava, pacientemente, com o sorriso esperto. Era minha vez.

— Mas Sniper não cruzou os braços — tateei.

— Não — confirmou Taccia, aprovando. — É aqui que entra o ensolarado sul da Itália.

A exposição que tinha antecedido o leilão, acrescentou, havia sido montada na galeria de arte que Zuppa tinha em Amalfi, em plena temporada de turismo da elite que frequentava a região e quando a campanha publicitária era veiculada na internet havia dois meses. A maior obra de Sniper era uma peça de um metro e oitenta por dois metros e quinze que representava o Super Mario atirando um coquetel molotov contra uma tropa de choque que, em atitude idêntica à dos fuzileiros navais da famosa foto de Iwo Jima, erguia a bandeira da União Europeia. E, no catálogo, seu preço inicial era de noventa mil euros. Na véspera do leilão, Zuppa promoveu uma festa no café Gambrinus de Nápoles para receber os clientes que havia convidado. Mas, nessa mesma hora, em Amalfi, uns vinte grafiteiros cobertos com capuzes invadiram a galeria, e Sniper estava entre eles. Com a velocidade e a eficácia de uma ação militar perfeitamente planejada, o vigilante noturno foi neutralizado enquanto as dezessete peças de Sniper eram destruídas com ácido e as paredes da sala cobertas de pinturas, qualificando o leilão como ato de pirataria e canalhice mercantil. "Eu não sou isso", afirmava uma frase escrita com spray em uma das paredes, sobre os restos da peça do Super Mario. Assinada com o círculo e a cruz de franco-atirador.

— Depois disso — continuou Taccia —, Sniper ficou encantado com os grafiteiros que o ajudaram a destruir o negócio de Zuppa. Nessa época ele já era perseguido por esse industrial espanhol, o do filho que morreu em Madri, e andava de esconderijo em esconderijo. Os napolitanos se ofereceram para protegê-lo e ele se instalou por um tempo entre eles.

— Por um tempo?

— Bem, sim. Por um longo tempo.

— E continua lá?

— Pode ser que continue.

— Pode ser?

Meu interlocutor tomou outro gole de vinho. Olhava nos meus olhos e seu silêncio era significativo. Apoiei as mãos na mesa, nos dois lados do prato, como se precisasse estabelecer a horizontal exata de tudo. Eu sentia um esboço incômodo de vertigem.

— Quer dizer que toda vez que ele viaja para fazer alguma coisa, como no caso de Verona, Sniper volta a Nápoles depois? Que essa é a base de suas operações? Seu covil?

À maneira de prêmio final, Taccia me dirigiu um último sorriso de raposa: aquele que se dá a uma garota aplicada que acaba de passar por um exame no qual intuir as perguntas é ainda mais importante que saber as respostas.

— É o que dizem, pelo menos — confirmou. — Lá até os grafiteiros são duros. Eles escondem e protegem Sniper, guardando seu segredo. Você viu *I, Claudio* ou uma dessas séries de televisão.

— Claro.

— Pois bem, é isso. Eles são sua guarda pretoriana.

Naquela tarde fiquei andando por Roma, sem destino, envolta na claridade avermelhada que resvalava pelas fachadas ocres envelhecidas. Eu tinha estado duas vezes ali com Lita, muito tempo atrás. A pequena taverna onde costumávamos jantar, situada num beco estreito, perto da via Coronari, com suas lojas de antiguidades suspeitas — já eram suspeitas há uma centena de anos, o que as transformava em antiguidades quase autênticas —, não existia mais. No lugar encontrei uma loja de suvenires para turistas com camisetas *I love Italy*, coliseus de plástico, santinhos do papa, fotos de Audrey Hepburn com Gregory Peck numa vespa e uma máquina de garrafas d'água. Como o restante da Europa e do mundo, Roma tentava atrair a clientela do século XXI. Enquanto me afastava, pensei que Lita ficaria desconcertada se soubesse que, depois de tudo, um dia eu iria caminhar por essa cidade atrás dos passos de Sniper.

Lita, recordei. Atrás de cada esquina eu sentia — e Roma intensificava esse efeito — seus olhos ingênuos e tristes voltados para mim. Eu presumia seu olhar embaçado de sonhos que nunca se concretizaram. Seu doce fantasma atento ao eco dos meus passos. O lugar onde ela está vivendo agora é muito escuro, pensei. Isso me provocou uma melancolia tão extrema que, depois de olhar para todos os lados com a angústia súbita de quem procura consolo, entrei na livraria Arion, que fica no fim da via Aquiro, decidida a me surpreender lá dentro — há quem tome aspirinas como analgésicos, eu tomo livros. Depois de dar uma olhada nos lançamentos e nos livros de arte sem encontrar nada interessante, fui para os fundos, onde há uma seção de prateleiras dedicadas à bibliofilia. Estava olhando a etiqueta com o preço — datilografado, astronômico — na capa amarela de uma primeira edição de *Il Gattopardo*, quando o telefone vibrou na minha bolsa. E a voz que ouvi quando atendi gelou o meu sangue.

Às nove e cinco da noite, cinco minutos depois da hora combinada, cheguei ao Fortunato, um restaurante formal, de ar clássico, atendido por pessoas que foram garçons a vida inteira. Um desses lugares frequentados em outros tempos por estrelas que filmavam na Cinecittà e que hoje recebem italianos de boa aparência e turistas que ainda usam terno escuro ou colar de pérolas para jantar.

— Prazer em conhecê-la — disse Lorenzo Biscarrués.

Massa com trufas, filé e um vinho tinto do Piemonte cujo rótulo permitia imaginar um preço absurdo. Meu anfitrião cheirava a água-de-colônia. O cabelo grisalho, quase branco, estava penteado para trás, com uma risca, combinando com um modo cortês, envernizado pelo tempo e pelo dinheiro de uma história de origens sombrias. Biscarrués havia ficado imensamente rico ao longo de quarenta anos de esforço contínuo, vontade férrea e trabalho tenaz. Figurava nas listas da Forbes e da Bloomberg, e poucos teriam acreditado que aquele indivíduo magro e de aparência adorável, sentado diante de mim na melhor mesa do restaurante, vestido impecavelmente com terno cinza-escuro e gravata de seda no colarinho italiano, tinha começado explorando imigrantes asiáticos em confecções ilegais e vendendo ele mesmo num velho furgão, de loja em loja, peças de roupa falsificadas de marcas famosas. Agora, com cinquenta filiais da Rebecca's Box espalhadas pelo mundo, daquele alfaiate mafioso e inescrupuloso só restavam as mãos feias e ásperas, quase plebeias, e o olhar severo que me estudava atentamente, tão seguro de si quanto da enorme fortuna que essa forma de encarar o mundo havia tornado possível.

— Eu sei o que a senhora está fazendo na Itália.

— Sim — admiti. — Imagino que saiba. Não acredito que tenha me localizado só para me fazer provar esse vinho.

— A senhora está procurando uma coisa que eu também estou procurando.

— Talvez. Mas, nesse caso, seria por motivos diferentes.

Ele olhou para o prato. Cortava seu filé em pedaços pequenos, quase microscópicos, antes de levá-los à boca.

— A senhora não está curiosa para saber como a encontrei?

— Claro que estou. Mas o senhor vai acabar me contando, se essa for a sua intenção.

Biscarrués continuou com a vista baixa. Mastigava devagar, com desconfiança.

— Eu sei tudo a respeito do que está fazendo na Itália. Sua viagem a Lisboa. O que aconteceu em Verona.

— Suponho que saiba, sim. Embora às vezes o senhor, ou sua gente, tenha se achado muito esperto em tudo. Eu vi uma navalha em Verona.

Voltou o rosto para mim, finalmente. Não havia o menor indício de desculpas em seu silêncio. E eu também não as esperava.

— Permita-me lhe dizer que não sei do que está falando — disse. — Embora dizer isso duas vezes seria ofender sua inteligência, imagino.

Ele sorria, mas seu sorriso não me agradou. A cumplicidade que brindava com tanto descaramento.

— O senhor não sabe nada da minha inteligência.

— A senhora está enganada. Eu sei muita coisa.

Eu me perguntei se foi Mauricio Bosque, o editor da Birnam Wood, quem o havia informado, se os dois estavam mancomunados. Do jeito que as coisas estavam se desenrolando, era bem possível que a missão de encontrar Sniper fizesse parte de uma trama, e que o livro e o resto tivessem sido apenas pretextos. Talvez, concluí, tudo fizesse parte de uma mesma manobra: Bosque encomenda, eles me seguem, eu localizo. Com Biscarrués nos bastidores, tecendo pacientemente sua teia de aranha. A pergunta então era: por que ele havia aparecido? Por que estava ali, comendo um bife?

— Por que o senhor veio até aqui?

— Acho que as coisas se complicaram um pouco — respondeu, depois de refletir por um momento. — De forma desnecessária, ainda por cima. E acho que a senhora tem motivos para estar irritada. Essa nunca foi a minha intenção.

— Nesse caso, o senhor deveria escolher melhor os seus capangas.

Ele me encarava, impassível, como se não tivesse ouvido minhas últimas palavras.

— Não sei se a senhora chegou a ver a pintura que meu filho fez na noite em que morreu. Era seu nome. Sua assinatura.

— Holden. — E assenti.

— Sim. Eu já sei que a senhora conversou com um grafiteiro que era amigo dele. Ele disse à senhora por que Daniel escolheu essa assinatura?

— Não.

— A mãe dele lhe deu um livro de presente. Eu não sou de ler muito, mas ela, sim; tem mais tempo. Ela deu a ele de presente algo intitulado *O apanhador no campo de centeio*. Meu filho adorava esse livro. Por isso adotou o nome do protagonista. Holden não sei o quê.

— Caulfield.

— Sim. Isso mesmo.

Tinha outros dois filhos, acrescentou depois de um momento. Daniel era o mais novo. Quando morreu, tinha 17 anos e desde os 14 saía à noite com suas latas de spray. Não havia como dissuadi-lo: sua paixão era escrever em paredes. A polícia costumava levá-lo para casa com as mãos e as roupas sujas de tinta. Seu pai havia pagado incontáveis multas. Teve que fechar dezenas de bocas com dinheiro, para evitar problemas.

— Lá fora eu sou eu, era o que ele dizia. Respeito a mim mesmo. Eu sou aquele que escreve nas paredes, não o filho de Lorenzo Biscarrués.

Olhava para seu prato com indiferença. Parecia ter perdido o apetite.

— Ele sempre foi uma criança especial — acrescentou, de repente. — Introvertido, sensível. Mais parecido com a mãe que comigo.

— O amigo grafiteiro dele, SO4, disse que ele era bom na rua.

— Não sei. Eu nunca entendi de arte, se é que isso pode ser chamado de arte.

— Essa é uma velha discussão, embora eu diga que sim, que pode.

Ele olhou para mim com atenção, desconfiado, como se tentasse descobrir se eu era sincera ou estava lhe oferecendo um consolo que ele não pedira. Depois de alguns segundos, pareceu relaxar.

— Certa noite, resolvi ver o que ele fazia. Mandei segui-lo e me levaram atrás dele. De um carro, do outro lado de uma praça, eu o vi pintar uma parede. Não o reconheci: ágil, seguro de si, com uma camaradagem estranha com seus companheiros... Foi estranho, sabe? Eu estava horrorizado de vê-lo fazendo aquilo e ao mesmo tempo sentia orgulho dele.

Deu um sorriso fraco, com ar distraído. Só com a boca.

— Eu nunca disse isso a ele — acrescentou. — Nunca contei a ele que naquela noite eu fui observá-lo de longe.

O sorriso tinha se apagado lentamente. Agora olhava pensativo para as próprias mãos, imóveis sobre a toalha — na esquerda reluzia uma aliança de ouro. Quando voltou a levantar a vista, seu sorriso era uma careta tão fria quanto seus olhos.

— Esse homem que a senhora está procurando é... A senhora é uma mulher, por isso não vou usar certos adjetivos. Vou resumir dizendo que ele matou o meu filho. E fez isso com tanta certeza como se o tivesse empurrado daquele telhado. E não foi o único garoto que ele empurrou.

— Não é tão simples assim — objetei. — A responsabilidade. Uma coisa é sugerir, e outra...

— Olha — e levantou um dedo como quem está acostumado a fazer com que isso signifique alguma coisa para os outros —, eu não sou homem de falar muito. Não alardeio as coisas nem prometo o que não me proponho a cumprir.

Respirou, visivelmente. Fundo. O dedo voltou a ocupar seu lugar tranquilo no meio dos outros, na mão outra vez imóvel sobre a toalha.

— Eu jurei que esse homem pagaria pelo que fez.

— E o que o senhor quer de mim?

— Quando eu soube o que tinha acontecido em Verona, pensei que isso estava começando a tomar uma direção equivocada. Por isso resolvi ver a senhora pessoalmente.

— O senhor está aqui por minha causa? — perguntei, incrédula.

— Sim. Peguei o avião e vim. Para vê-la.

Refleti sobre aquilo. Era uma noite cheia de surpresas, obviamente. Tentei ligar os pontos, mas desisti. Não era o lugar adequado. Eu precisava de solidão, tempo e calma para pensar.

— Eu não pretendo envolvê-la mais do que já está — declarou Biscarrués. — Quero apenas que os seus passos me levem até onde eu pretendo.

— Meus passos fazem parte de um trabalho pelo qual estou recebendo.

— Eu sei. E sei exatamente quanto está recebendo. — Ele tirou um envelope do bolso interno do paletó e o colocou na minha frente. — Por isso eu ofereço à senhora um pouco mais. Concretamente, dez vezes mais.

A aba do envelope não estava colada. Abri. Continha um cheque de cem mil euros. A cifra me deixou boquiaberta. Literalmente.

— O que a senhora acha?

— Generoso.
— Inclui minhas desculpas pelo que aconteceu em Verona.
— E algo mais, eu suponho. O que o senhor espera de mim?

Biscarrués deu de ombros. Eu só tinha que fazer, explicou, o que tinha feito até esse momento: meu trabalho. Terminar o que tivesse planejado para atender a Mauricio Bosque. O que ele me pedia era que, assim que atingisse meu objetivo, eu lhe transmitisse a informação imediatamente. O lugar exato onde Sniper estava e em que condições.

Então eu fiz a pergunta inevitável.

— E o que vai acontecer se eu fizer isso?
— A senhora vai receber outro cheque, igual a esse.

Engoli em seco e consegui dizer o que queria dizer.

— Eu não estou me referindo a isso.
— Mas deveria. Imagino que saiba somar.

Não gostei do tom. Da autossuficiência. Biscarrués não era daqueles que se limitam a pagar, mas que, além disso, querem deixar claro que estão pagando.

— Eu não estou me referindo ao cheque — repliquei. — O que vai acontecer com esse homem?
— Ele vai responder pelo que fez.
— Diante de quem?

Um silêncio eloquente. Para que gastar palavras com isso, dizia seu olhar. Por que andar no meio de caçadores olhando para a escopeta?

— E se eu não conseguir encontrá-lo? — insisti.
— Se houver boa vontade da sua parte, a senhora vai poder ficar com esse cheque.
— E o que o senhor vai fazer?
— Eu sou aragonês. Vou encontrar outra maneira.

Um garçom tinha se aproximado para perguntar se queríamos sobremesa. Biscarrués o afastou com um gesto seco.

— Permita-me lhe contar uma história. Certa vez eu tive um sócio. Começamos juntos, vendendo roupas para lojas pequenas. Ele era como um irmão. E ele me trapaceou. Algo sobre pagamentos que nunca chegaram a mim. Eu demorei muito tempo para responder. Ele viveu tranquilamente durante todo esse tempo. E, por fim, quando preparei tudo, eu o esmaguei. Ele perdeu tudo, de um dia para outro. Tudo.

Biscarrués tinha lábios finos e rígidos. Uma careta mal-humorada revelou seus dentes. Carniceiros, pensei. Dentes de um chacal persistente, com assuntos pendentes. E com excelente memória.

— Esperei quase três anos por isso. A senhora está me entendendo?

Eu estava.

— Me diz uma coisa — falei. — Já passou pela sua cabeça que eu posso me recusar a colaborar com o senhor?

Sua surpresa parecia sincera.

— Seria absurdo — disse.

— Por quê?

— Pelo amor de Deus. Todo esse dinheiro!

— Imagine que o dinheiro não me importe tanto quanto acredita.

Ele continuava me observando com atenção, suponho que mais desconcertado pelo meu tom do que pelas minhas palavras. Pequenas rugas pareciam se petrificar em volta dos olhos dele.

— Seria um erro da sua parte — disse, por fim, como se concluísse um raciocínio complicado.

Não, concluí comigo mesma. Você acaba de cometer um erro. Agora mesmo. E é o segundo dessa noite. Sem contar Verona.

— O senhor sabe qual vai ser a minha resposta? Eu vou pensar.

Biscarrués retirou os cotovelos da mesa e se recostou na cadeira, digerindo isso. Estava óbvio que era difícil para ele.

— Eu não gosto daquele casalzinho que o senhor colocou atrás de mim — falei, para ajudá-lo a digerir. — Nem dele, nem dela. O que aconteceu no outro dia foi desagradável.

Ele continuava me estudando, pensativo. Então cometeu o terceiro erro, definitivo.

— E podem acontecer coisas ainda mais desagradáveis — disse.

Biscarrués tinha maus hábitos, compreendi. Dinheiro, poder, rancores, velhos complexos e sérios motivos pessoais: um filho morto e a pressa de vingá-lo. Eu estava disposta a ser indulgente nesse aspecto. Mas também tenho meus próprios hábitos — e detestar que me ameacem é um deles. E tenho meus motivos. Por isso fiz uma coisa da qual certamente iria me arrepender pouco depois. Deixei cair algumas gotas de vinho no cheque, estudando-o como se fosse acontecer alguma transformação química nele. E, quando voltei a olhar para Biscarrués, vi cólera nos olhos dele.

— A senhora não devia ter feito isso — disse, friamente. — Uma mulher como a senhora, com...

— Com o quê?

— Com os seus gostos.

— Meus gostos?

— Sim. Isso a torna vulnerável.

— O senhor disse vulnerável?

— Foi o que eu disse.

Eu me levantei devagar, deixando o cheque molhado de vinho em cima da mesa.

— Tenho a impressão de que o senhor está mal-acostumado. Tem muito tempo que ninguém o manda tomar no cu?

6

O assassino oculto

Eu gosto de Nápoles. É a única cidade oriental, com exceção de Istambul, que fica geograficamente na Europa. E não tem complexos. Enquanto o táxi se afastava da estação Central, margeando as muralhas espanholas velhas e pretas, o Mediterrâneo invadia, iluminado, as ruas cheias de ruído, trânsito e pessoas, onde um sinal vermelho ou uma placa dizendo proibido são meras sugestões. Quando o carro parou diante da porta do meu hotel, olhei para o taxímetro e comparei o valor indicado com a quantia que o taxista estava me pedindo.

— Por que você está querendo me roubar?

— Perdão?

Apontei para o taxímetro.

— Não sou uma turista americana nem alemã. Eu sou espanhola. Por que você está querendo me roubar?

O taxista era um sujeito muito magro, com os cabelos negros, pintados, ligeiramente erguidos num topete na testa. No lábio superior, ele exibia um bigode fino e de pontas salientes, como o dos traidores dos velhos filmes em preto e branco. Seus braços finos estavam cobertos de tatuagens e exibia um pequeno brinco no lóbulo de uma orelha.

— Espanhola?

— Sim.

— Eu gosto do Real Madrid.

Ele desceu do carro e abriu a porta para mim. Tinha uma mão com três anéis de ouro colocada sobre a camisa de seda estampada, na altura do coração. No outro pulso brilhava um relógio e uma pulseira grossa, também de ouro.

— Eu não roubo, senhora. Pergunte aos meus colegas. — Ele apontava com o queixo para o ponto de táxi na esquina. — Pergunte pelo conde Onorato.

Parecia ofendido, com ar solene. Dei de ombros, resignada, e lhe entreguei duas cédulas de dez euros, a quantia que ele me pedia. Recusou-as, altivo.

— A senhora está enganada comigo e com Nápoles: é minha convidada.

Discuti e me recusei a aceitar, mas o taxista insistiu. Acabei pedindo desculpas pela minha indelicadeza enquanto tentava enfiar o dinheiro em seu bolso e ele resistia, esforçando-se diante do olhar risonho do porteiro do hotel, para o qual meu conde Onorato se virava de vez em quando para lhe dirigir rápidas palavras no dialeto napolitano, como se pedisse que testemunhasse o desaforo ao qual era submetido. Foi realmente engraçado, e tudo se resolveu quando acabei pagando trinta euros por uma corrida que custava dez.

— Se precisar de transporte, disponha, senhora — despediu-se, então me entregou um cartão com o número do seu telefone antes de arrancar ruidosamente e se perder no trânsito.

— É verdade que ele é conde? — perguntei ao porteiro quando ele pegou minha mala.

— O apelido é de família — esclareceu o homem, ainda sorridente. — Vem do pai dele. Era um vigarista e dizia que era conde, até que o meteram em Poggioreale.

— Poggioreale?

— Sim. A penitenciária.

O hotel era o Vesúvio. Mauricio Bosque pagava as despesas, e eu estava disposta a aproveitar as regalias. A essa altura da história, sobretudo depois do incidente de Verona e da conversa áspera com Biscarrués em Roma, não senti remorso quando abri as cortinas do quarto luxuoso e vi o Lungomare aos pés do balcão e na frente o castelo dell'Ovo e a baía napolitana, em cujo horizonte cinza-azulado se viam Capri e a costa de Sorrento. Desfiz a mala, conectei o laptop à internet e trabalhei durante o resto da manhã. Depois de algumas ligações, desci à recepção e pedi um mapa da cidade e o estudei a fundo, desdobrado sobre a toalha da mesa, enquanto comia no outro lado da rua, desfrutando da temperatura quase primaveril na calçada de um dos restaurantes ao lado do porto. Depois tomei dois cafés antes de me levantar e fazer a longa caminhada em direção à praça Bellini. De vez em quando, diante de uma vitrine ou parada em um sinal, eu me virava de forma aparentemente casual para verificar se alguém estava me seguindo. Não percebi nada suspeito, embora numa cidade como aquela fosse impossível ter certeza a respeito de qualquer coisa.

O estúdio de Nicó Palombo era um loft amplo, com uma janela magnífica voltada para o sul que permitia ver, mais além de telhados e terraços, o campanário da Igreja de San Pietro a Majella. O estúdio inteiro cheirava a tinta fresca, a verniz, a criatividade intensa. Havia quadros grandes em molduras apoiadas nas paredes. Papéis, cartões e telas parcialmente pintadas cobriam uma mesa de trabalho colocada sobre cavaletes de madeira. Os pratos e talheres do almoço, ainda sujos, misturavam-se na pia com potes de solvente, latas de spray e frascos sujos de tinta. Num equipamento de som enterrado sob uma pilha de CDs, um cantor de rap que eu não conhecia, em italiano local e num tom muito agressivo, sugeria bombardear a ilha de Lampedusa com todos os imigrantes lá dentro. *Missili, missili*, pedia sem rodeios, completando a mensagem com eloquentes onomatopeias do tipo pumba-pumba — soava como bombas atingindo o alvo — e glub-

-glub — Lampedusa afundando no mar, imagino. Ou, pelo menos, era o que eu entendia.

— Sniper pode estar em Nápoles — disse meu anfitrião — ou pode não estar. Mas é verdade que passou um tempo aqui. Tem um trabalho dele preservado na rua.

— Eu gostaria de vê-lo.

— É fácil. É uma peça que ocupa uma parede inteira, perto da agência central dos Correios. Ainda pode ser vista.

Eu tinha gostado de Nicó Palombo desde o primeiro olhar: calvo, pequeno, nervoso e muito simpático, com olhos vivos e inteligentes que nunca ficavam quietos. Nápoles o tinha deixado assim. Nascido numa cidade onde a palavra rua equivalia a perigo e onde o contrabando, a delinquência, a polícia e a Camorra se combinavam de forma insalubre para quem saía à noite com latas de tinta na mochila, a tensão e a adrenalina deixaram suas marcas em quem durante onze anos assinou paredes e hoje era um dos mais reconhecidos artistas italianos; e também o único grafiteiro da Itália que tinha nas costas, como uma medalha vermelha de bravura, a cicatriz de um tiro recebido quando, em plena ação, Palombo, que naquela época assinava Spac, tinha tentado fugir sem atender à intimação de um policial que havia tomado alguns drinques a mais. Coisa que, embora sem dúvida tenha ofuscado o bom juízo do agente da lei — o disparo foi a vinte metros —, não alterou em nada sua pontaria.

— É verdade que durante um tempo — continuou dizendo Palombo — Sniper esteve relacionado aqui com aquilo que nós chamamos de *crew*: o grupo de grafiteiros que o ajudou em Amalfi, quando invadiram a exposição. Eles são bem jovens e gostam de ser chamados de *gobbetti di Montecalvario*.

Eu me agitei, curiosa. Meu italiano só chegava até ali.

— Vem de *gobbo*, corcunda, no diminutivo — explicou. — Montecalvario é uma zona alta do bairro espanhol.

— Os corcundinhas? Ora, que nome estranho!

— Nem tanto. Isso se refere à mochila com latas de tinta que os grafiteiros costumam carregar nas costas. Mas que a palavra não a engane. Eles são muito agressivos.

— Pintando?

— E também quando não pintam. Mais que um grupo, trata-se de uma gangue.

Ele havia tirado uma garrafa de vinho branco da geladeira e ia abri-la. Parou para fazer um gesto com o saca-rolha na altura da garganta, parodiando o ato de cortar o pescoço.

— Quando Sniper veio para Nápoles, a cabeça dele já estava a prêmio. E não me pergunte como, mas conseguiu fazer com que o protegessem.

— São muitos, os corcundinhas do spray?

— Não sei. Doze, trinta... É impossível calcular. — Ele abriu a garrafa e serviu duas taças. — Todos são garotos a meio caminho entre a arte de rua e a delinquência comum. Usam o grafite para demarcar seu território: grafitam tudo que podem, com selvageria, embora entre eles haja alguns artistas bons, melhores que a média. O que acontece é que sempre agem em grupo, sem individualidade. E não respeitam quase nada.

— Se é legal, não é grafite — observei, sorrindo.

— Não apenas isso. Para eles, tudo o que é legal deve ser atacado sem piedade. Por princípio.

Olhei com genuína admiração para os trabalhos que Nicó Palombo tinha no estúdio: obras de grande formato baseadas em peças de xadrez e cartas do tarô, com cenas e personagens esfumaçados num pontilhismo difuso que parecia trespassar tudo com uma neblina sugestiva. Poucos teriam identificado aquilo com as origens grafiteiras do autor, mas eu estava preparada, sabia de seu difícil começo nas linhas ferroviárias e sua evolução posterior até chegar à maturidade do artista indiscutível que era agora. Mesmo assim, Palombo continuava recorrendo ao spray: *fat cap* com muita pressão, sujo de perto, belo de longe. Com esse estilo tinha ficado conhecido em Veneza — uma intervenção ilegal na Commedia dell'Arte feita com suporte de papel para não danificar os edifícios — e em Roma, onde acabou se apresentando, dessa vez com todas as honras, numa exposição intitulada *Governo antiético e antiestético*. Tinha, além disso, a honra de ser um dos dois únicos autores de rua — o outro era um artista de Rimini chamado Eron — que foram escolhidos para decorar a cúpula sobre a cruz de uma igreja do século XVIII restaurada recentemente, o que não deixava de ser uma novidade na arte sacra: dois grafiteiros modificando o cânone sem maiores problemas. Eu o tinha visto na internet, concluindo que só na Itália era possível que uma ousadia como aquela fosse executada com bom gosto e excelentes resultados.

— Eu conheço os *gobbetti* — continuou dizendo Nicó Palombo —, porque uma vez cruzei com eles. E não tenho uma boa recordação. São garotos bem jovens, muito agressivos, daqueles que carregam num bolso do casaco uma lata de spray e no outro uma navalha. Desses para quem a rua e a casa se fundem num único conceito. O quartel-general deles fica nas ruas altas do bairro espanhol, como eu disse.

— Como Sniper entrou em contato com eles?

— Não faço a menor ideia. Talvez amigos em comum o tivessem recomendado quando houve aquela história em Amalfi ou talvez já os conhecesse. O fato é que eles foram com a cara dele e o adotaram. E, como esse seu compatriota, o tal de Biscarrués, tinha soltado os cachorros em cima dele, resolveram protegê-lo.

Palombo tinha esvaziado sua taça. Fez um movimento com ela, apontando para a janela, para a rua, para a cidade.

— Há quem diga que os *gobbetti* são vinculados à Camorra. Se for verdade, Sniper não poderia ter encontrado proteção melhor na Itália.

— E ainda o protegem?

— Se estiver em Nápoles, é provável. Mas talvez ele já tenha ido embora. Aquela história de Verona pode ser uma nova fase. Uma virada de página espetacular.

— Quanto tempo ele passou aqui?

— Entre seis meses e um ano. Participou de vários eventos com os colegas. Um deles foi a greve dos lixeiros do ano passado, quando Nápoles foi transformada num mar de lixo e os grafiteiros encheram a cidade com frases contra o prefeito. Sniper chegou a assinar alguns grafites que, infelizmente, os serviços municipais trataram de apagar em vinte e quatro horas. Mesmo assim, elas apareceram na internet e numa reportagem na televisão, com Sniper falando diante de uma delas.

Eu o interrompi nesse ponto.

— Ele apareceu na televisão aqui? Eu não sabia disso!

— Sim. Na Telenapoli, uma emissora local com muita audiência. Estava diante de um dos seus *pieces*, com o capuz levantado, e não dava para ver seu rosto, mas ele fez algumas declarações pitorescas sobre o lixo, a cidade e o prefeito. Como se fosse napolitano. Você pode ver a reportagem na internet, se quiser.

— Ele estava com os *gobbetti*?

— Sim. Havia quatro ou cinco em volta dele, como se fossem guarda-costas.

Refleti sobre isso. Os caminhos a seguir. Os prós e os contras.

— Como eu posso chegar a eles?

— Não são fáceis. — Palombo sorria, evasivo. — Eles são muito desconfiados.

— Você tem amigos entre eles?

— Não. Meus amigos que continuam na rua são grafiteiros normais, não fazem parte de uma gangue de psicopatas, como esses. E eu não sou bem-visto.

— Apesar de ter levado um tiro?

Começou a rir.

— Apesar disso, com algumas nuances.

— E como um policial atirou em você?

E ele então me contou. Seis anos antes, quando ainda assinava Spac, ele tinha se infiltrado à noite nos trilhos da estação Central.

Estava com outros dois grafiteiros, e o objetivo era fazer um triplo *whole car*, pintando três vagões até o teto. Entraram rastejando depois de pular o muro externo e chegaram ao trem sem problemas, com latas de spray enfiadas em sacos plásticos para o caso de serem obrigados a sair correndo e abandonar o material. Palombo já tinha feito os contornos e o preenchimento das letras de seu vagão quando foi ofuscado por uma lanterna. Começou a correr, sentiu um golpe nas costas enquanto ouvia um estampido e perdeu a consciência. Acordou no dia seguinte, no hospital.

— Depois disso, eu fiquei famoso. E essa fama me permitiu pular para a arte séria. Consegui expor as fotos dos meus trabalhos em trens numa galeria de Milão e o resto foi fácil. Voltei para cá como orgulho local. Nessa cidade, quando você leva um tiro de um policial, significa que você é uma pessoa respeitável. Confiável.

— E os *gobbetti* não confiam em você?

— Eles são diferentes. Se eu tivesse continuado na rua, eles me chamariam de herói. Mas tomei outro caminho. Permiti que o sistema me seduzisse. Meus quadros alcançam doze ou quinze mil euros nos leilões e são expostos em galerias de arte, por isso me consideram um traidor, um vendido. Eles são radicalmente contra qualquer aspecto legal que tenha a ver com latas de spray. Por isso adoram Sniper.

— Deve ter alguma maneira de eu me aproximar deles.

— Não por meu intermédio, obviamente.

— Por favor.

— Eu não ganho nada com isso. — Ele torceu a boca. — Só problemas.

— Você não parece ser uma daquelas pessoas que se assustam diante dos problemas.

Seus olhos evitavam os meus.

— Não se trata de medo. Eu sei como eles são. Isso é tudo.

Ele parecia incomodado, como quem não trata um hóspede com a devida cortesia. Caminhou pelo estúdio, tocando em alguns objetos sem necessidade.

— Por que tanto interesse? — perguntou, depois de um momento de silêncio.

— Como eu disse pelo telefone, estou preparando um livro — respondi, simplesmente. — Muito importante e vinculado a exposições de alto nível. Sniper tem que estar presente.

— Isso eu entendo. Ele deveria estar. E em qualquer museu do mundo, naturalmente. Pagariam uma fortuna por suas coisas. Mas não acho que ele seja daqueles que se permitem.

— Esse é o desafio. Tentá-lo como o diabo fez com Cristo. E não me diga que não vale a pena, hein.

Ele me estudou, avaliando.

— Com muito?

— Com tudo. E não estou falando só de dinheiro.

— Qualquer um ofereceria isso a ele.

— Não no nível das pessoas que estão por trás de mim.

Palombo havia se aproximado de mim, lentamente. Inclinava a cabeça e franzia os lábios, calçando os sapatos do personagem cujo rastro eu seguia.

— Você acha que ele é sincero? — inquiri.

Ele demorou um pouco para responder. Continuava de boca franzida e cabeça baixa, as mãos nos bolsos.

— Eu não sei — respondeu por fim. — Há quem diga que sim. Mas todos nós temos nosso preço, nossa estratégia. E ele...

Palombo parou, mas eu havia compreendido. Não era a primeira vez que o encaravam dessa maneira. Cães farejando outro cão. Em Madri, Topo tinha dito exatamente o mesmo.

— Estratégia — repeti, isolando a palavra.

— Talvez.

Ele se calou de novo; mas é claro que eu já sabia do que se tratava. Eu tinha idade e vivência suficientes para compreender. Era a mera condição humana: todo mundo que manca precisa que outras pessoas também manquem, da mesma forma que todo traidor deseja que haja outros traidores. O ser humano passa a maior parte da vida procurando pretextos para atenuar seus remorsos. Para apagar erros e compromissos. Precisa da infâmia alheia para se sentir menos infame. Isso explica o receio, o incômodo e até mesmo o rancor suscitados por aqueles que são intransigentes.

— Você não acha que ele é muito perfeito? — comentei.

— Sniper... É possível... que ele seja.

Comecei a rir enquanto, como reprovação, exibi minha taça vazia.

— Não me diga que essa ideia não atrai você: o franco-atirador irredutível tentando ser o máximo... Se o seu jogo é esse, talvez seja hora de se beneficiar dele.

Palombo servia mais vinho, pensativo. Seus olhos vivazes me estudavam com atenção, como se estivessem indecisos. Depois de um instante, ele também sorriu.

— Tenho um amigo — disse — que é amigo dos amigos dele, eu acho.

Depois de me despedir de Nicó Palombo, caminhei devagar entre as bancadas de livros do lado de fora das livrarias sob o arco de Port'Alba, que ocupam a rua até a praça Dante. Eu estava olhando os livros, distraída — pensava no encontro que Palombo ia tentar me conseguir naquela noite —, quando achei que tinha visto, sob o próprio arco, o homem loiro de bigode. O de Lisboa e Verona. Agora já não estava usando chapéu nem vestindo o sobretudo, mas um paletó de camurça bege. Pensei ter reconhecido sua figura gorducha, sua cabeça excessivamente atenta à vitrine de uma livraria especializada em ciências naturais. Caminhei mais um pouco, com calma, para não o alertar de que eu tinha percebido sua presença. Mas quando, já na esquina da praça, parei e olhei para trás, meu seguidor havia desaparecido. De qualquer forma, eu já esperava algo semelhante — por isso, a confirmação de que podiam estar me controlando em Nápoles não me inquietou tanto. Mesmo assim, para ter certeza, voltei pelo mesmo caminho e me sentei a uma mesa da praça Bellini, de onde podia vigiar a rua. Fiquei lá meia hora, que passei comendo uma pizza medíocre e bebendo um café muito bom. Depois fiquei de pé, caminhei mais meia hora, cheguei à galeria Umberto I e voltei a me sentar a uma mesa do lado de fora de um café, sem perceber nenhum suspeito. Depois disso fui para o hotel.

Estava ali na minha frente, na tela do meu computador. Um arquivo em vídeo da Telenapoli: vinte e quatro minutos sobre a greve dos lixeiros que meio ano atrás havia transformado a cidade numa pocilga. As imagens mostravam sacos e dejetos empilhados nas ruas, sindicalistas enfurecidos, porta-vozes municipais impotentes, cidadãos que passavam ao lado de montanhas de lixo tapando o nariz para se proteger do fedor ou manifestavam seu desagrado ao microfone. Na metade da reportagem, a câmera mostrava paredes cobertas de grafites que aludiam ao tema, em termos extremamente diretos, dirigidos às autoridades locais. No décimo sétimo minuto, aparecia Sniper. Ele havia sido entrevistado à noite, na rua, ao fundo uma parede decorada com um enorme grafite que podia ser visto à luz de um poste próximo, apesar da granulação da imagem. Essa iluminação produzia um efeito de contraluz que deixava seu rosto na sombra sob o capuz levantado do casaco escuro.

Ele parecia alto e magro. Era exibido na televisão em plano médio, da cintura para cima: o capuz sobre o rosto às sombras lhe dava um aspecto imponente, de monge medieval, inquisidor ou guerreiro misterioso. Às vezes, quando gesticulava ao falar, entravam no quadro umas mãos finas, de dedos longos, sem anéis nem relógio à vista. Achei sua voz agradável, ligeiramente rouca. Falava um italiano muito correto, quase tão bom quanto o meu, e se referia à parede que tinha acabado de pintar, que nesse momento recebia um acabamento nas laterais de outros grafiteiros — seus amigos *gobbetti*, imaginei —, virados de costas para a câmera, usando outras cores. Sua intervenção durava meio minuto e não havia nada de excepcional nem de original nela: solidariedade ao povo de Nápoles, grafite como expressão não sujeita a poderes nem hierarquias, ilegalidade da arte de rua para denunciar a arrogância das instituições corruptas etc. O interessante era o tom, a forma como Sniper desenvolvia o discurso. A frieza de sua segurança ao mencionar os motivos pelos quais, na sua opinião, aquela greve e seus resultados transformavam Nápoles no símbolo da decomposição de um mundo idiota, estupidamente seguro de si. Essas montanhas de imundície — o grafite na parede representava um colosso com uma caveira no lugar da cabeça e cujos pés eram sacos de lixo — constituíam a única arte real possível naquele lugar: a ação que essa cidade, um museu improvisado em seu hediondo ar livre, oferecia ao mundo como símbolo e como advertência.

Voltando o vídeo, constatei que sob a imagem não aparecia a legenda com o nome de Sniper. Talvez o repórter o ignorasse, ou o anonimato formal — superposto, ironicamente, à já anônima *tag* — tivesse sido a condição que ele havia apresentado para ficar diante da câmera. Ou talvez, com notória presunção de artista, Sniper considerasse que sua obra na parede bastava para que fosse identificado por quem devia. E era assim. A autenticidade daquela obra — segundo Nicó Palombo, a prefeitura a eliminou sem considerações no dia seguinte — era inconfundível mesmo sem a assinatura com o círculo de franco-atirador embaixo dela. Congelei a imagem e fiquei um tempo olhando para a silhueta imóvel de Sniper na contraluz noturna: aquela sombra impenetrável do rosto sob o capuz. Você também é bom para entrar em cena, pensei. Sacana. Nem um expert em marketing faria melhor. Tenho que me lembrar de dizer isso a você quando o encontrar.

Palomo me ligou às seis da tarde, e uma hora depois eu estava pronta para me encontrar com ele. No outro lado da janela e no pequeno balcão do meu quarto, o céu se avermelhava lentamente sobre a baía de Nápoles. Saí, a fim de verificar a temperatura. Estava tão agradável quanto a vista panorâmica. No entardecer, o cone escuro e enevoado do vulcão se erguia ao longe, margeando a baía à esquerda; e aos meus pés, quatro andares abaixo, o trânsito se movimentava pelo Lungomare. Eu estava prestes a voltar para dentro quando, recostada na mureta da ponte que une a terra firme ao castelo, avistei uma figura familiar.

Entrei no quarto, peguei a pequena máquina fotográfica que estava na minha bolsa e, acionando o zoom ao máximo, usei-a como se fosse um binóculo improvisado para estudar o loiro gorducho. Eu ficara apenas alguns minutos no balcão e agora estava escondida no meio das cortinas do quarto, e assim ele parecia não perceber minha presença: usava o mesmo paletó de camurça do meio-dia e lia um livro do qual desviava o olhar de tempos em tempos para espiar a porta do hotel ou levantar a vista para os andares superiores. Um assassino culto, eu disse a mim mesma. Não há nada como a leitura para aliviar longas esperas, e aquele sujeito, sem dúvida, parecia habituado a elas. Com certeza faziam parte da rotina do seu trabalho, fosse ele qual fosse. Talvez tivesse comprado o livro naquela mesma manhã, enquanto me seguia no meio das bancadas de Port'Alba: policial, ensaio, filosofia... Eu me perguntei quem era. Empregado de Biscarrués, detetive particular, assassino de aluguel. Naturalmente, assassino combinava melhor que o livro com a navalha que eu tinha visto brilhar em suas mãos quando ele e a mulher do casaco de vison se equivocaram de homem na Arena de Verona. De qualquer maneira, concluí, aquele sujeito rechonchudo, aparentemente apaixonado por roupas caras de campo e de caça, com sua aparência agradável e um livro nas mãos, não combinava com o perfil que se devia esperar desse tipo de gente. Pensar na mulher também me levou a esquadrinhar os arredores, procurando-a, mas não encontrei rastro dela. Avaliei as possibilidades: casal profissional, sentimental, acidental. Impossível saber. Eu me censurava por não ter perguntado mais sobre aqueles dois pássaros no restaurante de Roma, durante o primeiro prato, quando o tom da conversa com o chefe deles ainda era cordial.

Abandonei a câmera, enfiei o spray de pimenta na bolsa e peguei o telefone da mesa de cabeceira. Amável, eficiente, o porteiro do hotel me informou que, de fato, havia uma porta de serviço que dava para outra rua, situada atrás do hotel. Depois procurei o cartão que o taxista havia me dado dias atrás: *Onorato Ognibene, servizio taxi*, com um número de telefone. Disquei, tocou três vezes, uma voz masculina respondeu *Pronto?* no meio do barulho do trânsito urbano e vinte minutos depois o conde Onorato e seu carro estavam à minha disposição, esperando por mim na porta dos fundos.

Nas noites de sábado — e aquela era uma noite de sábado —, a velha Nápoles é um espetáculo fascinante. No bairro espanhol, trinta séculos de história acumulada, pobreza endêmica e anseios de vida ocupavam um tabuleiro de vias estreitas, becos, igrejas em ruínas, roupas estendidas e muros minados pela lepra do tempo. Nesse lugar bagunçado, perigoso, onde poucos forasteiros se aventuram, a cidade intensifica seu caráter ferozmente mediterrâneo. E, às vésperas dos feriados, quando o comércio local fecha, o bairro inteiro se transforma num caos de trânsito, barulho, buzinas, música saindo pelas janelas abertas, motocicletas levando famílias inteiras espantosamente agrupadas, circulando a toda a velocidade no meio de uma multidão barulhenta, bem-humorada, que caminha com o descaramento vital dos povos prolíficos, indestrutíveis e eternos.

Nicó Palombo me esperava perto da praça de Montecalvario, na esquina de uma rua íngreme, ao pé dos degraus onde o táxi do conde Onorato parou.

— Fica lá em cima — avisou. — E cuidado com a bolsa!

Agradeci o conselho, desci do carro e me esquivei por alguns centímetros, ou ela se esquivou de mim, de uma motocicleta conduzida por um menino de 10 ou 12 anos que levava na garupa uma jovem roliça, de roupa preta, com uma criança de pouca idade sentada de pernas cruzadas. Sua irmã, supus. Ou sua mãe. Fiquei olhando a motocicleta, que se afastava ziguezagueando para evitar os transeuntes.

— Você pode me esperar aqui? — perguntei ao taxista, que havia colocado o rádio do carro a todo o volume e tinha ficado do lado de fora, recostando-se indolentemente na porta.

— Claro. Não se preocupe, senhora.

Apertei minha bolsa debaixo do braço, evitei os restos de verdura que eram varridos da porta de uma loja por um funcionário e subi os degraus ao encontro de Palombo. Ele estava acompanhado por um garoto moreno e magro, com espinhas na cara, as mãos enfiadas nos bolsos de uma jaqueta de motoqueiro com ombreiras acolchoadas.

— Esse é Bruno. Alejandra Varela.

O garoto da jaqueta estendeu a mão.

— Espanhola?

— Sim. Pode me chamar de Lex.

— Tá bem. Lex.

Caminhamos os três até uma das ruas que davam na praça. Bruno era grafiteiro, disse Palombo. Não fazia parte dos *gobbetti*, mas sim um primo seu, que era quem íamos visitar.

— Você conhece o Porco Rosso? — perguntou Bruno.

— A animação?

— Não, o bar.

Estávamos diante dele. O Porco Rosso ficava no começo de uma rua estreita, entre um pequeno altar com flores de plástico e uma peixaria fechada em cujo portão havia meia dúzia de obituários com fotos de defuntos recentes da vizinhança, grudadas com fita adesiva. Completavam o cenário umas poucas mesas com cadeiras descasadas e umas dez vespas e pequenas motocicletas estacionadas de qualquer jeito, bloqueando quase inteiramente a calçada. Aquele lugar era um ponto de encontro dos *gobbetti* de Montecalvario. Era dali que eles saíam para fazer suas expedições pela cidade.

— E mais ainda nesses dias, em plena guerra do *corso*.

Olhei desconcertada para Palombo, que começou a rir. A guerra do *corso*, explicou, era uma rivalidade entre gangues de grafiteiros motivada por questões territoriais ou de prestígio — uma coisa costumava incentivar a outra —, na qual os dois bandos se enfrentavam rabiscando mutuamente seus grafites ou escrevendo em zonas que não eram suas. Uma dessas guerras tinha eclodido semanas atrás, quando uma *crew* do bairro do porto, que assinava coletivamente TargaN e costumava agir ao longo da via Amerigo Vespucci, começou a escrever nas ruas da parte baixa do bairro espanhol. A resposta foi fulminante, com incursões punitivas que por sua vez deram lugar a novos ataques do outro bando. Sniper havia agido colocando seu engenho e seu talento a serviço dos *gobbetti*, constituindo um aliado formidável para eles. A guerra havia durado dois meses e estava praticamente terminada, embora alguns integrantes da TargaN mantivessem focos de resistência em alguns bairros alheios aos seus — e alguns tropeços noturnos casuais acabaram em brigas e navalhas.

— Meu primo Flavio — disse Bruno. — Ela se chama Lex.

— E esse outro? — perguntou o tal do Flavio, com ironia.

— Nicó Palombo — apresentou-se ele mesmo.

— Ah, claro. O artista.

Não era um bom começo. "Artista" soava a desdém corporativo: um soldado se dirigindo a outro que mudou de lado e foi promovido a sargento. Flavio era um jovem magro e loiro, de aspecto ascético, com uma barbinha rala que completava sua vaga semelhança com o autorretrato de Dürer que está no Museu do Prado. Vestia jeans muito apertados sobre tênis sujos de tinta e um casaco escuro que tinha uma folha de maconha estampada com as palavras "Culiacán" e "México".

— Vamos tomar cerveja — decidiu, sem perguntar.

Ele tinha os modos de um garoto intolerante, e eu segui sua onda. Ficamos de pé no fundo do balcão, diante de quatro cervejas servidas em copos de plástico. A música era urbana e agressiva: estava tocando "Stankonia", do OutKast, alto o suficiente para atrapalhar a conversa; mas Flavio e o restante dos clientes pareciam confortáveis no meio daquele barulho. No Porco Rosso predominava a estética do hip hop: bonés, camisetas enormes, calças caídas, tênis. Uns faziam parte dos *gobbetti*, outros não, disse Flavio, ambíguo, respondendo a uma pergunta minha. O bar era decorado com fotos de pilotos de hidroaviões e vistas aéreas de ilhas do mar Adriático, emolduradas e penduradas nas paredes cobertas de grafites relacionados ao tema. Numa delas, em torno da cabeça pintada de um porco com óculos de sol e gorro de aviador, li, escrito com belas *bubble letters*: "Um porco que não voa é só um porco." Percebi, surpresa, que estava assinada com o círculo cruzado de franco-atirador.

— Sniper — eu disse, indo direto ao assunto.

Flavio olhou para o primo, depois para Nicó Palombo, e, por fim, pousou seus olhos castanhos em mim.

— Quem?

Ergui a mão para apontar para o grafite e depois toquei em seu antebraço com o dedo indicador.

— Eu vou pular todo o protocolo ou a gente vai perder dez minutos com você me dizendo que não sabe de quem estou falando e eu provando que sabe, sim?

Era um tiro às cegas, mas ele meio que sorriu. Tinha gostado da abordagem.

— E daí? — inquiriu.

— Ora, você também tem interesse em saber por que eu estou procurando por ele.

Flavio abriu um pouco o sorriso e então parou de sorrir.

— Talvez.

Então eu lhe disse, falando mais alto que o estrépito da música, enquanto ele bebia cerveja: editor internacional, livro importante em andamento, possibilidades de uma grande exposição em Nova York ou Londres. Tudo isso. Eu estava atrás de alguma pista dele havia semanas. De Lisboa a Verona, e agora Nápoles. Os *gobbetti* e o resto. A guerra do *corso*.

Ele virou o rosto, rude, para o primo e Palombo.

— Foram vocês que contaram para ela?

Eu me apressei em ajudá-los.

— Todo mundo sabe disso — argumentei. — A história de vocês com os garotos da TargaN fez barulho.

Ele pareceu ter ficado satisfeito com isso. A questão da fama. No mundo do grafite, quase tudo pode ser resumido com a palavra respeito. As regras internas, claro. Os códigos com que os iniciados lidam. Quando ainda estávamos juntas, Lita tinha me dito uma coisa que nunca esqueci: lá fora, nessas paredes que a gente pinta, se refugiaram coisas que as pessoas desconhecem. Palavras antigas que ninguém pronuncia mais. Palavras que os jovens como eu vão procurar todas as noites, sonhando em se apossar delas.

— Eu não acho que Sniper vai engolir essa merda toda — disse Flavio.

— É o que eu pretendo: verificar se ele engole ou se a garganta dele está seca.

Flavio não sorriu. Balançava a cabeça, descartando confirmações desnecessárias.

— Estão querendo acusá-lo de um crime — declarou, bruscamente.

— Você não acha que é isso que eu quero, não é? — retruquei, serena.

Chegaram mais quatro cervejas. Flavio olhava para Nicó Palombo e Bruno como se dissesse que eram responsáveis por mim. O primo deu de ombros, mas Palombo me lançou uma corda.

— Ela é uma boa garota — argumentou. — Só está fazendo o trabalho dela.

O olhar que recebi em troca não foi alentador. Flavio também olhava para Palombo com desconfiança.

— O que você ganha com isso, artista?

— Eu gosto dela.

— Ela chupa o seu pau?

Palombo abriu a boca para responder, mas eu o calei com um gesto.

— Eu prefiro comer a boceta da sua namorada, se é que você tem uma — falei para Flavio, brutal, disposta a reconduzir o assunto aos seus próprios termos.

Houve um relativo silêncio, preenchido pelo estrondo de um rap: Mos Def e seu "Black on Both Sides". Os três me olharam com ar surpreso.

— Bem, você não é lá essas coisas — comentou Flavio, por fim.

— Sim — admiti.

Eu olhava nos olhos dele, sem pestanejar, e continuei olhando enquanto bebia a segunda cerveja. Aquele, confirmei, era um caminho tão direto quanto qualquer outro. Era Flavio quem marcava o ritmo.

— Você gosta mesmo de garotas?

— Todos os grafiteiros de Nápoles são mesmo babacas?

Ele olhou em volta, desconfiado, para verificar se, apesar do barulho da música, alguém tinha ouvido as minhas palavras. O primo Bruno ria, até que Flavio fechou sua boca com um olhar pouco amistoso.

— Você disse que se chama Lex?

— Sim.

— Está procurando problemas, Lex.

Caminho equivocado, concluí. O meu. Enquanto eu me recriminava em silêncio pela idiotice, colocaram mais quatro cervejas no balcão. A de Flavio deixou carneirinhos de espuma em sua barba.

— Você recebe por isso ou é amor à arte?

— Eu recebo — respondi.

— Muito?

— Razoável.

— Ela é uma especialista — esclareceu Palombo, com boa vontade.

— Sim — confirmou o primo Bruno, que mal tinha ideia de quem eu era.

— Em quê? Em procurar pessoas?

— Mais ou menos — respondi. — Pessoas e livros. Eu trabalho há muitos anos com arte.

Flavio modulou um sorriso desdenhoso. De iniciado.

— Chamam qualquer coisa de arte.

— Nisso a gente está de acordo.

Uma pausa de cinco segundos. Mais música.

— Todo mundo quer encontrar Sniper.

— Eu sei. Mas não com as mesmas intenções. Eu só quero entregar uma mensagem para ele. Fazer uma proposta. Estou aqui, quero ter uma entrevista com ele e contar do que se trata. Isso é tudo.

Eu também estava com vontade de ir ao banheiro, mas não disse isso. Não era a hora. Olhei para o grafite de Sniper que estava na parede.

— Quando ele fez isso? — perguntei.

Flavio não respondeu imediatamente. Eu sei onde você mora, dizia agora outro rapper em italiano, cuja voz amplificada fazia vibrar o plástico do copo que estava na minha mão. Tum-tum. Eu sei onde você mora e eu vou atrás de você. Porque você tem inveja de mim. Porque eu tenho as melhores garotas e as melhores paredes. Tum-tum. Eu sei onde você mora. E quando você vai, eu já estou voltando. Tum-tum. Safados.

Flavio sorria, reticente. Mal-intencionado. Como se a letra da música fosse dele.

— Ele não está em Nápoles — comentou, por fim.

Suspirei com sincero cansaço. Isso era um eterno recomeço.

— Eu prefiro que ele mesmo me diga.

— Dizer o quê?

— Que não está em Nápoles.

Flavio tomou um longo gole, estalou a língua e enxugou o queixo com o dorso da mão. Ele olhava para Palombo e para o primo Bruno como se fizesse deles testemunhas da minha impertinência.

— Sniper não aceita ofertas de ninguém. Outras pessoas já tentaram antes.

— Eu só quero chegar até ele. E ele que decida.

Flavio ainda segurava o copo perto da boca. Com a mão livre tocou meu quadril.

— Eu nunca transei com uma lésbica.

Esvaziei o meu copo em um gole. Depois o apertei até transformá-lo num aglomerado de plástico com arestas e pontas rangendo e o aproximei a um palmo de seu queixo.

— Mas eu, sim, já cortei a cara de um filho da puta.

Eu não havia terminado a frase quando o primo Bruno passou ao meu lado, depressa, e desapareceu a caminho da rua. Nicó Palombo me empurrou na mesma direção. Saí e, quando me virei, vi que Flavio vinha atrás. Enfiei a mão na bolsa, procurando o spray de pimenta.

— Você é muito atrevida para ser uma mulher — disse ele, parado no umbral.

— Vai se ferrar, seu anormal.

Palombo continuava me empurrando rua abaixo, para a praça.

— Você está louca ou o quê? — gritava, indignado.

Comecei a rir, liberando a tensão acumulada na última meia hora. Eu dava uma risada exaltada. Isso era absurdo, concluí. Um beco sem saída. Eu me sentia como uma mosca batendo sem parar no vidro de uma janela. Mauricio Bosque, Biscarrués, Sniper... Tudo isso era um imenso absurdo. E pela primeira vez fiquei tentada a admitir a derrota.

Nicó Palombo e eu continuamos conversando no táxi sobre o que tinha acontecido. O conde Onorato permanecia calado, aparentemente atento ao volante. Mas, pelo espelho retrovisor, eu via seus olhos me observando com as luzes cambiantes do tráfego. Palombo pediu que o deixássemos na praça Dante e lá nos despedimos, pesarosos, combinando de nos ver outro dia para conversar e falar do seu trabalho.

— Eu sinto muito pela cena, Nicó.

— Não se preocupa. Não foi culpa sua. Nápoles também é isso.

Vi sua figura pequena se afastar no meio das pessoas, sob as luzes da praça. E, quando o sinal ficou vermelho, meu taxista fez uma descarada manobra ilegal, cruzando o trânsito para retomar a via Toledo. Dois guardas, de pé ao lado de uma viatura, observaram a infração com as mãos placidamente cruzadas nas costas e nos deixaram passar sem maiores problemas. O conde Onorato continuava me olhando pelo retrovisor.

— É verdade que a senhora se interessa por esse negócio de grafite? — perguntou, finalmente.

— Sim, eu tenho interesse — respondi, resignada. — Mas não estou tendo muita sorte.

— Sniper?

Fiquei surpresa ao ouvir esse nome sair da sua boca, embora tenha logo entendido que ele o tinha ouvido de mim e Nicó Palombo na volta de Montecalvario.

— Sniper, sim — confirmei. — Você sabe quem ele é?

A luz de um sinal tingia de verde seu perfil latino: o nariz aquilino e o topete um pouco levantado sobre a testa.

— É claro. A senhora quer ver uma coisa dele?

Demorei um momento para acreditar no que estava ouvindo, para reagir.

— Claro.

— Ora, com muito prazer.

Ele virou o volante bruscamente para a esquerda, os pneus cantaram, entrando com o carro numa rua estreita. Três sinais vermelhos depois, chegamos à praça situada diante do edifício dos Correios e voltamos a pegar uma rua estreita.

— Aí está — disse o taxista, freando o carro. — Um autêntico Sniper.

Desci, estupefata. Às minhas costas, ouvi a porta do motorista se abrir e pouco depois o conde Onorato estava ao meu lado acendendo um cigarro.

— Eu prefiro Picasso — falou.

Naquele momento, eu não tinha certeza se preferia Picasso. Nem nenhum outro. A luz não era boa e vinha da placa iluminada de uma loja e de uma lanterna encostada na parede ao lado, mas era suficiente para eu apreciar uma obra grande, de pelo menos quatro metros de largura por dois de altura, que, sem dúvida, devia ser monumental à luz do dia: cercada de figuras inspiradas em "O Juízo Final" de Michelangelo, todas com roupas de baixo modernas, uma Madona de sorriso aprazível sustentava no colo um menino Jesus cujo rosto era uma caveira daquelas típicas de Sniper. Dessa vez o texto era: *"Non siamo nati per risolvere il problema"* — "Não nascemos para resolver o problema." E estava assinado com a mira de franco-atirador.

— Ele não foi muito respeitado — comentou o taxista.

Era verdade. O *piece* tinha sido bombardeado sem consideração: parte do seu lado direito, com as figuras que incluía, estava coberta por um grafite de execução vulgar, letras grossas num *wildstyle* quase ilegível à base de vermelhos, pratas e azuis, que representava, pensei ter decifrado, o nome do grupo TargaN. O restante estava muito maltratado com assinaturas que iam desde cores e marcas de spray a simples traços feitos com *marker* grosso. Exceto pela maior parte da Madona e por algumas das figuras superiores, a obra estava bastante danificada. Vandalismo sobre vandalismo, pensei. Em teoria, Sniper teria que gostar disso. Segundo suas próprias regras, o fato de tentarem irritá-lo dessa maneira teria que deixá-lo empolgado.

— O que você sabe a respeito do autor? — perguntei ao conde Onorato.

Ele não respondeu logo. Permanecia ao meu lado, pensativo, contemplando o grafite. Quando se virou para me olhar, as luzes da placa e da rua iluminaram o brinco, a pulseira do relógio de ouro e o bigodinho fino que dava a ele a aparência de um traidor de filme antigo.

— Às vezes ele pega o meu táxi.

Estive prestes a agarrar seu braço para não cair sentada no chão. Eu via minúsculos relâmpagos saltitando diante dos meus olhos. Ou dentro deles.

— Você conhece Sniper?

— Claro.

Esperei que os relâmpagos se extinguissem completamente.

— Como é possível?

— Por que não? Ele pega táxi como todo mundo. E também está ajudando a decorar uma igreja em Montecalvario. Às vezes eu o vejo por lá.

— Ele já pegou o seu táxi?

— Várias vezes, estou dizendo. Na verdade, ele recorre a mim quando precisa de um.

— E esse? — Apontei para a parede. — Você o viu fazendo esse tipo de coisa?

— Sim. Teve uma vez que até ficamos dando voltas procurando um bom lugar — indicou a parede, com orgulho. — Eu mesmo o trouxe aqui, carregando suas latas de tinta.

Respirei três vezes, profundamente, antes de fazer a próxima pergunta.

— Me diz como ele é.

— Fisicamente? Normal. De meia-idade. Por volta dos 40. É espanhol, como a senhora, mas fala italiano muito bem. Magro, mais para alto... Fala pouco, mas é uma pessoa agradável. E é generoso com as gorjetas.

— Você sabe onde ele mora? Poderia me levar até lá?

Ele evitou meu olhar enquanto dava uma profunda tragada no cigarro, o que alongou mais o seu rosto.

— Ele é um cliente — disse, soltando fumaça pelo nariz. — Não posso trair sua confiança, da mesma maneira que não trairia a sua.

— Nem por dinheiro?

Deu um suspiro profundo, forte. Muito forte.

— Senhora, não estrague as coisas. Antes, ouvindo a senhora falar, compreendi que se interessa por isso tudo. Seus problemas... — Deu de ombros. — Mas eu sou o conde Onorato, compreende? Nápoles inteira me conhece.

Deu outra longa tragada que voltou a afundar suas faces, pensativo, como se tentasse se convencer do que tinha acabado de dizer.

— Eu tenho uma reputação a manter.

Com essas palavras finais, ditas em tom consternado, parecia descartar qualquer possível tentação. Ele se colocava, com enorme esforço, longe do meu alcance, da tentação material.

— Deve ter alguma solução honrada — respondi, depois de refletir um pouco.

O taxista observava a guimba, reduzida a uma brasa que quase queimava suas unhas. Deixou-a cair no chão e ficou olhando, melancólico.

— Mas honrada a que ponto? — perguntou.

— Quinhentos euros.

Ele ergueu o olhar com espanto. Depois levou a mão dos anéis ao coração e seus olhos escuros me lançaram uma silenciosa, doída e extensa reprovação.

— Mil — arrisquei.

7

Trinta segundos sobre Tóquio

Passei metade do dia seguinte no meu quarto do hotel Vesúvio, impaciente, roendo as unhas, tentando ler sem conseguir me concentrar ou usando meu notebook para buscar sites em que pudesse encontrar rastros de Sniper. Fiquei assim o tempo todo, atenta ao telefone da mesa de cabeceira e com o celular em cima da cama, achando que o conde Onorato cumpriria sua promessa. A temperatura continuava agradável lá fora, por isso deixei aberta a janela que dava para o balcão sobre o fundo da baía e do castelo. Uma leve brisa marítima agitava as cortinas de vez em quando e lá de baixo chegava o barulho do trânsito e das buzinas de quando o sinal diante do hotel mudava de verde para vermelho. Às quinze para as duas, o retângulo luminoso de sol que havia se deslocado através da janela com irritante lentidão ao longo do dia pareceu se deter quando o celular vibrou.

— A senhora tem um encontro — soou a voz do taxista. — Vou passar para buscá-la dentro de seis horas.

Eu quis saber mais, porém o conde Onorato, imbuído de seu papel de mensageiro dos deuses, foi reticente. Repetiu as instruções, acrescentando que eu não devia levar comigo máquina fotográfica nem celular, e desligou. Saboreando minha alegria, desci para comer um prato de massa no Zi'Teresa e saí pela porta principal do hotel, mas, empolgada como estava, mal toquei na comida. Depois, para me tranquilizar, passeei pelo Lungomare — ninguém parecia me seguir dessa vez — e entrei na livraria Feltrinelli, onde fiquei folheando lançamentos e livros de arte. Comprei um romance de Bruno Arpaia e uma coletânea de ensaios de Luciano Canfora. Voltei sem pressa, depois de tomar um café, pela via Chiatamone, e cheguei à porta dos fundos do hotel. Para não dar a volta no edifício, entrei por ali; percorri o corredor de serviço e cheguei aos elevadores do vestíbulo, mas parei de repente. Sentado numa das poltronas, perto da porta do bar, convenientemente escondido por um vaso com um fícus de folhas frondosas, lá estava o indivíduo rechonchudo do bigode loiro. Vestia o mesmo paletó de camurça do dia anterior e mantinha aberto sobre os joelhos um livro ao qual não dava atenção, pois estava com o rosto virado para a porta giratória que dava para a fachada principal e para o Lungomare. Meu desconcerto foi breve. Demorei apenas três segundos para compreender que ele estava vigiando justamente o meu retorno — e esses três segundos foram o tempo exato que usei para recuar com cautela, subir pela escada de serviço e me perguntar por que naquele momento. Por que agora, e no próprio hotel? Por que não antes? Por que tão perto?

Minhas veias pulsavam violentamente nas têmporas, me deixando surda, enquanto eu caminhava depressa sobre o carpete do corredor do quarto andar em direção ao meu quarto. Tentei evitar que as batidas do meu coração se descontrolassem — nesse momento, ele parecia bombear jatos de adrenalina — e fazer com que meus pensamentos se organizassem de forma útil na minha cabeça. Pensa, eu dizia a mim mesma. Pensa devagar. Calcula o que mudou. O que tem de novo. O que está acontecendo. Por que esse sujeito voltou a se arriscar. A se aproximar tanto. A intuição de que um novo perigo, de que uma alteração grave dos acontecimentos entrava em cena, transformou durante os últimos passos minha apreensão em certeza. Por isso eu estava com a capacidade de me surpreender limitada e mais atenta que o normal quando enfiei o cartão magnético na ranhura da porta, abri e dei de cara com a mulher que, em Verona, tinha batido na minha cabeça e me atirado no fosso. Dessa vez, ela estava sem o casaco de vison, mas com um paletó escuro, calças e sapatos sem salto e de cabelo preso — pude apreciar melhor tudo isso pouco depois —, porém seu rosto era como eu o recordava: muito magro, ossudo e anguloso, quase desagradável, com lábios finos e grandes olhos pretos, muito vivos, que pareceram pular das órbitas, surpresos de me ver ali, a dois palmos de seu rosto. Era pouco mais alta que eu, o que facilitou as coisas. Levada pelo impulso que foi se retesando na minha desconfiança pelo corredor, animada pelo espanto que parecia afilar ainda mais as feições da intrusa, enfurecida a ponto de sentir aversão de vê-la ali, violando minha intimidade, fiquei na ponta dos pés e, me esquecendo do spray de pimenta que carregava na bolsa, dei uma cabeçada na cara dela.

A pancada soou forte. Fez crec. Mas o barulho não veio de mim. Acho que tive sorte. Eu a atingi por acaso no meio do rosto, justo quando percebi, pelo canto do olho, que uma das mãos dela, a direita, de repente fechada, subia para me acertar. Mas a violência do meu golpe foi suficiente para que o dela perdesse a força na metade do caminho e golpeasse o vazio, talvez porque a Magrinha, ou como quer que ela se chamasse, já havia emitido um gemido rouco e surdo — era o ar que escapava de seus pulmões — e recuava gaguejando enquanto agitava os braços à procura de apoio ou equilíbrio, tentando conseguir uma vantagem que eu não estava disposta a lhe conceder a essa altura e sem que o golpe que tinha dado tivesse aliviado um grama da fúria que eu sentia. Por isso parti para cima dela, sem pensar, e, com todas as forças, dei um chute na sua barriga que fez com que ela se encolhesse e caísse no chão. Ela me olhava, esforçando-se para ficar de pé — percebi que seu nariz sangrava —, com uma expressão que jamais vou esquecer, porque eu nunca tinha me visto numa situação tão extrema quanto aquela. Seus cabelos haviam se soltado e agora se derramavam sobre seu rosto, negros como as asas de um corvo de mau agouro, sujos de sangue, intensificando o ódio em seus olhos. Atordoada e maligna. Estremeci, com toda a razão, ao me lembrar do golpe preciso que ela tinha me dado na Arena de Verona. Uma vadia capaz de ferir com o olhar, pensei. Não sei se a Magrinha sabia lutar ou não, mas sem dúvida sabia bater. Ah, se sabia! E, se eu permitir que ela se levante, estarei ferrada, concluí. Por isso fiquei chutando sua cabeça até que ela parou de se mexer.

O fulano do bigode loiro enrolado nas pontas não me ouviu chegar. Continuava sentado atrás do fícus, olhando para a porta principal do hotel, quando saí do elevador e parei ao seu lado. Sob o paletó de camurça usava uma gravata de crochê e uma camisa de um rosa pálido com os botões muito retesados na barriga. A perplexidade dos seus olhos azuis, quando se viraram para me encarar com espanto, foi outro dos marcos gloriosos daquele dia.

— Eu tenho duas opções nesse momento — falei com calma. — Você quer que eu diga quais são?

Ele não disse nada. Continuava me encarando em silêncio, perplexo. Os dentes incisivos pontiagudos se infiltravam na boca entreaberta pelo estupor. Eu me sentei na poltrona contígua, um pouco virada para ele, desfrutando a vantagem que a situação me proporcionava. O Bigode Loiro tinha fechado o livro de bolso que estava em seus joelhos e consegui ler o título: *Jardinagem em casas de campo*. Eu não teria sido capaz de adivinhar qual era, pensei, de forma absurda. Depois olhei de novo nos olhos dele.

— Uma opção é ir ao balcão da recepção, pedir ao pessoal do hotel para chamar a polícia para que ela dê uma olhada no meu quarto. A outra...

Parei. Meu interlocutor tinha piscado três vezes, como se isso o ajudasse a recuperar a capacidade de falar.

— A senhora está vindo lá de cima? — perguntou ele, por fim.

Sua voz era rouca, difícil; precisava ser lubrificada imediatamente. Sotaque educado, espanhol. Os olhos claros continuavam perplexos.

— Sim. Eu vim de lá. E tem uma mulher inconsciente no meu tapete.

A perplexidade do Bigode Loiro abriu caminho para o alarme.

— A senhora disse "inconsciente"?

— Sim.

— O que aconteceu?

A voz dele continuava rouca. Dei de ombros.

— Ela caiu. Assim, simplesmente. Zás. Caiu e bateu a cabeça várias vezes. Zás, zás. Sozinha. Parece que gosta de cair.

— A senhora fez isso?

— Eu não fiz nada. Repito: ela caiu sozinha. Eu me limitei a amarrar as mãos dela para que não caia de novo. Usei dois sacos da lavanderia retorcidos e o cinto dos roupões. Ela ainda está lá em cima, imagino. Dormindo de bruços. Quando acordar, vai precisar de aspirinas e talvez de um médico. O rosto dela também não ficou bonito, se é que foi bonito algum dia. Eu diria que ela quebrou o nariz.

O Bigode Loiro fazia um movimento que não consegui interpretar. Talvez fosse de inquietação ou de ameaça. Parecia recuperar o controle e me analisava com desconfiança, avaliando a situação. Sem dúvida, calculava aonde eu ia chegar. Quais seriam as minhas intenções. Eu me afastei um pouco, recostando-me na poltrona. De qualquer maneira, concluí, ele não tentaria fazer nada comigo naquele lugar, com o barman a dez metros e os recepcionistas e porteiros do outro lado do vestíbulo. Bastaria um grito meu para chamar a atenção.

— A senhora falou de duas opções — disse.

Ele ficou calmo, afinal. E me tratava como senhora, apesar do meu linguajar. Disposto a negociar a menos pior das opções. Isso me causou um suspiro de alívio que procurei não demonstrar. Na verdade — isso eu percebi logo —, a não ser pela inquietação que sentia pelo estado da mulher lá em cima, eu estava saboreando aquela situação. O meu triunfo. O momento e suas perspectivas.

— A outra é você subir e cuidar daquela filha da puta.

Ele me encarou por um instante. Dessa vez, sem pestanejar.

— E...? — perguntou, por fim.

— E é isso. Leve-a para um hospital ou para onde achar melhor. — Olhei para o relógio. — E eu quero que Lorenzo Biscarrués me ligue.

— Eu não conheço esse Biscarrués.

— Sei, sei. Mas arruma um jeito de fazer com que esse porco me ligue. É melhor que ele ligue. Pensa nas consequências.

Os olhos azuis se viraram para o vestíbulo e depois me olharam vagamente, avaliando, considerando devagar tudo o que eu tinha acabado de dizer. Finalmente, o Bigode Loiro enfiou o livro num bolso do paletó e fez uma careta que revelou ainda mais os incisivos: um sorriso frio, falso. Resignado.

— Está bem — aceitou.

Ficamos em pé — ele com uma agilidade espantosa para um sujeito gordinho — e caminhamos em direção ao elevador com aparência de hóspedes inocentes. Apertamos o botão e subimos, evitando nos olhar diretamente, embora nos vigiássemos de soslaio no espelho. O Bigode Loiro não afastava seus olhos inquisidores da minha mão direita, enfiada no bolso onde estava o spray de pimenta — se eu errar o lado ao apontar, pensei, estou ferrada. Mas não precisei dele. Uma vez lá em cima, atravessamos o corredor em silêncio, abri a porta e fui para o lado, cautelosa.

— Porra! — exclamou ao entrar.

A Magrinha continuava deitada de bruços no chão, como eu a tinha deixado ao sair. Nos filmes, as pessoas que recebem pancadas se levantam logo, tranquilamente, mas eu sabia que na vida real poucas vezes as coisas são assim. Podem ocorrer concussões, derrames, coisas do tipo. Para meu alívio — eu temia ter me excedido nos chutes finais —, a mulher já estava meio consciente e dava um gemido seco, gutural. Tinha sujado um pouco o tapete de sangue e no nariz e no lábio superior começava a se coagular uma crosta meio parda. Também tinha um grande hematoma na testa e seus olhos estavam inchados. Eu mesma me assustei com sua aparência e fiquei satisfeita ao ver que o Bigode Loiro ia cuidar dela.

— Porra! — repetiu, ajoelhando-se, incrédulo, ao lado da mulher.
— Foi você que fez isso?
— Eu já disse que ela caiu. Várias vezes.

Ele me lançou um olhar entre reprovador e admirado enquanto desamarrava as mãos da Magrinha. Não é fácil deixá-la nesse estado, parecia dizer. É preciso ter muita sorte ou ser ainda mais cadela do que ela consegue ser. E ela consegue. Muito.

— Tem gelo no frigobar?
— Vai querer beber alguma coisa agora? — respondi, com a pior das intenções.

Ele pareceu encarar meu sarcasmo com muita frieza.
— Tem gelo ou não? — insistiu.
— Não.
— Então traz algumas toalhas molhadas de água fria, por favor.

Ele parecia seguro. Acostumado, apesar da aparência agradável, com situações como aquela. Eu me lembrei do brilho da navalha em suas mãos quando eu estava em cima da neve, em Verona, ao lado do infeliz que eles confundiram com Sniper. Talvez eu tivesse cometido um erro ao trazê-lo até o quarto, pensei. Talvez tivesse caído numa nova armadilha. Enquanto molhava as toalhas na pia do lavabo, olhei ao redor à procura de alguma coisa que pudesse servir como arma defensiva, sem encontrar nada. Depois me lembrei do vaso de vidro que estava em cima da escrivaninha. Ele poderia ser útil em caso de necessidade, como complemento do spray.

— Me ajude — pediu o Bigode Loiro.

Levantamos a Magrinha e a deitamos na cama. Ela estava voltando a si. Continuava gemendo, e, no meio dos cabelos endurecidos e do inchaço das pálpebras, olhava para nós com olhos vidrados, tentando nos reconhecer. Seu companheiro limpou o sangue do nariz dela e depois colocou as toalhas molhadas no seu rosto. Fiquei ao lado do vaso de vidro, precavida, com a mão no bolso. Calculando as distâncias.

— Como ela está? — eu quis saber.

Ele olhava para mim, receoso, intrigado. Parecia se perguntar por que eu estava tão tranquila, por que não estava fazendo um escândalo.

— Não muito mal — respondeu. — Quebrou o nariz.

— Vai conseguir tirá-la daqui?

— Acho que sim. Daqui a pouco ela vai estar de pé, é o que me parece. A senhora tem óculos de sol?

— Para quê?

O Bigode Loiro apontou para a mulher, cujo rosto, à exceção de uma pequena abertura para respirar, estava coberto por toalhas.

— Ela não pode atravessar o vestíbulo assim, com essa cara. Chamaria muito a atenção.

Abri minha bolsa, tirei os óculos e os joguei. Ele os pegou no ar. Pela primeira vez, a expressão dos seus olhos claros era amável. Quase simpática. O bigode loiro pareceu se afastar mais um pouco sobre a careta dissimulada.

— Parece que vocês não são lá muito bons como assassinos — comentei.

Ele não disse nada. Só emitiu um riso suave, contido, ao ouvir isso. O riso lhe dava um aspecto bonachão, erroneamente benevolente. Não seria feio, pensei, se tivesse dez ou quinze quilos a menos, uma barriga que não pressionasse os botões da camisa e mais um palmo de altura. O bigode enrolado nas pontas lhe dava um toque de distinção ridícula.

— Eu quero falar com Biscarrués — lembrei-lhe.

Ele ficou olhando para mim durante alguns segundos, com curiosidade, enquanto o esboço de um sorriso se apagava bem depressa no seu rosto. Perguntei-me o quanto ele sabia da minha vida. Desde quando me vigiava. Pensar nisso fez com que eu sentisse uma estranha sensação de pudor violentado. E isso me enfureceu.

— Biscarrués — repeti, secamente.

Não pareceu ter me ouvido. Olhava para a companheira, que se recuperava aos poucos, queixosa e dolorida.

— Não é fácil fazer isso com ela — disse, objetivo.

— Suponho que não. Mas agora estamos quites pelo que aconteceu em Verona.

Ele pareceu levar a sério o argumento. Por fim, concordou ligeiramente, sem vontade.

— Não pense que tem algo de pessoal nisso. Não era contra a senhora.

— A essa altura da nossa relação, pode me chamar de você. — E ri, sarcástica.

Ele hesitou por um instante.

— Não era contra você.

— Nem contra aquele pobre sujeito, eu imagino. Aquele que vocês confundiram com Sniper.

— Também não. Foi um mal-entendido.

— Sei, sei. Que quase nos matou.

Ele fez um gesto vago, evasivo, meio cansado. A vida, parecia argumentar, é cheia de momentos em que qualquer pessoa pode acabar com outra por erro ou por azar. É um absurdo procurar os responsáveis.

— Biscarrués — insisti. — E é a última vez que eu falo isso.

Continuou me estudando por um momento, como se hesitasse. Olhei de lado para o vaso, tensa. Depois ele tirou um telefone do bolso do paletó e discou um número.

— Ela está aqui — disse, lacônico, quando atenderam.

Depois me passou o telefone, e, com ele na mão, fui para o corredor.

Quando voltei para o quarto, a Magrinha parecia estar melhor. Seu companheiro a tinha colocado sentada na cama, recostada nos travesseiros. As toalhas molhadas não cobriam mais seu rosto. No meio dos cabelos úmidos, que deixavam à vista um grande hematoma na parte de cima do nariz, os olhos escuros da mulher me encararam com ódio por trás das pálpebras furiosas.

— Ele quer falar com você — avisei ao Bigode Louro, e passei o telefone para ele.

Levou-o ao ouvido e ficou escutando num longo silêncio, só quebrado por monossílabos de concordância. Emitiu os últimos em tom de ligeira dúvida, embora não tivesse em nenhum momento se oposto a nada. Então desligou, guardou o celular e ficou me olhando, desconcertado.

— Não vejo por que... — começou a dizer.

Então se interrompeu, pensativo. Não era, imaginei, o tipo de sujeito que faz confidências sobre o que vê ou deixa de ver diante de quem acaba de encher de chutes a cara da sua companheira de trabalho, ou como quer que se chamasse aquilo que os dois faziam juntos. Nesse momento, a Magrinha sentiu uma urgência — "Eu preciso mijar", murmurou com a boca mole e vulgar —, e o Bigode Loiro a ajudou a se levantar e se encaminhar ao banheiro apoiada nele. Depois fechou a porta, virou-se para mim e tirou um maço de cigarros e um isqueiro de ouro do bolso.

— É permitido fumar aqui? — perguntou.

— Talvez o alarme dispare — respondi. — É melhor fumar no balcão.

Ele deu um leve sorriso. Tinha uma expressão simpática, confirmei sendo isenta, com aqueles incisivos se infiltrando sob o bigode enrolado nas pontas. Um sorriso agradável na cara gorducha e anacrônica de um autêntico filho da puta. Depois de passar ao meu lado para ir ao balcão, e acendendo o cigarro ao chegar lá, pensei se portaria a navalha que estivera a ponto de cravar no pobre Zomo na Arena de Verona.

— Você ainda tem a navalha? — perguntei, apoiando-me na moldura da janela aberta.

Fez que sim, e, tirando-a do bolso do paletó, exibiu-a na palma da mão: longa, de metal prateado e empunhadura de nácar. Até parecia bonita. Percebi que tinha um botão na empunhadura: devia ser dessas com mola, automática, que acionava a lâmina ao ser pressionada. Um modelo antigo, certamente. Até onde eu sabia, esse tipo de navalha era proibido.

— Como você faz nos aeroportos? — perguntei com legítimo interesse.

— Eu despacho na bagagem.

— Imagino que esses sejam tempos complicados para um assassino, não é mesmo? Com tanto escâner, tanto detector e tanta chatice.

— Nem me fala.

— Você é assassino de vez em quando ou em tempo integral?

Não me respondeu. Olhava para mim com uma expressão quase divertida, entrefechando os olhos por causa da fumaça do cigarro que agora mantinha na boca. O paletó de camurça era de boa qualidade. Um belo corte, caro. Os sapatos também eram bons. Observei que o cabelo era ligeiramente ondulado, cortado com esmero. Eis ali um assassino que cuidava da aparência. Um sujeito de posses.

— Bela vista — comentou, apontando para fora, para o sol poente sobre a baía.

— Faz muito tempo que você trabalha com a Magrinha?

Sorriu.

— Você a chama assim? Magrinha?

— Sim.

— Não acho que ela goste de você. Embora eu imagine que esse seja o menor dos seus problemas hoje. — E me dirigiu um olhar, avaliando. — Não é fácil deixá-la naquele estado.

— E você é o Bigode Loiro.

— Sério? Bem, não se pode dizer que você tenha se esforçado muito.

— Também não se pode dizer que vocês sejam assassinos eficientes. Parecem bem amadores.

Ele começou a rir.

— Os reflexos dela costumam ser melhores.

— Não percebi.

— Bem, você sabe... Cada dia é um dia.

— Deve ser isso.

Ouvimos o barulho da descarga do banheiro e a Magrinha apareceu no quarto, ainda caminhando num passo inseguro. Quase dava pena de olhar para ela. O Bigode Loiro esmagou o cigarro na grade de ferro do balcão e atirou a guimba no vazio. Depois foi ao seu encontro, solícito.

— Adivinha qual é o seu nome — eu disse a ela.

Às vinte para as oito, depois de ficar sozinha, de banho tomado e vestindo jeans e usando um suéter debaixo do casaco, desci pela escada de serviço, atravessei o corredor interno e, usando a porta dos fundos do hotel, cheguei à rua, onde o taxista me aguardava.

— Tudo bem, senhora?

— Tudo bem.

Não comentei nada sobre o que tinha acontecido naquela tarde. Não tinha por quê. O conde Onorato me dirigia um sorriso resplandecente pelo espelho retrovisor.

— Nervosa?

— Um pouco.

Arrancou, e mergulhamos no tráfego intenso. A noite já havia caído quase por completo. Os faróis dos carros e a iluminação urbana iam se impondo sobre a última claridade do céu. Atravessamos o túnel da Vittoria, saímos do outro lado, sob o palácio e as torres negras do castelo, e percorremos a avenida que passa ao longo das instalações portuárias. Ali, meu motorista parou o táxi ao lado de um edifício arruinado no qual, à luz de postes tortos, era possível reconhecer os restos de um velho bunker entre cujas grades cresciam arbustos ralos e sujos. Era uma antiga instalação militar, comentou o conde Onorato. Naquela parte do porto, que havia sofrido os piores bombardeios e tinha sido destruída durante a guerra, havia escombros que ninguém se preocupou em demolir.

— É aqui? — perguntei, intrigada.

O taxista havia descido do carro e fumava encostado no muro do bunker.

— Sim, senhora — respondeu.

— E o que a gente vai fazer aqui?

— Esperar.

Dei alguns passos, olhando em volta. Lugar estranho para um encontro, foi a primeira coisa que pensei. Ou nem tão estranho, emendei logo em seguida. Cheirava a lixo, a concreto armado velho, a sujeira secular. Do outro lado de uma grade que circundava as instalações portuárias dava para ver os contêineres empilhados, com manchas de ferrugem sobre as marcas das empresas de navegação. As luzes do porto estavam atrás de nós, mais intensas, iluminando guindastes, armazéns, fios e uma espécie de torre ou chaminé com uma luz vermelha que piscava em cima.

— Aí estão eles — avisou o conde Onorato.

Prendi a respiração. Os faróis oscilantes de duas motos chegavam pelo mesmo caminho que tínhamos percorrido. Pararam ao lado do táxi, sem desligar os motores. Três figuras masculinas se destacavam em cima das motos, na penumbra. Duas em cima de uma delas e uma solitária na outra.

— Lex é aquela — disse uma voz.

Reconheci Flavio, o sujeito com quem estive prestes a brigar no Porco Rosso: usava o mesmo casaco com uma folha de maconha estampada, os mesmos jeans apertados. A única novidade era um boné preto de beisebol cuja viseira projetava uma sombra que parecia emagrecer seu rosto. Os outros se vestiam de um jeito semelhante: casacos, jeans, tênis sujos de tinta. Roupa para pintar e correr.

— Pode ir embora — disse Flavio ao taxista. — Ela vai com a gente.

O conde Onorato me dirigiu um olhar à procura de confirmação. Concordei; ele me lançou um último sorriso amplo e disse: *"buona fortuna"*, e desapareceu com seu táxi.

Flavio desceu da moto sem desligar o motor.

— Levanta as mãos — ordenou.

Levantei-as sem protestar. Ele tinha se ajoelhado na minha frente e me revistava desapaixonadamente. Muito rápido e eficiente.

— Nada de gravadores, telefones ou máquinas fotográficas — avisou.

— Eu não estou com nada disso. O taxista já tinha me dito. Você não confia em mim?

Tirou o spray de pimenta do meu bolso e o atirou longe.

— É claro que não confio.

Levantou-se depois de se assegurar de que não havia mais nada e voltou a subir na moto, cheio de si.

— Senta aí atrás.

Obedeci. Ocupando a parte de trás do assento, passei os braços em volta da sua cintura. Ele fez o motor ressoar com mais força algumas vezes e depois arrancou com violência. Íamos em alta velocidade, pulando num caminho estreito de terra. Os faróis oscilavam, enlouquecidos, e a moto que nos seguia projetava nossa sombra por cima de um dos contêineres empilhados como se fosse um muro alto do outro lado da grade. Os canos de escapamento, barulhentos, vibravam como órgãos cuspindo techno. Pouco depois, quando os contêineres ficaram para trás, Flavio apagou o farol, sendo imitado pela outra moto, e continuamos assim, na escuridão, como centauros suicidas, sem que nenhum daqueles idiotas reduzisse a marcha, enquanto eu me agarrava, colada em Flavio, como se isso pudesse me proteger para o caso — muito provável — de irmos parar no inferno.

Havia mais quatro grafiteiros, e eles nos esperavam. Suas silhuetas se destacaram na penumbra assim que as motos pararam. Saíram das sombras onde estavam agachados sob um tapume que os protegia das luzes do porto. Vestiam-se como meus acompanhantes e carregavam pequenas mochilas. Tudo de cores escuras. Essa é a Lex, limitou-se a repetir Flavio, apresentando-me secamente. Nenhum nome do outro lado, nenhum rosto especialmente visível sob os capuzes ou sob as viseiras dos bonés dos *gobbetti* de Montecalvario. Apertei suas mãos jovens, vigorosas, que se movimentavam em silêncio ao meu redor. Faziam isso com uma altivez quase militar, pensei. Como soldados antes de um combate noturno. Tinham cheiro de roupa suada e tinta.

— E Sniper? — perguntei.

— Mais tarde — respondeu Flavio. — Primeiro você vem com a gente. Você vai passar por um teste.

— Que teste?

Nenhuma resposta. Pedaços de cortiça queimada circulavam de mão em mão e todos escureciam seus rostos com elas. Quando chegou a minha vez, auxiliada por Flavio, fiz a mesma coisa, escurecendo o nariz e a testa.

— Não precisa ficar preta — disse o grafiteiro. — É só para desfigurar a brancura do rosto.

Obediente, concordei. Eu me sentia ao mesmo tempo ridícula e empolgada. Era como brincar com crianças, concluí. Recuperar um retalho da infância. A emoção do desafio, o desconhecido por chegar. A aventura. Imaginei, inquieta, que acabaria sendo detida por um guarda naquela noite, com o rosto pintado. Uma estrangeira da minha idade brincando de guerrilheira urbana. Fazendo arte ilegal, ou o que quer que aquela tropa fizesse. Seria muito difícil explicar, claro.

— Aonde vamos? — perguntei.

Flavio me contou. Perto dali havia um terminal da estrada de ferro que era usado para armazenar mercadorias vindas pelo mar. No dia anterior, num reconhecimento prévio, eles descobriram um trem com sete vagões-tanque que transportavam produtos químicos. O objetivo era pintar quantos fosse possível.

— Eles partem amanhã para Milão. Não vão ter tempo de apagar a tinta. Esses vagões vão percorrer metade da Itália com a nossa marca.

Soaram batidas no chão. Alguns do grupo pulavam para ver se as latas de tinta ressoavam em suas mochilas ou se levavam objetos soltos. Tudo parecia em ordem.

— Vamos — chamou Flavio. — A partir daqui, ninguém deve fumar ou falar em voz alta.

Caminhamos em fila indiana, sem fazer barulho, ao longo do tapume. Um pouco mais adiante, ele dava passagem a uma tela de metal grossa, de uns dois metros e meio de altura, coroada por espirais de arame farpado. Paramos, em grupo e de joelhos no chão, como nos filmes de guerra, e pensei que talvez aqueles garotos tivessem jogado videogame demais, embora parecessem levar isso muito a sério.

— Cheirem isso — disse alguém, com deleite. — Tem cheiro de trem.

Flavio tirou da mochila um alicate de cortar arame. Durante cinco minutos se ocupou da tela de metal até que abriu um buraco. Nós nos enfiamos por ele, um atrás do outro, rastejando. O filme ia se tornando real.

— Não levanta ainda — sussurrou Flavio, puxando-me. — Tem uma guarita de vigilância trinta metros à direita.

Avançamos engatinhando, penetrando no recinto enquanto procurávamos a proteção da escuridão. Isso era assustador, pensei. A pulsação do sangue nos meus tímpanos ensurdecia tudo com um tamborilar de tensão e medo. Eu me sentia como uma criança brincando de esconde-esconde no meio da noite: me vinham à memória ecos de brincadeiras infantis distantes, momentos perdidos na lembrança.

— Aqui está o túnel — avisou alguém.

Meio que nos levantamos e percorremos encurvados os últimos metros, bem devagar, tentando não fazer barulho. A entrada escuríssima de um túnel se abria diante de nós como focinhos sinistros que engolissem o duplo reflexo metálico dos trilhos que corriam pelo chão, aos nossos pés. O comboio, explicou Flavio, estava numa via secundária do outro lado.

— Cuidado — murmurou um dos grafiteiros, segurando o meu braço.

Agradeci, pois eu tinha escorregado numa mancha de óleo. Penetramos no túnel como se fôssemos ratos, caminhando com cautela enquanto tateávamos a parede, que transpirava umidade. O ar fedia. Ao longe se distinguia a outra entrada do túnel: uma espécie de semicírculo um pouco mais claro que a escuridão que nos cercava, com o duplo e tênue reflexo metálico da via que parecia convergir em seu centro. A distância entre a via férrea e o muro era pequena, constatei. Se o trem entrar no túnel e ainda estivermos aqui dentro, pensei, inquieta, vamos virar picadinho.

— E se vier um trem? — perguntei, em voz alta.

— Tomara que isso não aconteça — comentou alguém atrás de mim.

Em tom festivo, usando o dialeto napolitano, outro grafiteiro disse uma coisa que não entendi, e soaram risadas abafadas até que Flavio pediu silêncio. Ficamos todos calados enquanto chegávamos ao fim do túnel, onde fomos nos agrupando, deitados nos trilhos.

— Aí está.

Cercada pelos grafiteiros, em cujos rostos enegrecidos reluziam sorrisos satisfeitos, olhei para o que todos estavam olhando. Os trilhos que atravessavam o túnel se uniam a outros que se multiplicavam uns cinquenta metros mais à frente, sob uma trama de postes, sinais e fios da rede elétrica. Havia vagões de trens em vários lugares, isolados ou atrelados a outros. Contei uns vinte. O lugar não estava completamente escuro, pois uma fileira de postes de luz potente iluminava uma espécie de plataforma e alguns armazéns situados um pouco mais longe, e esse brilho recortava o contorno de sete vagões-tanque estacionados numa das vias secundárias.

— São os nossos? — perguntei.

— Claro.

Ninguém pareceu se surpreender com o fato de eu considerar que também era meu o objetivo daquela noite.

— O que vocês vão fazer?

— Nada de floreios — respondeu Flavio, colocando luvas de látex.

— Regras simples de *throw-up*: escrever e correr.

— E se alguma coisa der errado?

— Errado?

— Se um guarda descobrir a gente?

Soaram grunhidos de desaprovação ao redor, como se imaginar isso desse azar. Flavio enfiou a mão na mochila e me entregou uma pequena lanterna, de plástico.

— Nesse caso, corre para o túnel e procura o buraco da tela de metal. Você já conhece o caminho.

— E se me pegarem?

Mais grunhidos insatisfeitos. Todos balançavam a cabeça nas sombras, como se não entendessem.

— O problema é seu.

Isso não era nem um pouco tranquilizador, por isso resolvi não pensar muito a respeito. Enfiei a lanterna no bolso do casaco e continuei deitada, analisando o comboio: os vagões estavam sem a locomotiva; na contraluz da plataforma iluminada, as luzes formavam um espaço de sombra e penumbra que possibilitava tanto que nos aproximássemos sem sermos vistos como que pintássemos, relativamente escondidos, as laterais dos vagões-tanque do outro lado da estação.

— Quer uma lata? — perguntou Flavio, fazendo tilintar uma lata de spray.

— Melhor não — respondi. — Eu prefiro olhar.

— Está bem. — E se virou para os outros. — Boa caça, rapazes.

Levantaram os capuzes dos casacos ou cobriram os rostos com balaclavas. Alguns usavam máscaras. Depois nos levantamos e avançamos agachados, dispersando-nos em direção ao comboio. Segui Flavio, que se encaminhou para o primeiro vagão da direita. Minha boca estava seca. A pulsação acelerada continuava martelando meus tímpanos. Nesse momento, Sniper era em quem eu menos pensava.

Então era isso, concluí. Trinta segundos sobre Tóquio. A empolgação intelectual, a tensão física, o desafio à própria segurança, o medo superado pela determinação, o controle de sensações e emoções, a imensa euforia de se movimentar no meio da noite, correndo riscos, transgredindo tudo de organizado que o mundo determinava ou pretendia determinar. Movimentando-se com a precaução de um soldado nas estreitas margens do desastre. O fio incerto da navalha. Era assim que eu avançava naquela noite ao lado dos meus companheiros casuais: encurvada, cautelosa, esquadrinhando a escuridão, atenta a ameaças que pudessem surgir das sombras. Os vagões-tanque estavam ali, pesados, escuros, cada vez maiores, cada vez mais próximos e, finalmente, perto de tudo, ao alcance da minha mão, que se apoiava na superfície fria, metálica, áspera e ligeiramente curva, a tela única sobre a qual Flavio já manejava o bico do seu spray, a tinta liberada com um sussurro de gás ao escapar do seu confinamento, cores dispostas cobrindo com sua essência particular, ou identidade, tudo que fosse proibido, formal, injusto, arrogante que as cidades e as normas e a vida encerravam. Eu teria gritado de prazer nesse momento para comunicar ao universo inteiro o que estávamos fazendo. O que tínhamos acabado de conseguir fazer.

— Vem — chamou Flavio, e me passou uma lata de tinta. — Se anima!

Dessa vez eu não recusei. Peguei a lata sem me preocupar com a cor ou com qual era a minha função nisso. Agitei-a, as bolinhas tilintaram, aproximei o bico até que ficou a um palmo de distância da superfície de metal e apertei. O som do líquido pulverizado me provocou uma explosão interna quase física. Tinha um cheiro muito forte, de tinta e solvente; e esse cheiro subia pelas minhas cavidades nasais e chegava ao meu cérebro, com a intensidade de uma droga espessa. Movimentei a mão e pintei sem objetivo, sem plano, quase enlouquecida, aspirando aquele cheiro, cobrindo de qualquer jeito a parte do vagão que me coubera. Alguns passos à minha esquerda, Flavio, sério, metódico, desenhava e preenchia letras enormes com velocidade e facilidade espantosas. Ao longo do comboio, escalonadas diante dos diferentes vagões, outras seis sombras faziam a mesma coisa, ágeis e silenciosas, na contraluz de luzes distantes que iluminavam a trama da rede elétrica pendurada nos postes e os reflexos gêmeos, prolongados até o infinito, dos trilhos das vias.

— Eles estão vindo! — gritou alguém.

Meu coração parou por um instante. Olhei para as vias e percebi que, entre elas e a estação, três pontos de luz se movimentavam, aproximando-se depressa.

— Corre! — disse Flavio.

Uma das sombras mais próximas, a do grafiteiro que estivera trabalhando no vagão contíguo, correu para mim, me deu um tapa para que eu largasse a lata e me empurrou para as vias, na direção oposta à das lanternas que se aproximavam. Naquele lado soou um apito que se cravou na minha angústia como se fosse uma adaga. Flavio já era uma mancha escura correndo na escuridão, e ao meu lado passavam, fugazes como exalações, os outros garotos fugindo na mesma direção. O pânico havia explodido no meu corpo de dentro para fora, paralisando-me. Eu teria permanecido ali, imóvel, até ser capturada, se o grafiteiro que havia me empurrado não tivesse recuado e me puxado com violência, me obrigando a segui-lo. Reagi, por fim, e corri atrás dele ignorando para onde ele se dirigia, sem prestar atenção em mais nada, aterrorizada diante da possibilidade de que aquela veloz silhueta negra, minha única e última referência, afinal se desvanecesse na noite e me deixasse sozinha.

— Espera! — exclamei.

Ele não esperou. Eu corria atrás dele pela via do trem, tentando não tropeçar nos dormentes, quando passamos ao lado de um dos nossos companheiros de aventura, que pulava com espantosa agilidade e trepava num tapume alto. Hesitei por um instante entre tentar e não — o tapume parecia mais seguro e próximo do que continuar correndo às cegas pela noite —, embora tivesse logo entendido que minhas possibilidades de transpor aquela altura eram mínimas. Aqueles segundos de indecisão me fizeram perder de vista o garoto que corria na minha frente e então reagi, aterrorizada, me lançando em sua direção para alcançá-lo. Não havia luz naquele lugar e parei de vê-lo. Eu só conseguia ouvir os longos passos de sua corrida, se afastando.

— Espera! — supliquei.

De repente, o som de passos chegou a mim com um eco diferente, e vi o arco de pedra do túnel. Pouco depois eu estava lá dentro, também correndo entre suas paredes úmidas. Sozinha, sem ouvir nada além dos meus passos. Destruída pelo esforço e respirando com dificuldade — cada golpe de ar parecia arranhar meus pulmões —, empunhei, desesperada, a lanterna que Flavio havia me dado, a fim de iluminar o caminho. E, quando cheguei de novo ao ar livre, na penumbra causada pelo brilho distante de luzes que iluminavam contêineres empilhados, uma sombra surgiu da escuridão. Quase dei um grito quando senti sua mão no meu braço.

— É por aqui — avisou.

Ele pegou minha lanterna e a desligou. Depois me obrigou a segui-lo até a cerca pela qual todos havíamos entrado uma hora antes. Percebi que ele tateava a tela de metal. Enfim, encontrou o buraco.

— Passa. Rápido.

Obedeci. Ele veio atrás de mim, se arrastando, como eu. Quando chegamos ao outro lado, nos levantamos e corremos encurvados, nos protegendo no meio dos arbustos. Por fim paramos longe da cerca, no abrigo de um muro destruído. Caí, vencida pelo cansaço, suando debaixo do casaco e do suéter. O grafiteiro, com o rosto às sombras do capuz, apoiou as costas no muro e escorregou devagar até que ficou sentado do meu lado.

— Porra — eu disse.

— Sim — respondeu.

Ouvi o som de um isqueiro e a chama me permitiu ver um rosto alongado, moreno, com um queixo que não era barbeado havia alguns dias. Também vi um sorriso daqueles que é necessário ter duas vezes 20 anos para que a vida o defina em sua boca e em seu olhar. E então, como numa revelação brutal, eu soube que havia encontrado Sniper.

8

O caçador e a presa

— Acho que você teve muito trabalho para me encontrar — comentou Sniper.

Cuspi um gole d'água. Estávamos tirando a fuligem do rosto numa fonte pública perto da praça Masaniello.

— É verdade — respondi.

— E valeu a pena?

Olhei nos olhos dele. Com aquela luz, pareciam castanhos e tranquilos. O capuz do casaco estava jogado para trás; seus cabelos, descobertos, eram levemente cacheados e começavam a clarear perto da testa. Suas feições eram regulares, talvez atraentes, embora parte disso se devesse, possivelmente, ao sorriso que continuava em sua boca, franco e largo.

— Depende de você se valeu a pena ou não.

Ele olhou para minhas mãos sujas de tinta azul. Isso pareceu acentuar seu sorriso.

— Um homem ou uma mulher são aquilo que fazem com suas mãos. Pelo menos é o que diz um provérbio oriental.

— Talvez — concordei. — No entanto, minhas mãos ainda estão tremendo.

Ele colocou a cabeça embaixo do jato d'água e então se ergueu, sacudindo-a como um cachorro molhado. Era alto, mas não muito. Magro e em boa forma física, como eu havia tido a oportunidade de constatar bem pouco antes. Não se podia dizer o mesmo ao meu respeito: meus pulmões ainda ardiam e eu sentia muitas dores musculares.

— Será que pegaram alguém?

— Algum dos garotos? Acredito que não. Acho que nós éramos os últimos. E eles são rápidos.

— Eu achava que eles cuidavam de você.

— Em certas ocasiões, é cada um por si.

Silêncio. Sniper enfiou as mãos nos bolsos do casaco e ficou me olhando, indiferente à água que pingava do cabelo e do rosto molhados.

— O que você achou? — perguntou ele.

Olhei para Sniper, distraída. Pensando em outras coisas. Calculando os próximos passos. Como aproveitar a oportunidade antes que ela se desvanecesse como o restante do grupo, na noite.

— O quê?

— A incursão... Os vagões de trem e todo o resto.

— Era um teste, como eles disseram?

— Para você? Oh, não. — Deu de ombros. — Era uma coisa de rotina. Os *gobbetti* gostam de se meter no território de outros grupos com incursões punitivas. Essa parte do porto é da TargaN. E às vezes eu os acompanho.

— Você corre muito rápido para a sua idade.

Ele inclinou um pouco a cabeça, distraído, como se estivesse pensando em outra coisa.

— Minha idade? Ah, sim. É verdade. Não corro mais tão rápido, mas ainda estou em boa forma. É necessário, quando você se dedica a isso.

— É curioso.

— O que você acha curioso?
— Você. Essa noite. Não precisa disso. Você poderia...
— Poderia?

Não parecia uma pergunta, mas uma simples afirmação. Nós nos olhamos como dois esgrimistas, e eu procurava o alvo. Mas ele não parecia ter pressa.

— Você só é jovem na véspera da batalha — disse, depois de um instante. — Então, ganhando ou perdendo, você envelhece. Entende o que eu quero dizer?

— Acho que sim. Mais incertezas que certezas.

Minha resposta pareceu satisfazê-lo. Então ele tirou a mão esquerda do bolso do casaco e fez um gesto com ela, como se estivesse se referindo à cidade: o trânsito que já diminuía, mas continuava caótico e barulhento, com os faróis dos automóveis se movimentando entre as luzes dos edifícios e dos postes da praça.

— É bom se reservar vésperas de batalhas de vez em quando — falou.

Sniper sorria de novo, ou talvez não tivesse parado de fazê-lo. Sem outros gestos ou comentários, caminhou em direção ao ponto de ônibus.

— Esses garotos cuidam de você — insisti —, eles o protegem bem.

Ele não falou nada. Havia chegado ao ponto e consultava o painel que indicava as linhas sob a marquise.

— Acho que você tem uma coisa para mim — disse ele, depois de um momento.

— Não é um objeto.

— Eu sei que não é um objeto. Uma proposta?

— Sim.

— Então me conta.

Contei. Com palavras cuidadosas, com longas pausas, para lhe dar tempo de assimilar todas as informações: a oferta de Mauricio Bosque, o catálogo, a grande exposição prevista para o MoMA, os leiloeiros. Meu papel em tudo isso. Usei para tanto os vinte minutos que, com algumas paradas, o ônibus levou para nos transportar da praça Masaniello à de Trieste y Trento, em frente ao café Gambrinus. E, durante todo o trajeto, Sniper permaneceu imóvel e em silêncio, sentado ao meu lado, junto à janela, com as luzes da cidade percorrendo seu rosto com traços lentos de uma tinta luminosa e delével, amarela e laranja de postes, prédios e carros, verde, amarelo e vermelho de sinais de trânsito, e de novo os brilhos amarelo e laranja que às vezes me ofuscavam com sua complexa paleta noturna, tudo isso destacava o perfil de meu interlocutor ou projetava em mim sua sombra de franco-atirador esquivo.

Escrevi "interlocutor", mas a expressão é imprecisa. Em nenhum momento, a bordo do ônibus, meu acompanhante disse uma palavra. Ele ouvia virado o tempo todo para fora, olhando para a cidade, como que abstraído por ela. Como se aquilo que eu dizia não soasse como o que na verdade era: o salto perfeito, a Consagração Definitiva com a qual qualquer artista, de qualquer gênero, sonha alguma vez na vida. Parecia que estávamos falando de uma terceira pessoa cujo destino lhe fosse indiferente. Lembrei-me do que semanas antes, em Madri, o ex-grafiteiro chamado Topo tinha me dito, o cara com quem o homem silencioso sentado agora ao meu lado num ônibus de Nápoles tinha compartilhado, durante anos, muros proibidos e incursões para atacar trens no começo da década de noventa: Sniper é muito esperto. Algum dia ele vai tirar a máscara e suas obras vão valer milhões. Ele não pode continuar assim para sempre.

Agora estávamos de pé ao lado do palácio real. Eu e ele, cara a cara. Do outro lado da praça, erguia-se a cúpula neoclássica, iluminada por holofotes, da Igreja de San Francesco di Paola.

— Isso significa que vou ter que aparecer — disse Sniper, por fim. — Mostrar a cara.

— Não necessariamente. Eu conheço os seus problemas de segurança. Tudo estaria garantido.

— Meus problemas de segurança — repetiu, pensativo.
— Isso mesmo.
— E o que você sabe sobre os meus problemas de segurança?
Respondi devagar, com extrema cautela, escolhendo cuidadosamente cada palavra. Sniper ouvia com uma atenção quase cortês. Como se avaliasse meu tato.
— Com tanto dinheiro envolvido, você vai dispor de um aparato de segurança perfeito — concluí. — Comparável ao de Salman Rushdie ou ao de Roberto Saviano.
— Uma jaula de ouro — resumiu, objetivo.
Eu não soube o que dizer. Nesse momento, tinha outras coisas na cabeça: metáforas mais imediatas que me preocupavam muito. Sniper deu três passos como se tivesse decidido caminhar até a via Toledo, mas parou em seguida.
— Gosto de viver desse jeito — comentou, sem se dirigir a mim em particular. — De viver do lado turvo da cidade. Eu chego com a escuridão e deixo mensagens que depois, com a luz, todos podem ver.
Ele ficou calado, olhando para uma viatura estacionada com dois policiais do lado de fora, de pé: um deles era uma mulher de cabelos ruivos sob o quepe branco, dessas policiais incrivelmente penteadas e maquiadas que só se vê na Itália. Não achei prudente interromper aquela pausa. A segurança era o ponto mais delicado de todos, ou pelo menos era o que eu achava. Reuni alguns argumentos sobre isso, a fim de introduzi-los na conversa. No entanto, quando voltou a falar, Sniper se referia a uma coisa absolutamente diferente.
— Eu odeio aquelas pessoas que pronunciam a palavra *artista* se dando importância. Inclusive os idiotas que chamam o grafite de *aerosol art* e tudo isso. Além do mais, expor em museus não quer dizer nada. É como ir à Toyota e comprar um carro. Não faz a menor diferença.
Ele inclinou a cabeça para acender um cigarro, protegendo a chama com a mão direita e acendendo o isqueiro com a esquerda. Lembrei que ele era canhoto.

— Eu não faço arte conceitual, nem arte convencional — acrescentou. — Eu faço guerrilha urbana.

— Como na Maternidade de Madri? — observei.

Ele olhou para mim, subitamente atento.

— Isso mesmo.

O fato de eu ter mencionado isso parecia lhe agradar. Essa ação tinha acontecido quatro anos antes, na clínica da maternidade da rua O'Donnell: um muro inteiro amanheceu coberto por um enorme grafite no qual, ao lado de uma dúzia de bebês com cabeças de caveiras mexicanas, amontoados numa grande incubadora, Sniper tinha escrito com letras de meio metro de altura: "Acabem com eles agora, enquanto ainda há tempo."

— Eu também me lembro da sua intervenção sabotando a campanha oficial contra a aids há três anos — acrescentei. — Aqueles painéis de propaganda do Ministério da Saúde que você grafitou com uma frase terrível...

— "Minha aids é problema meu"?

— Sim.

— Eu não tenho aids. Se tivesse, teria escrito uma coisa diferente.

— Ou talvez não.

Ele também pareceu gostar disso. Do meu "talvez não". Expirou fumaça pelo nariz e ficou me olhando.

— A arte só presta quando tem a ver com a vida — disse. — Para expressá-la ou explicá-la. A gente está de acordo quanto a isso?

— É claro.

— Eu não vou aceitar a sua proposta. Nem exposição, nem catálogo, nem nada.

Um buraco repentino no meu estômago. Quase cambaleei no meio da rua. Assustada.

— Pelo amor de Deus! Eu já disse quem está patrocinando isso. Estamos falando de...

Sniper levantou a mão do cigarro, com ele entre os dedos, para me interromper. E então disparou um discurso que já devia ter usado outras vezes. A arte atual é uma enorme fraude, afirmou. Uma desgraça. Objetos sem valor supervalorizados por idiotas e donos de lojas da elite que se dizem galeristas com seus cúmplices assalariados — os meios de comunicação e os críticos influentes, que podem elogiar qualquer um ou destruí-lo. Antes eram os intermediários que mandavam no meio artístico, e agora são os compradores que determinam os preços nos leilões. Como em todo o resto.

— É repugnante como essas aves de rapina se apropriaram do mercado — concluiu. — Nesses tempos, um artista é, seja ou não de fato um artista, aquele que obtém um certificado dos críticos e da máfia de galeristas que podem impulsionar ou destruir a sua carreira. Auxiliados pelos estúpidos dos compradores que se deixam convencer.

— Você não é assim — objetei. — No seu caso seria diferente.

— Você acredita mesmo nisso? Ou acha que eu posso passar a acreditar? Que pena. Se a gente está conversando, é porque eu achava que você era uma mulher inteligente.

— E sou. Eu achei você.

Ele não parecia ter me ouvido e retomou o assunto anterior.

— A rua é o lugar onde estou condenado a viver — continuou. — A passar os meus dias. Embora eu não queira. Por isso, a rua acaba sendo mais minha casa do que a minha própria casa. As ruas são a arte... A arte só existe para despertar nossos sentidos, nossa inteligência e para nos apresentar um desafio. Se eu sou um artista e estou na rua, qualquer coisa que eu faça ou incite a fazer vai ser arte. A arte não é um produto, mas uma atividade. Um passeio pela rua é mais empolgante que qualquer obra-prima.

Eu o estou perdendo, disse a mim mesma. Irremediavelmente. Sniper ligou o piloto automático e está se afastando. A qualquer momento ele vai me dar boa-noite e ponto final. Pensar nisso me deixou irritada.

— E matar? — deixei escapar. — Também é empolgante?

Ele me estudou quase sobressaltado. Como se alguém tivesse dado um tiro no meio de um concerto.

— Eu não mato — retrucou ele.

— Há quem ache o contrário.

Ele jogou fora o que restava do cigarro, aproximou-se um pouco mais de mim e olhou de um lado para o outro, como se pretendesse se certificar de que não havia ninguém nos ouvindo.

— Não se engane. Existem pessoas que sonham e que ficam quietas, e pessoas que sonham e tornam realidade o que sonham, ou tentam. Isso é tudo. Então, a vida faz rodar sua roleta-russa. Ninguém é responsável por nada.

Ele parou. Os dois policiais tinham entrado na viatura e partiam em meio à luz do giroscópio.

— Imagina — acrescentou, vendo-os se afastar — uma cidade onde não houvesse policiais, nem críticos de arte, nem galerias nem museus... Ruas onde qualquer um pudesse expor o que quisesse, pintar o que quisesse e onde quisesse. Uma cidade cheia de cores, de impactos, de frases, de pensamentos que levariam a pensar, de mensagens reais da vida. Uma espécie de festa urbana para a qual todo mundo fosse convidado e ninguém fosse excluído. Consegue imaginar?

— Não.

O sorriso largo e franco voltou a iluminar seu rosto.

— É a isso que estou me referindo. A nossa sociedade deixa poucas opções para pegar em armas. Por isso eu pego latas de tinta. Como eu disse antes, o grafite é a guerrilha da arte.

— Esse é um enfoque muito radical — protestei. — A arte ainda tem a ver com a beleza. E com as ideias.

— Não tem mais. Agora a única arte possível e honrada é o acerto de contas. As ruas são a tela. Dizer que sem o grafite elas seriam limpas é mentira. As cidades estão envenenadas. Sujas da fumaça dos carros e sujas de poluição. Tudo está cheio de cartazes, com pessoas incentivando a comprar coisas ou a votar em alguém, as portas das lojas estão cheias de adesivos de cartões de crédito, há painéis publicitários, pôsteres de filmes, câmeras que violam a nossa intimidade... Por que ninguém chama de vândalos os partidos políticos que enchem as paredes com seu lixo às vésperas das eleições?

Sniper parou com a testa franzida, como se quisesse conferir se não tinha omitido alguma coisa no discurso.

— A gente deveria... — comecei a dizer.

— Você sabe qual é o meu próximo projeto? — interrompeu-me, sem me dar atenção. — Mandar todos os grafiteiros que puder para pintar o costado desse transatlântico monstruoso que encalhou há um ano cheio de passageiros e ainda jaz sobre as rochas de uma ilha italiana. Tudo sob uma frase: "Temos os Titanics que merecemos." Vou mandar que eles decorem com tinta colorida e prateada, numa única noite, esse monumento à irresponsabilidade, à inconsciência e à estupidez humana.

— É uma boa ideia — admiti.

— É muito mais que isso. É genial.

Ele colocou a mão no meu ombro, de uma forma natural, quase agradável. Fiquei parada e em silêncio como uma idiota, como se fosse uma tola qualquer atordoada diante do discurso do líder de uma seita.

— O grafite é a única arte viva — sentenciou. — Hoje, com a internet, uns poucos traços de spray podem se transformar em ícone mundial três horas depois de serem fotografados num subúrbio de Los Angeles ou de Nairóbi. O grafite é a obra de arte mais honrada, porque o autor não desfruta dela. Não tem a perversão do mercado. É um tiro social que atinge a medula. E, mesmo que mais tarde o artista acabe se vendendo, a obra feita na rua continua lá e nunca é vendida. Pode ser destruída, mas não vendida.

Sniper se virou e partiu. Com poucos passos chegou à esquina da primeira rua do bairro espanhol, que era o território dele. Depois de alguns segundos, finalmente reagi e fui atrás, andando rápido, disposta a segui-lo, a ficar grudada nele até descobrir onde se refugiava. Porém, quando cheguei à esquina, meio minuto depois, Sniper havia desaparecido.

O conde Onorato se apresentou de manhã, pouco depois de ter recebido minha ligação. Estacionou no ponto de táxi que fica na esquina do hotel e aceitou me acompanhar num passeio pelo outro lado da rua, a ponte que leva ao castelo e ao porto. Atravessamos o sinal, nos debruçamos no parapeito e ficamos observando a curva azul do passeio marítimo e os distantes cumes cinzentos de Mergellina. O taxista sorria com seu rosto magro e moreno de berbere, inquisitivo, torcendo o bigodinho enquanto me pedia notícias da incursão noturna. Se tudo havia corrido como eu queria etc. Sem entrar em detalhes, disse que sim, que tudo. Maravilhosamente, mas que ainda precisava que ele me fizesse um serviço, que me desse uma informação.

— Naturalmente — respondeu.

Seu olhar, de repente receoso, indicava que, de natural, não havia nada; que, quanto ao nosso negócio com os grafiteiros, o conde Onorato e sua reputação haviam chegado até onde lhe era permitido chegar, e inclusive mais além; que a confiança, e até mesmo o dinheiro, tinham limites. Tranquilizei-o, afirmando que não iria lhe pedir que se arriscasse de novo. Eu só queria saber de um detalhe sobre uma coisa que ele tinha me dito alguns dias atrás.

— O que foi que eu disse? — perguntou, interessando-se, mas preocupado.

— Que Sniper trabalha como voluntário na restauração de uma igreja de Nápoles.

Ele refletiu um pouco, como se calculasse os limites entre informação e delação. Imagino que a lembrança dos mil euros que eu tinha entregado a ele no dia anterior, e talvez a oportunidade de conseguir mais, ajudaram a suavizar as coisas, a ampliar esses limites.

— É verdade — confirmou, finalmente. — A Annunziata.

Não pestanejei, não movi um músculo, nem disse nada. Continuei olhando, impassível, para os cumes distantes que a tradição, aliás, falsa, garante que foi o local de enterro de Virgílio.

— Uma igreja — repeti, distraída, com ar de quem estava pensando em outras coisas.

— Exatamente. No próprio bairro espanhol.

— Onde fica?

— Na subida para o Montecalvario, à esquerda. Quase chegando à praça. Na verdade, não é uma igreja, é uma capela em mau estado. Mas uma vez o padre Pio esteve lá, e todos o adoram. Os vizinhos a estão restaurando há meses. O município deu algum dinheiro para as obras. Como são do bairro, os *gobbetti* também ajudam. O pároco é jovem, desses sacerdotes de mente aberta. Moderna. Dá corda aos garotos, e assim eles respeitam as outras igrejas.

Eu me virei para o taxista, lentamente. Com cuidado. Minha manifestação de interesse era apenas razoável, tranquila.

— Ajudam como?

— Na decoração interna: nas paredes e na cúpula. Agora a chamam de Annunziata dos Grafiteiros. Todo o interior vai ser enfeitado com grafites. De pouca qualidade, como pode imaginar. Esses desenhos que eles fazem. Mas há santos, pombas, anjos e coisas assim. Ainda não acabaram, embora seja curioso ver. Posso levar a senhora até lá, se for do seu interesse.

Tinha chegado o momento de fazer a pergunta, devidamente situada entre as outras. Em seu contexto lógico.

— E Sniper costuma estar lá?

O conde Onorato deu de ombros, embora continuasse se mostrando cooperativo, voluntarioso.

— Ele ajuda na decoração interna. Não sei se ele vai lá todo dia, mas dá uma mãozinha. Acho que ele pintou a cúpula, ou está pintando.

De repente, o conde Onorato ficou em silêncio, contemplando as tatuagens dos antebraços. Depois me olhou brevemente e de novo afastou o olhar.

— Se for do seu interesse, posso levar a senhora até lá.

Agora o tom era diferente. Um pouco ávido, percebi. De fenício calculando quanto obteria dos nativos na próxima praia. Resolvi dar linha ao peixe. Não podia me permitir um erro nem correr riscos. Um recado imprudente para Sniper estragaria tudo.

— Talvez eu vá qualquer dia desses — respondi, com indiferença.

— Eu aviso.

Ele olhava para mim, avaliando, curioso. Por fim pareceu relaxar.

— Quando quiser... Então a noite de ontem foi boa, não é mesmo?

— A noite de ontem?

— Claro. — Sorriu, amável. — Com Sniper.

Balancei a cabeça afirmativamente, devolvendo o sorriso.

— Ah, sim. Foi ótima.

— Fico feliz. Eu não disse que ele é um bom sujeito?

Naquela manhã, depois de me despedir do taxista, fui ver a capela. A Annunziata era como ele tinha descrito: uma pequena construção com portal barroco entre dois antigos palácios do bairro espanhol, agora em ruínas, entre varais de roupa estendida e com o térreo ocupado por uma quitanda e uma sebosa oficina de motos. Um andaime de metal e algumas lonas cobriam parte da fachada, e na porta havia um contêiner com escombros e uma betoneira oxidada. Passei um tempo observando o lugar de uma esquina próxima, onde um bar sem letreiro, que só dispunha de uma mesa no interior e outra do lado de fora, além de uma geladeira e meia dúzia de cadeiras desconjuntadas, oferecia um esconderijo seguro. Então, depois de me certificar de que não chamava a atenção, atravessei a rua, driblei a betoneira e os sacos e entrei na capela. A nave não devia ter mais de cem metros quadrados, e ao fundo havia um nicho com uma imagem sacra coberta por uma lona. Havia sacos de cimento empilhados no chão e um pedreiro trabalhava sem muito entusiasmo, de joelhos, rebocando com uma pá parte da parede enquanto outro, de pé ao seu lado, fumava um cigarro. A parede oposta estava decorada com grafites que se sobrepunham uns aos outros com singular barroquismo pós-moderno: havia anjos, santos e diabos, e também crianças, pombas, nuvens e raios de luz em cores vivas e traços de todo tipo, formando, ao mesmo tempo, um conjunto estridente e atraente, singular, como gritos simultâneos de desolação e de esperança que atravessassem a parede procurando o céu, ali onde uma pequena cúpula meio pintada, com um andaime de metal que quase chegava ao teto, exibia incontáveis mãos de Deus formando um óvalo em cujo centro havia o desenho de um esqueleto humano encimado por uma caveira.

— Quando eles trabalham nisso? — perguntei aos pedreiros, apontando para os grafites.

— Nunca antes do meio-dia — respondeu o que fumava. — Eles não costumam madrugar.

Voltei ao meu ponto de espreita e esperei. Meia hora depois vi Flavio chegar com outro rapaz. Eles não me viram. Ficaram lá dentro até as quatro, e a essa hora eu já havia bebido três garrafas de água e comido uma pizza surpreendentemente saborosa, assada por uma jovem gorda e com um decote enorme que atendia na espelunca. Vi os grafiteiros partirem caminhando rua abaixo e ninguém mais entrou. Pouco depois os pedreiros foram embora. Fui até a capela, mas a porta estava fechada e me afastei dali. De vez em quando eu me virava para olhar dissimuladamente, mas ninguém me seguia. Ou foi o que achei.

Ao entardecer, fiz umas compras na via Toledo. Depois, sentada do lado de fora de um bar com as sacolas entre as pernas, liguei para Mauricio Bosque para que me desse mais detalhes da oferta que eu podia fazer para Sniper: catálogo, exposição, MoMA, dinheiro.

— Mauricio? É a Lex.

— Lex? Sua maldita. Onde você se meteu? Onde você está?
— Ainda em Nápoles.
— E aí? Já temos Sniper?
— Ainda não, mas poderia.

Conversamos durante um bom tempo, discutindo cada ponto. Bosque pediu detalhes sobre minhas tentativas de aproximação, e eu disse que ainda estava trabalhando nisso, que pelo menos tinha feito um contato. O editor se mostrou entusiasmado. Eu não precisava me preocupar com o apoio financeiro, afirmou. Seus sócios estavam dispostos a adiantar o que Sniper quisesse, sob a forma que ele próprio escolhesse, caso ele dedicasse um tempo a reunir material leiloável que pudesse ser colocado em circulação no próximo ano em Londres ou Nova York. Quanto ao catálogo, seria publicado em grande formato, dois volumes num estojo espetacular, e faria parte da coleção da Birnam Wood, que era a estrela das livrarias dos principais museus do mundo. Faria parte também de um selo seleto que até então só havia publicado catálogos de retrospectivas, como se fosse um volume de obras completas, de sete artistas contemporâneos: Cindy Sherman, Schnabel, Beatriz Milhazes, Kiefer, Koons, Hirst e os Chapmans. E, quanto ao Museu de Arte Moderna de Nova York, acrescentou, todas as teclas tinham sido pressionadas, com perspectivas maravilhosas, à espera de uma confirmação formal.

— Por isso você pode dizer a ele que, se depender de mim — concluiu Bosque —, se ele aceitar o jogo, vai ter à sua disposição uma equipe sólida disposta a levá-lo aonde ele quiser. O céu é o limite.

Perguntei a Mauricio à queima-roupa se havia sido ele quem tinha dado minha pista a Biscarrués, se estava fazendo um jogo duplo. Ele respondeu primeiro com um silêncio aparentemente atônito, depois com indignação e por fim com veementes protestos de inocência.

— Eu juro — insistiu. — Como eu poderia agir contra os meus próprios interesses?

— É muito fácil. Obtendo de Biscarrués mais do que iria obter com sua suposta operação Sniper.

— Você enlouqueceu. Sabe quem são as pessoas que eu envolvi nisso?

Paramos nesse ponto e voltei ao hotel. Continuava sem ter certeza, sem saber se Mauricio Bosque agia de boa-fé ou se servia de biombo para Lorenzo Biscarrués. Até era possível, concluí, que, para se proteger, o editor estivesse apostando em dois cavalos ao mesmo tempo. Mas eu não tinha como averiguar isso, por enquanto. E, de qualquer forma, quanto ao que se referia a mim, não havia grandes alterações.

Ninguém parecia estar me seguindo. Passei o resto da tarde lendo *La storia falsa*, de Luciano Canfora. À noite, jantei um prato de massa e meio que me embebedei com uma garrafa de vinho de Ischia. Depois, esvaziei o frigobar do quarto, vendo um filme de Takeshi Kitano na televisão. Com as últimas sobras de lucidez, fui ao balcão para dar outra olhada. Assim como no resto do dia, não vi sinal do Bigode Loiro nem da Magrinha. Parecia que eles tinham desaparecido, mas eu sabia que não era verdade. Eles andavam por perto, atentos às últimas instruções que receberam.

Minha cabeça girava. Fechei a janela, deitei na cama sem tirar a roupa e adormeci. Sonhei com Lita e descansei mal: pouco, inquieta. Atormentada.

Sniper apareceu no terceiro dia. Àquela altura, a mulher gorda e com o decote enorme do pequeno botequim sem letreiro na porta estava convencida de que eu era, como tinha dito para me justificar, uma jornalista que estava fazendo uma reportagem sobre o turismo no bairro. Eu continuava lendo na mesa de dentro, ao lado da janela suja pela qual vigiava a rua, quando vi três grafiteiros chegando, e o mais alto deles era Sniper: vestia uma velha jaqueta de couro marrom, de aviador, calça listrada e calçava tênis. Os três entraram na Annunziata. Fechei o livro e fiquei roendo as unhas, esperando que as batidas do meu coração se acalmassem. Tinha conseguido, enfim. Ou ia conseguir. Esse era o plano. A gorda de decote, por sua vez — ela continuava usando a mesma camiseta do primeiro dia —, pareceu ficar ofendida por eu não ter elogiado, como nas vezes anteriores, a pizza fumegante que colocou na minha mesa. Eu estava com um nó na garganta, e minha boca, embora tivesse bebido várias garrafas de água, continuava seca como se estivesse coberta por um tapete de areia.

— Você não está com apetite hoje, senhora?
— Não muito, me desculpa.
— Talvez queira outra coisa — sugeriu, mal-humorada.
— Não, de verdade. Obrigada.

Sniper saiu sozinho da igreja, uma hora e quinze minutos depois. Numa explosão de pânico, percebi que vinha na minha direção, e por um momento temi que entrasse no bar e descobrisse que eu estava sentada ali, vigiando. Mas passou ao largo e foi em direção à parte alta do bairro. Deixei o pagamento em cima da mesa, enfiei o livro na bolsa, que pendurei a tiracolo — carregar uma bolsa em Nápoles com displicência é uma atitude quase suicida —, e fui atrás, seguindo-o a distância; longe o suficiente para que ele não me notasse e perto o bastante para não o perder de forma idiota, como na outra noite. Por sorte, o bairro estava, como sempre, agitado: vizinhas conversando, crianças que numa hora dessas deviam estar na escola, carros que passavam pelas ruas estreitas incomodando os pedestres, barracas de verdura que invadiam tudo com seus caixotes multicoloridos ou peixarias onde enguias vivas se agitavam compunham uma paisagem caótica, com uma enorme variedade de cheiros, vozes e sons, onde era fácil passar despercebida.

Sniper caminhava com calma, sem pressa. Relaxado. Usava óculos de sol e boné de beisebol. Parou algumas vezes para cumprimentar alguém, trocar algumas palavras com conhecidos. Tentei me manter a uma distância prudente de sua figura magra, cujos ombros pareciam mais largos sob a jaqueta. Quando ele parava, eu o imitava, me disfarçando no meio das pessoas ou me grudando num portal ou na vitrine de uma loja. Numa quitanda, Sniper parou, comprou alguma coisa e saiu com uma sacola pesada na mão. Pouco acima, a rua confluía com uma escadaria e uma rua transversal, formando uma pracinha onde havia um banco de madeira sem a tábua central. Todas as casas tinham vasos e roupa estendida nas janelas e nos balcões. De varais que iam dos galhos de umas árvores raquíticas até um poste de luz com a lâmpada quebrada pendiam ainda, sobre os carros estacionados, bandeirolas e lanterninhas de papel desbotado de alguma festa distante.

Uma mulher caminhava na minha direção, descendo a escadaria com uma cesta de compras na mão. Era grande, atraente, com belas formas, uma clássica napolitana. Lembrava as arredondadas atrizes italianas que estiveram na moda nos tempos de Vittorio de Sica e Fellini. Seu cabelo era curto, usava uma saia escura, e um suéter justo moldava as formas dos seios de aspecto pesado, volumosos — mais tarde, constatei que tinha olhos verdes e um nariz tão atrevido quanto sua boca, larga e de lábios definidos e vermelhos. Vendo-a chegar, Sniper parou ao pé da escada. Ela se aproximava dele, sorridente. Eu já tinha visto sorrisos como aquele e soube o que significava antes que ele lhe mostrasse de longe a sacola de frutas que havia comprado, que a mulher o admoestasse sem perder o sorriso, com palavras que não consegui ouvir, e que, um instante depois, quando ficaram um diante do outro, se beijassem na boca.

Continuaram caminhando juntos — Sniper agora carregava a bolsa de compras da mulher —, mas não precisei segui-los por muito tempo, porque logo entraram num dos portais da praça, de um antigo casarão com um pórtico largo, e os perdi de vista no interior escuro. Isso, pensei, dava novas perspectivas ao assunto. Eu estava numa posição vantajosa, finalmente, depois de ter pedalado muito para alcançar a cabeça do pelotão. Enquanto avaliava os prós e os contras da inesperada novidade, me aproximei para observar melhor o lugar, o edifício, as ruas próximas e os detalhes da praça. Havia ali perto um barzinho daqueles que ao meio-dia se transformam em restaurante, lojas de artesanato do bairro, um nicho em forma de arco na parede com flores de plástico em homenagem a são Januário e a entrada de uma garagem. Eu estava anotando tudo isso mentalmente quando a mulher apareceu num balcão estreito do segundo andar, muito perto de mim, justamente sobre a minha cabeça, enquanto eu olhava para cima. Eu a vi se inclinar na grade de ferro, para checar se a roupa estendida estava seca, e depois se virar para dentro, como se alguém estivesse falando com ela de lá. Depois, a mulher olhou para baixo, na minha direção; fez isso de maneira acidental, mas nossos olhares se encontraram. Sustentei o dela por alguns segundos antes de afastar a vista com ar casual, sem dar importância, e seguir meu caminho como se estivesse passeando. Não me virei, mas tenho certeza de que ela ainda me observava. E também de que, ao me olhar por um breve instante, em seus olhos claros havia surgido a inquietação de um pressentimento.

Voltei à pracinha no dia seguinte, bem cedo. Bebi dois cafés com muita calma no bar e fiquei vigiando de longe a porta da casa, até que vi Sniper sair. Ele usava óculos escuros, boné e a mesma jaqueta de aviador do dia anterior. Desceu a rua, mas dessa vez não o segui; em vez disso, driblei os carros estacionados e me dirigi ao prédio. Pela janela do balcão, eu tinha visto a mulher se movimentando pelo apartamento. Sabia que ela estava em casa.

O vestíbulo era amplo, espaçoso. Um prédio antigo, com certa distinção, mas decadente. Do pátio interno subia uma escada larga, de pé-direito alto, enegrecida pela poluição urbana, acima da qual pendiam cabos elétricos e lâmpadas desnudas. Subi devagar ao segundo andar. Na porta de madeira, limpa e bem envernizada, havia um sagrado coração de latão reluzente parafusado. E também um desses olhos mágicos antigos, redondos, com uma grade que, ao corrê-los, permitem ver quem está à porta. Apertei a campainha, o círculo dourado do olho mágico girou e uns olhos verdes e grandes me analisaram lá de dentro.

— Eu combinei com ele — menti.

Isso não era totalmente necessário, pensei, enquanto aqueles olhos me observavam. Não faz parte do plano, e seguramente não contribui com nada de novo. Talvez até complique as coisas. Mas havia certos passos — a noite meio insone tinha me conduzido a essa conclusão — que eu devia dar com mais segurança antes de tudo chegar ao fim. Códigos próprios que, à luz das últimas descobertas, eu precisava projetar no homem cujo rastro estava seguindo havia semanas. No mundo dele e nos seres que o povoavam.

— Ele não está em casa — respondeu uma voz agradável, profunda, com um sotaque napolitano carregado.

— Eu sei. Ele disse que sairia e que eu podia esperar aqui.

— Você é espanhola?

— Sim, como ele. — Dei um sorriso adequado às circunstâncias. — A gente esteve junto outra noite. Com os *gobbetti*.

Os olhos verdes me analisaram durante mais alguns segundos atrás da janela de latão.

— Entra, por favor.

— Obrigada.

Entrei num vestíbulo amplo e escuro, conjugado com uma sala de estar que tinha um balcão voltado para a rua. Eu esperava encontrar um ateliê com telas, tintas e frascos coloridos por toda parte e fiquei surpresa ao me ver numa casa convencional, de aparência modesta. O sofá, forrado com desenhos de folhas outonais, tinha trabalhos de crochê nos braços e no respaldo. Havia fotos de família emolduradas nas paredes, e o único quadro era de uma paisagem medíocre com cervos bebendo água num riacho, sob árvores pelas quais se filtrava um largo traço de um sol púrpura. Completavam a decoração e o mobiliário uma luminária com tulipas de cerâmica que pendia do teto, uma escultura vulgar de alguma das centenas de Virgens italianas, flores num jarro, um aparador com figuras de Capodimonte, uma coleção de dedais de metal e porcelana, alguns livros e DVDs e mais fotos. Perto da janela se destacava uma imensa televisão conectada a um aparelho de DVD. Além de algumas fotos sem moldura em que Sniper posava ao lado da mulher, não havia naquela casa vestígios da presença dele.

— Aceita um chá ou um café? — ofereceu.

— Nada, por enquanto.

— Um copo d'água?

Sorri, tranquilizando-a, com minha melhor expressão amigável.

Ela estava diante de mim, ainda indecisa. Imagino que analisando a maneira adequada de me tratar, de averiguar quem eu era e o que estava fazendo ali. Era mais alta que eu, mesmo de sandália rasteira, e tinha o rosto e as formas realmente belos. Um magnífico exemplar de sua raça e casta. Usava um vestido leve de tons claros que revelava os braços desde os ombros e as pernas a partir dos joelhos e que se ajustava suavemente ao seu quadril — largo, observei — enquanto ela se movimentava pela sala. Estava de unhas pintadas, mas suas mãos não eram bem-cuidadas. Quanto ao resto, as maneiras eram tranquilas, sem afetação. Transmitia uma agradável serenidade que parecia se irradiar dos olhos, muito claros mesmo quando a luz não incidia diretamente sobre seu rosto. Embora agora parecessem sombrios.

— Ele não falou de mim para você? — inquiri, aparentando surpresa.

Negou com a cabeça, dando um leve sorriso, como se estivesse se desculpando. Depois indicou que eu me sentasse com um gesto gentil com a mão esquerda, na qual usava um relógio barato e uma fina corrente de ouro; da outra, apoiada no pescoço, pendia uma pequena cruz também de ouro. Sentei-me no sofá e ela ficou em pé por um momento, ainda hesitante, antes de ocupar uma poltrona diante de mim, no outro lado de uma mesa de centro de vidro sobre a qual havia revistas de fofoca e meia dúzia de pequenos e inúteis cinzeiros de alpaca. Tinha pernas esplêndidas, apreciei. Carnudas, mas fortes, de aparência robusta, como os braços. Ao se sentar um pouco inclinada para mim, seus seios pareceram pesar ainda mais, marcando o tecido do vestido.

— A gente se conheceu outra noite, como eu disse. No porto. Eu e ele.

Deixei cair esse "ele" com naturalidade, evitando o nome de Sniper. Eu não sabia se ela o chamava assim, se usava seu nome real, fosse qual fosse, ou outro qualquer, inventado.

— No porto — repetiu, espaçando cada palavra.

O medo dela, compreendi de repente, era de natureza irracional. Pouco elaborado. Na verdade, ela não desconfiava de mim — afinal, tinha aberto a porta —, mas do que a minha presença significava desde que nossos olhares se encontraram pela primeira vez. Nesse momento, seu instinto de fêmea havia detectado uma ameaça — ninho em perigo —, e agora tentava definir o que eu tinha a ver com isso, com o pressentimento que havia turvado o brilho de seus olhos.

— Sim — confirmei. — A gente andou por lá com os outros garotos. Você sabe.

Ela continuou me olhando como se esperasse mais palavras. Sorri de novo, encarando o farol com naturalidade. Nem sequer podia imaginar quanto ela sabia de Sniper. De sua vida clandestina, de seu passado, da ameaça que pesava sobre sua vida.

— Ele é um artista genial — arrisquei. — Eu o admiro muito.

Depois falei durante alguns minutos para relaxar o ambiente. Para dissipar a suspeita que ainda percebia em seu olhar quando o fixava em mim, quase radiografando minhas intenções. Eu disse que era historiadora da arte, especializada em artistas contemporâneos, falei da minha relação com museus e editoras. Pouco depois percebi que ela não estava prestando atenção. Às vezes concordava, amável, embora sem demonstrar nenhum interesse. Seu instinto de perigo parecia ter adormecido. Consultou duas vezes, de soslaio, o relógio de pulso, e compreendi que o que eu dizia não era do interesse dela. Agora estava sendo apenas cortês. Aquela era sua casa, e ela cumpria seu dever de anfitriã, distraída, um pouco incomodada, esperando seu homem voltar. Acreditando que a presença dele confirmaria ou desfaria suas apreensões. Disposta, como em outras coisas, a se colocar em suas mãos às cegas. E, provavelmente, deduzi, essa era sua história. Simples assim. Não havia, afinal, nenhum mistério naquele olhar — só o vazio. Os homens costumam acreditar que existe alguma coisa nos olhos de mulheres bonitas e normalmente se enganam. Eu mesma tinha esperado algo mais da companheira de Sniper, e só via diante de mim um corpo grande, moreno, delicado: um belo pedaço de carne. E ela, pensei com sarcasmo, nem sequer sabe que esse seu homem, ou de quem quer que seja, é um dos grafiteiros mais famosos e procurados do mundo.

Então ouvi a porta. Quando me levantei, Sniper estava ali, olhando para mim, desconcertado.

Sniper me levou até a escada, me puxando pelo braço. Doeu, mas não resisti. Permiti que ele me arrastasse pelo corredor até a porta, diante dos olhos espantados da mulher, e só ali o encarei.

— Me larga — falei, e me soltei.

Ele estava realmente furioso, e nesse momento não parecia nem um pouco um franco-atirador paciente. A imagem de homem tranquilo que eu tinha dele, a que havia construído durante aquelas semanas de busca, não tinha nada a ver com esse rosto contraído, os olhos coléricos, as mãos tensas, que pareciam dispostas a sacudir ou bater.

— Você não tem o direito — resmungou. — Não aqui. Não com ela.

— Faltava essa peça — respondi com calma. — Foi uma longa caçada.

Por algum motivo, minhas palavras o acalmaram de imediato. Sniper ficou me encarando, imóvel, tentando se controlar, enquanto respirava fundo. Podia-se dizer, pensei, que eu o tinha abalado.

— Seu ponto fraco — acrescentei.

Apoiei as mãos no parapeito do patamar, que protegia o vão da escada. Uma queda de dois andares, pensei. Teria bastado um empurrão.

— Você não faz ideia — murmurou.

— Estou começando a fazer...

A porta continuava aberta, e olhei para o corredor. A mulher estava ao fundo, quase nas sombras, nos observando de longe.

— Lésbica de merda — xingou Sniper.

Ele disse isso com frieza, como quem enuncia um fato objetivo. Sniper é bom para perceber as coisas, pensei. Como um bom artista, ele sabe ver. Tem esse dom. Eu continuava olhando para o corredor e ele se virou, seguindo o meu olhar.

— Você poderia estar morto — comentei —, esqueceu? Isso seria muito fácil, desde que a gente se encontrou. Mas não se trata disso.

Agora ele me observava atentamente. Depois recuou dois passos e fechou a porta, devagar. Pensei ter percebido nele um pingo de indecisão.

— Eu também corro riscos — acrescentei. — E você sabe muito bem disso.

— Você não tem o direito — insistiu.

Soava como um protesto quase formal. Sorri, brincando.

— Não estou reconhecendo você. "Direito"? É Sniper quem está falando?

Afastei as mãos do parapeito da escada. Eu não precisava mais delas.

— O mesmo sujeito que disse que, "se é legal, não é grafite"? — arrematei.

Ele continuava me olhando nos olhos, atento. Talvez inquieto.

— É claro que eu tenho o direito — prossegui. — Conquistei esse direito correndo atrás do seu rastro feito uma cadela. E Deus sabe que eu fiz tudo certo.

Sniper concordou de forma quase imperceptível, a contragosto.

— E agora? — perguntou.

Gostei do tom dele. Uma nova forma de abordar o assunto. Esse era o meu terreno.

— Você não deve estar achando que eu vou embora assim, sem mais nem menos, depois de tanto trabalho. Você ficaria muito vulnerável.

Fiz uma pausa para que a ideia penetrasse nele profundamente. Uma ideia importante, no fim das contas, com maiúscula: a única Ideia. Depois dei de ombros.

— Não é conveniente para você que eu parta assim.

Foi um comentário desnecessário, mas eu quis me garantir. Sniper ficou pensando nisso. Ele olhava para mim como se calculasse estragos inevitáveis. Controle de danos.

— Conveniência — murmurou por fim, lançando um olhar de relance para a porta fechada. — Essa é a palavra?

Não falei nada. Ele só estava tentando clarear as ideias, e qualquer coisa que eu dissesse não teria importância. Agora a decisão era unicamente dele. Mas nem mesmo o próprio Sniper, concluí de forma cruel comigo mesma, sabia que não era bem assim. Dito diretamente, restava apenas um caminho, era inevitável.

— Vem comigo — chamou ele.

Desci a escada atrás de Sniper, contendo minha alegria. Havia uma porta no amplo vestíbulo cinzento. Ele a abriu e entramos numa garagem suja transformada em ateliê, embora essa palavra não definisse bem o lugar. Eu já havia visto outros ateliês de pintores, muitos. E não tinham nada a ver com aquele lugar, cujas paredes estavam saturadas de grafites superpostos, rabiscos sobre rabiscos, sem uma única tela pintada, tudo cheio de cartões com modelos para serem levados às paredes das ruas, estênceis de papel recortado, croquis para grafitar vagões de trens e ônibus, mapas de várias cidades com marcas e sinais coloridos, centenas de latas de spray de tinta novas ou vazias empilhadas por toda parte, máscaras de proteção, ferramentas para abrir cadeados ou fechaduras, quebrar correntes, cortar telas metálicas... Sobre uma mesa de cavalete, entre um Fiat arcaico coberto de poeira e um banco com ferramentas de mecânico, havia três monitores de computador, um teclado e duas impressoras para escanear grandes formatos, pilhas de livros sobre arte e grafite, reproduções de quadros clássicos sobre os quais Sniper havia executado intervenções irreverentes. Vi caveiras mexicanas grudadas ou pintadas sobre a *Mona Lisa*, sobre *Isabel Rawsthorne* de Bacon e sobre a *Santa Ceia* de Leonardo. Ao lado da porta, como uma sentinela de tamanho real, erguia-se uma péssima cópia em gesso do *Davi* de Michelangelo com uma máscara de lutador mexicano e o torso rabiscado com *tags* de Sniper. E um pouco mais além, pintada com spray numa parede, uma paródia magnífica do *Angelus* de Jean F. Millet, no qual uma terceira figura de mulher, de braços cruzados, fumava um cigarro, indiferente, enquanto os outros dois personagens, inclinados para a oração, vomitavam sobre a *Dánae*, de Tiziano, recostada no chão.

— Meu Deus! — exclamei, assombrada.

Sniper permitia que eu andasse por ali, olhasse e tocasse com total liberdade. Havia pilhas de CDs com bandas dos anos oitenta e noventa, como Method Man, Cypress Hill, Gang Starr, Beastie Boys, e alguns vinis clássicos, entre eles um do The Jimmy Castor Bunch. Parei diante de uma reprodução grande, escaneada, de uma foto do *Costa Concordia* tombado na margem da ilha de Giglio: a parte visível do costado do navio estava decorada com traços de *markers*, como se fosse um estudo ou uma maquete das intenções do novo projeto de Sniper. Ao lado dessa foto, havia um retrato da modelo Kate Moss feito por Lucian Freud, com uma nota de cem dólares grudada em cima do sexo. Só aquelas dezenas de papéis e cartões, pensei, suas manchas coloridas, caveiras, cunhos e traços de tinta já valeriam uma fortuna com a assinatura embaixo e um certificado de autenticação. Aquele ateliê continha um potencial de milhões de euros, de dólares, de rublos.

Eu disse isso em voz alta. Isso vale uma fortuna, comentei. Um esboço, uma simples maquete ou uma prova em papel para trens ou ônibus furiosamente colorido pode ser vendido por uma quantia exorbitante. Expostos no MoMA para a consagração oficial, leiloado depois na Claymore ou na Sotheby's. Uma loucura.

— Qualquer colecionador ávido — acrescentei —, qualquer rico excêntrico, pagaria sem reclamar o quanto fosse pedido. Levariam até os grafites dessas paredes, se fossem reduzidos a tamanhos manuseáveis.

Sniper achou a ideia muito engraçada.

— E por quê? Porque não conhecem o meu rosto?

— Porque tudo isso é muito bom — objetei. — Porque é terrivelmente belo. Porque, se fosse exposto, faria a felicidade de muita gente.

— Felicidade — repetiu.

Ele parecia saborear a palavra, sem encontrar o sentido dela.

— Eu exponho o que eu quero expor.

— Você não está entendendo. Acho que nem mesmo você tem total consciência. — Apontei para o teto, em direção à casa. — Eu, sim, compreendi lá em cima. Quando a vi.

— Eu estou aqui há onze meses — informou, secamente. — Ela não faz parte desse mundo. Nem sequer entende o que eu faço.

— Como você a conquistou?

A minha impertinência não pareceu ofendê-lo.

— Ela faz parte da cidade — limitou-se a dizer. — Veio com o bairro.

Então, depois de uma breve pausa, apontou para uns papéis amontoados em cima de uma mesa.

— Ela posou para mim.

— Ela é linda. — Eu olhava para os papéis, que não passavam de esboços: traços abstratos, sem sentido aparente. Manchas de tinta.

Nada que se relacionasse com a mulher que eu tinha visto no apartamento. — E também um pouco anacrônica, talvez.

— Sim — admitiu.

— Isso é tudo?

Li em seu silêncio como se ele próprio tivesse escrito aquilo numa parede diante dos meus olhos.

— Você gosta, não é mesmo? — percebi. — De ser esnobe. De se gabar para você mesmo da sua pouca pretensão. Como um milionário que pode se permitir um Jaguar, mas prefere dirigir um Golf. O discreto franco-atirador emboscado, ascético à sua maneira.

Sniper franziu o cenho. Por fim, fez um gesto vago com as mãos, que descartava tudo o que havia naquelas paredes.

— Deixe-a fora disso — avisou.

— Eu só quero entender, antes.

Ele me lançou um olhar penetrante.

— Antes do quê?

— De falar sobre você.

A gargalhada foi brutal.

— Eu achava que a decisão fosse minha.

— Todos nós temos uma carta na manga — observei.

Ele continuou me olhando mais um pouco, como se minha resposta lhe parecesse excessivamente obscura.

— Do que você vive, Sniper?

Deu de ombros.

— Eu vendo alguns dos meus trabalhos.

— Com o seu nome?

— É claro que não. Desenho capas de CDs, personalizo roupas, decoro alguma loja das redondezas com os *gobbetti*... Vou me virando.

— E está feliz vivendo assim? Você vive no mundo em que deseja viver?

Sniper deu uma gargalhada estranha. Depois tirou um maço de cigarros do meio das tralhas que cobriam a mesa e começou a fumar.

— A gente acha que a arte torna o mundo melhor e deixa as pessoas mais felizes — falou —, que ela torna tudo mais suportável. E isso é mentira.

Apontou para o Davi de gesso coberto com a máscara de lutador.

— Os gregos definiram a harmonia e a beleza — continuou —, os impressionistas decompuseram a luz, os futuristas fixaram o movimento, Picasso fez a síntese do múltiplo... Agora, no entanto, a arte torna a gente mais...

Ele se deteve, procurando a palavra.

— Idiota? — sugeri.

Ele olhou para mim, agradecido. Até deitar e dormir numa banheira, disse, era considerado uma experiência artística. Era eloquente o caso de Marina Abramović, sentada diante de uma mesa e do outro lado uma cadeira vazia onde os visitantes iam se revezando. A artista ficava inteiramente imóvel e em silêncio, e ficou assim ao longo de sete horas, todos os dias, enquanto durou a exposição.

— Pensa em todos aqueles cretinos que começavam a chorar ou viviam experiências espirituais sentados diante dela. Ou, para dar outro exemplo, pensa em Beuys e no seu *Como explicar os quadros a uma lebre morta*. Você conhece?

— Claro. Sentado numa cadeira em uma galeria de Dusseldorf, com a cabeça lambuzada de mel e nos braços uma lebre morta para a qual olhava fixamente. Você está se referindo a isso?

— Sim. Esse sujeito disse que a ideia era, por um lado, mostrar como é difícil explicar a arte atual e, por outro, advertir que os animais são mais intuitivos que os seres humanos. De vez em quando ele se levantava, percorria a sala, e, diante dos quadros, murmurava palavras inaudíveis para a lebre. Ele fez isso durante três horas. E, é claro, o público se entusiasmava.

Apagou o cigarro, esmagando-o numa lata vazia de Coca-Cola e ficou me olhando, desafiador, como se, quanto a ele, quase tudo já tivesse sido dito.

— Até a arte de rua foi transformada em parque temático pelas prefeituras — acrescentou. — Esse conceito imbecil de participação pública, tão socialmente correto, acabou se transformando num simples entretenimento a mais, com pessoas se atirando de rampas e coisas assim. Uma sacanagem que ficou impune... Mas eu demonstro que, de entretenimento, isso não tem nada. E que às vezes a vida se perde nisso.

— "Vomito em vosso coração sujo" — citei.

Ele começou a rir de novo, lisonjeado. Nesse momento, eu me perguntei se Sniper tinha, realmente, algum senso de humor e até que ponto isso podia se tratar de uma seca e retorcida maldade. Ou talvez fossem os outros — o desprezível público — que lhe atribuíam esse humor por sua conta. E risco. Como a cadeira vazia de Abramović ou a lebre morta de Beuys.

— Os artistas têm utilizado, desde sempre, instrumentos, motores — prosseguiu ele. — Na Grécia, a harmonia e a beleza; no Renascimento, as regras e as proporções racionais. Eu uso ácido. Imaginário, claro. Ou nem tanto. Como atirar ácido na cara de uma mulher idiota, satisfeita com ela mesma.

— Inclusive naqueles que às vezes morrem por devoção a você?

Sniper nem pestanejou ao ouvir isso.

— Inclusive neles — admitiu, friamente. — Hoje em dia, qualquer um se autodenomina artista com total impunidade. Por isso é preciso conquistar o título. Pagar por ele.

Suspirei, cansada. E estava mesmo. Meu interlocutor nem ao menos podia imaginar o quanto, nem o porquê. Não era mais a conversa que eu queria manter. Para isso eu precisava da noite.

— Você não vai aceitar, então — retomei o assunto.

Ele ergueu as palmas das mãos, evasivo.

— Suponho que seja difícil entender, que você mesma esteja se perguntando por quanto tempo eu vou aguentar antes de jogar o jogo que está me propondo. O seu ou o de qualquer outra pessoa.

— Antes de tirar a máscara, como Topo disse.

O sorriso dele parecia sincero. Evocativo.

— O bom Topo... Você também esteve com ele, perguntando por mim?

— Ele não me revelou muita coisa.

— Ele ainda é capaz de falar da gente, mesmo que não tenhamos terminado bem?

— Mesmo assim. Você sabe: essa estranha lealdade que protege todos vocês. Você nunca se perguntou por que é assim?

— Talvez porque seja verdadeira. E eles sabem disso.

Compôs uma deliberada expressão cética.

— Topo tem dúvidas quanto a isso, quanto à sua autenticidade.

— Talvez ele se limite a se justificar.

— É possível.

Levantei a mão, bem devagar. Sniper acompanhava meu movimento com os olhos, se perguntando como ia acabar.

— Vou propor uma coisa a você — eu disse. — Um pacto de honra.

Mais uma vez o olhar desconfiado, a cautela de um franco-atirador num lugar descoberto.

— Qual?

— Vamos sair juntos essa noite. Você e eu. Para procurar uma parede complicada.

— Para grafitar?

— É claro, mas em nenhum lugar fácil. Uma sessão privada. Só para os meus olhos. Suponho que você está me devendo isso.

Ele pareceu considerar a ideia, e acabou fazendo um gesto negativo.

— Eu não devo nada a ninguém. Sou livre.

Riu de viés depois de dizer isso, como se saboreasse outra piada que só ele era capaz de apreciar. Eu também sorri. Certas piadas podem ter dois sentidos.

— A gente vai poder conversar sobre isso essa noite — falei. — Sobre dúvidas e liberdades, se quiser. Tenho perguntas que ainda preciso fazer.

— E depois?

— Nada. Cada um segue o seu caminho.

Ele me olhou por um longo tempo, suspeitando.

— Fácil assim?

— Fácil assim.

— Você não vai contar nada disso a ninguém? — Sniper parecia indeciso, ou confuso. — Afinal de contas, minha cabeça está a prêmio. Minha segurança...

Olhei para ele de perto, nos olhos, sem pestanejar nem um instante. Com toda a serenidade que fui capaz de reunir, coisa que naquele momento já era muito.

— Eu não vou me meter na sua segurança — argumentei. — Isso não me diz respeito. Mas o que você disse é verdade. Assim como eu encontrei você, outros poderiam fazer o mesmo. É você quem sabe como vai organizar o seu futuro. O meu vai ser decidido hoje... É um assunto particular.

Assentiu com a cabeça. Primeiro uma vez, debilmente. Ainda pensativo. Depois com mais confiança.

— Hoje à noite, então — disse.

— Sim — confirmei. — Você e eu. Uma parede adequada e um lugar adequado. Perigoso, como esse onde você manda as pessoas para se suicidar. Para fazer... Como você disse antes? Ah, sim. Para jogar ácido na cara.

9

Ácido na cara

Eu estava sentada ao sol do lado de fora de um café, ao lado da Igreja de Santa Catarina, vendo as pessoas que passavam com bolsas de grife de lojas de roupa idênticas às que podem ser vistas em Moscou, Nova York, Buenos Aires ou Madri. Desde a minha última visita a Nápoles, esse tipo de loja tinha se multiplicado. E isso acontece em todos os lugares, pensei. Qualquer estabelecimento tradicional que feche por falência — livraria, loja de discos, antiquário, oficina de artesanato —, se transforma, automaticamente, em butique ou agência de viagem. As cidades do mundo inteiro estão repletas de pessoas que vão de um lugar a outro em voos baratos para comprar as mesmas coisas que podem ver todos os dias expostas nas lojas da rua onde moram. O mundo inteiro é uma butique, concluí. Ou talvez, simplesmente, uma enorme, desnecessária e absurda loja.

Estava com um livro apoiado nos joelhos, mas era difícil me concentrar na leitura. Eu via meu reflexo no vidro de uma vitrine próxima: vestido escuro, óculos de sol, imóvel. À espera. Passando em revista o que tinha acontecido e o que estava prestes a acontecer. Sopesando pela última vez os prós e os contras da aventura, do caminho sem volta.

O Bigode Loiro apareceu na hora prevista, caminhando pela calçada. Usava seu habitual paletó de camurça e uma camisa de um azul pálido sem gravata, combinando com seus olhos quase inocentes. Ele se sentou numa cadeira à mesa contígua e cruzou as pernas vestidas com uma calça de veludo bege. Prestei atenção em seus sapatos ingleses feitos à mão, velhos mas muito bem cuidados e reluzentes.

— Um belo dia — disse, sem olhar para mim.

Não falei nada. Ficamos calados durante um tempo, vendo as pessoas passarem. Quando o garçom apareceu, o Bigode Loiro pediu um café e o tomou sem açúcar, com um único e lento gole. Depois limpou a boca com um guardanapo de papel e se recostou na cadeira.

— Como vai a Magrinha? — perguntei.

Ouvi seu riso suave, entre dentes.

— Ela está bem.

— Bem como?

Demorou a responder, como se estivesse pensando.

— Está melhor — disse, por fim. — Prefere não passear à luz do dia, mas de um modo geral está melhor. Menos inchada, graças a cremes anti-inflamatórios, ibuprofeno e tudo o mais. E ainda está com hematomas. Creio que ela inclua você em suas orações. Ela comentou que talvez possa devolver a cortesia algum dia.

Fiz uma careta de falsa desolação.

— Me parece que ela perdeu a oportunidade. Azar. De qualquer forma, agora ela sabe que eu também posso ser tão cortês quanto qualquer um.

Ele voltou a dar sua risada suave, bem baixinha, avaliando o argumento.

— É o que eu tenho dito a ela.

— Então mande minhas saudações.

— Ah, sim. — Ele parecia gostar da ideia. — Vou fazer isso.

Ficamos em silêncio de novo, olhando as vitrines e as pessoas.

— Cidade estranha, não acha? — comentou ele, depois de um momento.

— Sim.

— Cheia de gente extravagante.

— A gente também é estranho — sugeri.

Ele pareceu refletir sobre isso. Tinha voltado a me olhar de lado enquanto, certamente, tentava me situar na categoria adequada de tipos estranhos. E compreendi as inúmeras dificuldades que tinha para isso.

— O mundo é um lugar estranho — concluiu, resignado.

Concordei, mostrando estar de acordo. Então, como se tivesse se lembrado de alguma coisa de repente, o Bigode Loiro enfiou a mão no bolso do paletó.

— Aí está o que você pediu — avisou.

Ele não disse "aqui", mas "aí", como se tivesse se confundido. Peguei o pequeno pacote das mãos dele e o enfiei na bolsa.

— Você trouxe as duas coisas? — perguntei, desconfiada.

— Claro. — Ele parecia incomodado de verdade com a minha suspeita. — Quanto ao telefone, ele deve ficar ligado o tempo todo. Isso vai ser o suficiente.

Parecia que ele ainda estava pensando em alguma coisa, hesitante. Finalmente, balançou a cabeça com um gesto de censura, quase desaconselhando tudo.

— Escuta... Você está certa do que está fazendo?

— Completamente.

— Mandaram que eu seguisse as instruções ao pé da letra e é isso que estou fazendo. Mas acho que a gente devia...

— Vai à merda — interrompi-o, grosseira.

Depois fiquei de pé. Então encontrei de novo meu reflexo no vidro da vitrine. E dessa vez demorei a me reconhecer.

— É essa aqui — indicou Sniper.

Estávamos parados numa esquina. Sequei a palma das mãos nas pernas do jeans. Suavam.

— Por que esse lugar? — eu quis saber.

— Porque é perfeito.

— Ora, não parece muito perigoso.

— Não acredite.

— Em você?

— Nas aparências.

Ele jogou fora o cigarro que estava fumando. Depois percorremos a rua, explorando-a com cautela enquanto nos aproximávamos de uma guarita de metal colada num muro de pedra e cimento coroado por uma grade. Ao chegar ali, ele me passou um gorro.

— Esconde a cara — aconselhou. — Lá em cima tem uma câmera.

Parei, assustada.

— Vão ver a gente entrando?

— Não. Ela só cobre uma parte do muro, do outro lado. A guarita fica fora do campo de visão. Por isso a gente vai entrar por aqui.

Levantei a gola do meu casaco e coloquei o gorro. Ele cobriu a cabeça com o capuz preto que estava embaixo da sua jaqueta de aviador.

— Você já esteve aqui alguma vez? — perguntei.

— Muitas, mas nunca fui tão longe como a gente vai hoje.

— Por quê?

— Você vai saber quando a gente chegar lá.

Estávamos muito além das estações de metrô e de trem de Mergellina, aonde havíamos ido de ônibus. O lugar era pouco transitado e estava escuro. Os carros estacionados melhoravam a proteção, e a luz de um poste situado a vinte passos iluminava o suficiente para nos movimentarmos com conforto, embora limitasse o lugar a um jogo de trevas, sombras e penumbra.

— Eu tinha reservado esse lugar para outras coisas — comentou Sniper. — Mas essa é uma boa ocasião.

A guarita estava coberta de pichações e cartazes publicitários. Um cadeado grosso mantinha a porta fechada.

— Está fechada — falei.

— Sempre está — respondeu ele.

Tirou a mochila das costas, colocou-a no chão e pegou uma tesoura imensa, com empunhadura sólida. Depois de fazer pressão e ouvirmos um rangido, o cadeado caiu no chão.

— Vamos — chamou, colocando de novo a mochila nas costas.

Havia um poço escuro atrás da porta. Consegui ver os primeiros degraus de uma escada de ferro. Uma corrente de ar frio subia pelo vão. Também cheirava a sujeira, a terra corrompida depois de suportar durante séculos velhas cidades. Sniper havia se enfiado até o peito no buraco e olhava para mim, parado nos degraus.

— São uns dez metros — comentou. — Tenta não cair.

Ele começou a descer e eu o segui. Ainda que usássemos tênis, cada um dos nossos passos fazia ressoar o buraco de trevas sob os nossos pés, aumentando a sensação de que estávamos afundando num poço sem fim, negro e vazio.

— Lá está. Agora, cuidado.

Pisei em chão firme. A luz da lanterna me ofuscou por um momento.

— Tem cabos pela parede — comentou Sniper. — Alguns são elétricos e estão isolados mas também são velhos e as paredes estão úmidas... Tenta não encostar em nada.

A luz da lanterna se moveu de um lado para o outro, iluminando um túnel de cimento de uns três metros de altura e dois de largura. Corriam cabos e tubulações nos dois lados e no teto, em meio a grandes manchas de umidade. O chão era de terra, coberto de escombros e sujeira antiga. Um rato imóvel, com os olhos transformados em dois pontos luminosos pela luz da lanterna, nos olhou fixamente antes de desaparecer com velocidade arrastando seu longo rabo.

— Você tem medo de ratos?

— Não — respondi. — Desde que não cheguem muito perto.

Sniper parecia achar graça.

— Porque essa noite a gente deve cruzar com muitos.

Caminhei atrás dele e de sua lanterna. Um pouco mais adiante, o túnel se alargava um pouco. A partir dali havia grandes pilares de concreto armado, como alicerces de um edifício situado acima. Pilares e muros estavam cobertos de grafites do chão ao teto: uma galeria espetacular decorada a ponto de ficar saturada, pintura sobre pintura, desde simples *tags* executadas com *markers* até peças mais complicadas feitas com lata de spray, superpostas umas às outras numa dispersão espetacular de traços e cores.

— É a nossa Capela Sistina... Várias gerações de grafiteiros passaram por aqui.

O círculo de luz percorria os muros em minha homenagem: centenas de grafites canhestros, brilhantes, medíocres, geniais, obscenos, cômicos, críticos se estendiam ao redor e por cima da minha cabeça.

— Daqui a alguns séculos — comentou Sniper —, depois de uma guerra nuclear ou de qualquer outra catástrofe que mande tudo que estiver lá em cima para o inferno, os arqueólogos vão descobrir isso e ficar impressionados.

Ele balançou a cabeça, aprovando seu próprio argumento.

— É tudo o que vai restar do mundo: ratazanas e grafites.

Continuamos avançando. A cada quatro ou cinco minutos, uma espécie de estrondo chegava de longe, como um trovão, originando uma corrente de ar cuja pressão atingia meus tímpanos. E, à medida que percorríamos o túnel, o estrondo ficava cada vez mais intenso.

— Aonde isso aqui leva? — perguntei.

— Ao metrô de Nápoles.

— E a gente vai pintar lá? Vagões?

— Não. — O tom de Sniper tinha ficado sério. — A gente vai fazer um grafite onde ninguém nunca fez.

A galeria terminava numa passagem estreita no formato de um retângulo preto. Quando Sniper desligou a lanterna, uma luz débil perfilou contornos: uma via dupla, reflexos metálicos dos trilhos e um muro do outro lado, do qual pendiam mais tubos e cabos. Estávamos a três ou quatro passos do buraco quando ouvimos o estrondo de novo, dessa vez um rugido crescente, e, ao mesmo tempo que uma corrente de ar brutal atingia o meu rosto e me deixava surda, o estrondo de um relâmpago prolongado cruzou diante dos meus olhos, do outro lado do buraco, com uma sucessão de quadros luminosos que desfilaram a grande velocidade, como uma centelha decomposta em efeitos de luz estroboscópica.

— Eles passam de cinco em cinco minutos, aproximadamente — disse Sniper, quando o som se afastou.

Ele parecia se divertir com o efeito do terror que isso havia provocado em mim. Tinha ligado a lanterna de novo e iluminava o meu rosto.

— Você queria ação, não é mesmo?

— Claro — respondi, me recuperando.

— Então vem. Mas a partir de agora fala baixo. Embora não pareça, esse lugar transmite o som das nossas vozes até muito longe. E desliga o celular.

Enfiei a mão no bolso do casaco e fingi que o desligava, mas o deixei ligado, limitando-me a bloquear o som. Do outro lado do buraco, havia uma espécie de nicho de alguns metros de largura, contíguo à via. Quando nos aproximamos dele, constatei que, exatamente ali, o túnel fazia uma curva. Um pouco de claridade chegava de um lado, talvez procedente de uma estação de metrô próxima, projetando longas sombras na parede do túnel. E aquela luz difusa e distante, amortecida, possibilitava distinguir as vias e a parede da curva colada numa delas: comprida, limpa, sem uma única marca.

— É aqui — avisou Sniper.

Ligou outra vez a lanterna por alguns instantes, o tempo exato para iluminar melhor o vão da via que passava ao lado da parede, à nossa esquerda.

— Tem pouquíssimo espaço, como você pode ver. Nada que permita nos proteger. Qualquer trem que passar e nos pegar aqui vai fazer a gente em pedaços. O único lugar onde vamos poder nos refugiar é nesse nicho — acrescentou.

Ele segurou o meu braço, me aproximando um pouco mais, me incentivando a olhar por mim mesma.

— A questão é — continuou — se ocupar da parede e ao mesmo tempo ficar de olho nos trens.

— Cada vez que um aparecer?

— Perceber a tempo e se refugiar aqui. Depois, sair e continuar o trabalho. Como eu disse, normalmente os trens passam de cinco em cinco minutos. Os que vão na outra direção não são perigosos.

— Mas imagino que vamos ser vistos pelos maquinistas. Os faróis das composições iluminam as vias.

— Talvez sim, talvez não... De qualquer maneira, duvido que algum funcionário do metrô ou agente de segurança se atreva a perseguir a gente aqui. Eles teriam que interromper o tráfego, suspender o serviço de transporte urbano nessa linha. E ninguém vai fazer isso por causa de uns reles grafiteiros.

Meus olhos já tinham se habituado à penumbra. Agora eu conseguia distinguir melhor as coisas: o túnel, a curva dos trilhos, o reflexo das luzes distantes neles, a distância que no ponto mais estreito separava nossa via da parede. Apenas um metro, calculei. Não era o suficiente para alguém se proteger, por mais que se grudasse a ela. O próprio balanço dos vagões poderia atingir alguém na parede.

— Você tinha reservado isso para os seus garotos?

— Era uma possibilidade. Outro desafio.

Balancei a cabeça, espantada.

— Vir aqui arriscar a vida — falei.

— A gente conversou sobre isso hoje de manhã — retrucou. — Hoje em dia, é preciso estabelecer a diferença entre fazer arte de rua e sujar paredes.

— E você não se importa mesmo com o que pode acontecer com eles?

Sniper acendeu um cigarro, protegendo a chama do isqueiro com as mãos em concha.

— Por que eu me importaria? Ninguém os obriga a fazer isso. Existem pessoas que apresentam problemas difíceis de matemática ou fazem conjecturas científicas. Eu sugiro intervenções. Teóricas, até que alguém decida colocá-las em prática.

— E morra.

Ele começou a rir.

— Ou não. A partir daí já não me diz respeito.

Ele se aproximou da via com cautela, o ouvido atento. Fumava ajoelhado à beira do nicho.

— O serviço de metrô é interrompido durante algumas horas de madrugada — comentei. — O que impede que qualquer um venha pintar, então?

Sniper demorou um momento para responder.

— Existem regras, códigos. Todo mundo sabe que essa parede é o que é. É necessário provar que tudo foi feito como se deve. Postar um vídeo na internet e coisas assim. A única palavra que conta para os grafiteiros é *reputação*. Tudo é feito por isso: pela reputação.

Soou alguma coisa no túnel, ao longe, e Sniper ficou calado. No meio das sombras, vi seu braço levantado, pedindo silêncio para ouvir. O barulho não voltou a se repetir.

— Qualquer um que trapaceasse seria desprezado por todos — sussurrou depois de um instante, apagando o cigarro.

Ele havia saído do túnel, sobre a via, e apalpava a parede, checando-a com mão de expert: textura, sujeira, possíveis áreas descascadas que fizessem as placas da pintura pular, umidade.

— Uma boa parede napolitana — sentenciou.

Voltou ao buraco do nicho, tirou a mochila das costas e a deixou no chão. Depois se livrou da jaqueta de couro. Tirou duas latas de tinta da mochila, agitou-as e me entregou uma delas.

— Você sabe qual é a sequência, não é? Fazer o *outline*, preencher, colorir. Eu marco e você preenche de vermelho. De acordo?

Também me passou luvas de látex. Ele colocou outras. Então se sentou ao meu lado.

— Depois do próximo trem — avisou.

O trem passou meio minuto depois: dois faróis ameaçadores precedidos por um estrondo crescente. Imitando Sniper, protegi os ouvidos com a palma das mãos, então ele desfilou de novo, agora a menos de dois metros de nós, soltando faíscas, o prolongado relâmpago decomposto em velozes molduras de luz que logo se afastou pelo túnel, deixando para trás uma sensação de esmagamento e vazio nos meus tímpanos e pulmões, e um cheiro ácido de fios e metal queimados.

O estrépito do trem ainda não tinha sumido totalmente quando senti a mão de Sniper no meu ombro.

— Vamos. A gente tem muito a fazer.

Entramos no túnel, pisando nos trilhos. Fiquei sem saber o que fazer no início, então olhei para o meu companheiro, esperando instruções. A penumbra o recortava à contraluz na parede. Pude perceber sua silhueta encapuzada se destacando por cima do muro, o braço esquerdo estendido, a mão pressionando o bico do spray que, com um ciciar da tinta branca saindo sob pressão, desenhava um grande arco na parede. Marcava, constatei, com uma velocidade e uma naturalidade espantosas, um traço sinuoso de cima a baixo, pela esquerda, e depois um traço idêntico à direita, a dois palmos de distância um do outro, fechados por fim em cima e embaixo, conformando um grande s maiúsculo, a primeira letra da sua *tag*.

— Preenche o *outline*.

Como num sonho estranho, eu me aproximei da parede. Graças ao seu traço branco, o contorno era bem visível. Fiz a lata de spray tilintar, levantei o braço e comecei a pintar de vermelho a letra marcada, de cima para baixo, com um vaivém que cobria a totalidade do espaço assinalado. Ao meu lado, quase ombro a ombro, Sniper trabalhava no contorno das próximas letras. Eu estava terminando a primeira, agachada, quando o estrépito de outro trem começou a se aproximar pelo túnel.

— Para o buraco — aconselhou Sniper.

Faróis assassinos avançavam, iluminando a curva. Entramos às pressas no estreito refúgio, deixei a lata no chão e tapei os ouvidos, enquanto a serpente bruta de luz e o som aterrador me sacudiam como um furacão. O coração agitava o meu peito. Depois, recuperando o fôlego travado pela tensão e pelo medo, peguei a lata de spray e voltei ao trabalho. Sniper fazia o dele, fazendo o contorno de mais letras pela parede.

— Você acredita mesmo que eu não passo de uma máscara? — perguntou de repente. — Como Topo disse.

Eu respirava devagar, mas fundo, para me acalmar.

— Não sei — respondi. — Mas eu tenho certeza de uma coisa: os mortos são verdadeiros. As pessoas que dão a alma por você morrem de verdade.

Continuei apertando o bico do spray, preenchendo a segunda letra de vermelho.

— Se você fosse uma fraude, seria imperdoável.

— Isso ninguém pode saber antes do fim, não é? Enquanto isso, vão ter que me conceder o benefício da dúvida.

Sniper tinha recuado até o meio da via para dar uma olhada no conjunto.

— A única arte possível — acrescentou — tem a ver com a estupidez humana. Transformar a arte para estúpidos numa arte que não seja gratuita. Transformar a estupidez, o absurdo do nosso tempo, em obra-prima.

— E isso é o que você chama de intervenção.

— Exato.

— Não dá para dizer que você gosta de alguém. — Eu via isso cada vez com mais clareza. — Você despreza todo mundo. Até os seus seguidores. Talvez porque eles seguem você.

— O desprezo também pode ser o fundamento de uma obra artística.

Sniper falou isso com frieza. Depois foi ao nicho onde estava a mochila e voltou com uma lata de spray em cada mão.

— Você acredita, por acaso, que o terrorista ama a humanidade pela qual ele diz que luta? — perguntou ele. — Você acredita que ele mata pessoas para salvá-las?

Sniper pintava com as duas mãos ao mesmo tempo, colorindo. E ele é isso, pensei. O que tinha acabado de dizer. Uma autodefinição perfeita.

— A gente não merece sobreviver. — E parou para verificar o efeito que tinha causado, então continuou pintando. — A gente merece uma bala na cabeça, todo mundo, um por um.

— O franco-atirador paciente.

— É exatamente isso. — Ele não parecia perceber o meu sarcasmo. — Mas faz tempo que a minha paciência acabou.

— Todas essas pessoas que morreram...

— Você está me cansando, Lex. Com os seus mortos... Eles fazem parte da intervenção. Eles a transformam em coisa séria, dão autenticidade.

Eu havia parado de pintar e o observava. Houve um atrito no chão, perto dos meus pés. Um rato. Reprimindo um calafrio, afastei-o com um chute.

— O assassinato como arte. É disso que você está falando?

— Ninguém está falando de assassinar. Eu não mato ninguém. Presta atenção. Não é a mesma coisa. Eu só revelo o absurdo. São os outros que, por conta própria, preenchem a linha pontilhada.

Sniper fez um gesto me convidando a voltar a pintar. Obedeci.

— Eu dou a glória a eles — disse depois de alguns segundos durante os quais só ouvi o som dos sprays. — Eu dou a eles o cheiro de napalm pela manhã... Eu dou a eles...

— Trinta segundos sobre Tóquio...

— Exato. Eles experimentam a pontada do perigo se aproximando, de ir ao lugar onde sabem que podem morrer. Dignos, responsáveis, finalmente.

— Redimidos?

Ele não pareceu gostar da palavra.

— Não só isso — respondeu de forma ríspida. — Isso não é só pintar paredes. Você viu. É se infiltrar, combater. Esconder e sentir o coração palpitar enquanto ouve aqueles que procuram você se movimentar... Muitos me devem isso.

— E então morrem.

— Alguns. Mais cedo ou mais tarde, todos nós morremos. Ou você pretende viver para sempre?

— E onde você coloca palavras como inocência, compaixão?

— Não existem mais inocentes. Nem as crianças são inocentes.

Senti um estrondo crescente, seguido pelo brilho de faróis que se aproximavam. Dessa vez o trem vinha da direção oposta. Mesmo assim fomos nos refugiar no buraco da parede. Os vagões passaram, retumbantes, e se afastaram pela curva.

— Quanto à compaixão, por que eu deveria ter? — questionou Sniper quando voltamos ao trabalho. — A única coisa que eu faço é ajudar o universo a experimentar suas regras.

— E isso é arte?

— Naturalmente. A única possível. Um bombardeio contínuo de imagens destinadas a manipular o espectador apagou as fronteiras entre o real e o falso. O meu lance recupera com sua tragédia o sentido do real.

— Eu não vejo a palavra cultura. Em lugar nenhum.

— Cultura? Essa palavra com nome de puta?

A tinta da minha lata tinha acabado e Sniper me entregou outra. Comecei a preencher com ele o R final.

— A arte moderna não é cultura, é só chilique social — sentenciou, enquanto me observava. — É uma enorme mentira, uma ficção para privilegiados milionários e para idiotas, e muitas vezes para privilegiados milionários idiotas. É um comércio e uma mentira absoluta.

— Então só o perigo dignifica a arte. É isso?

— Não o perigo, mas a tragédia. E sim, só ela justifica. Pagar pela arte o que não se paga com dinheiro, o que não pode ser julgado pela crítica convencional nem levado às galerias nem aos museus. Aquilo de que jamais vão poder se apropriar: o horror da vida. Isso volta a tornar a arte digna. Esse tipo de obra de arte não pode mentir nunca.

Ele continuou me olhando sob o capuz, suas feições nas sombras. Parado no meio dos trilhos.

— A idiotice feita num ateliê é mais arte do que a que esses garotos que arriscam a vida conseguem? — continuou. — Em toda essa merda de que uma instalação oficial seja considerada arte e outra não oficial não seja, quem decide isso? Os poderes públicos, o público, os críticos?

Senti uma pontada de raiva. Havia terminado de preencher a última letra e me virei para ele.

— Nessa guerra ninguém faz prisioneiros, você quer dizer.

Ele riu descaradamente.

— Você é uma garota esperta, Lex. Muito. Por isso está aqui essa noite. E essa é uma boa definição do assunto. Existem grafiteiros que voltam para casa, sentam e ficam vendo televisão ou ouvindo música, satisfeitos com o que fizeram de dia. Eu volto para casa e fico pensando em como voltar a ferrar todo mundo de novo. Não procuro um mundo melhor. Sei que qualquer outro mundo possível vai ser ainda pior do que esse. Mas esse é o meu e é o que eu quero atacar. Que cada um ferre o seu próprio mundo. Eu não tento denunciar as contradições do nosso tempo. Eu tento destruir o nosso tempo.

Ele foi até a mochila e voltou com mais latas de spray. As letras com sua *tag* estavam concluídas: grandes, esplêndidas, preenchidas com vermelho e contornadas em azul, com o círculo do franco-atirador não concluído. Devia ser espetacular vista da curva, com os faróis dos trens, imaginei. O condutor iria vê-la durante tempo suficiente, e os passageiros passariam ao seu lado, espantados diante daquela espécie de ferida vermelho-sangue aplicada no muro.

— Vou contar uma história para você — falei ao me decidir. — A que me trouxe até aqui.

— Uma história? — Ele parecia surpreso. — A sua?

— Não. A de uma garota que tinha essa inocência na qual você não acredita. E que imprimiu em mim sentimentos nos quais você também não acredita. Você quer ouvir, Sniper?

— Claro, pode contar.

— Ela se chamava Lita e tinha olhos muito doces. Ela acreditava em tudo o que é possível acreditar aos 18 anos: no ser humano, no sorriso das crianças e dos golfinhos, na luz que ilumina os cabelos de alguém que você ama, nos latidos de um cachorrinho que quando crescer vai se tornar um cão leal até a morte... Você gosta do retrato de Lita, Sniper?

Ele não respondeu. Com uma lata de spray em cada mão, preenchia de branco o pingo do I para cruzar em cima, de preto, a obstinada cruz de franco-atirador.

— Ela era inteligente e sensível — continuei dizendo. — Gemia à noite, dormindo, como as crianças gemem quando sonham. E era grafiteira, imagina só. Saía à noite pelas ruas para registrar o olhar que projetava sobre o mundo com sua ternura. Para afirmar seu humilde nome nele, travando sua própria luta, à sua maneira. Eu a vi incontáveis vezes no quarto, ouvindo música enquanto planejava ações nas paredes da cidade. Repassando, ingênua, seus álbuns de fotos com grafites em trens, metrôs e ônibus, fazendo croquis das novas ideias com as quais sonhava em cobrir alguma parede.

O estrépito de um trem se aproximava de novo, ao longe. Quando a luz dos faróis deslizou pela parede do túnel, fomos nos refugiar outra vez no nicho, sentados no chão, um ao lado do outro.

— A *tag* dela ainda está lá, Sniper. Nas ruas. Às vezes eu a encontro, desbotada pelo tempo, meio encoberta por outras mais recentes... Lita era o nome, lembre-se disso.

A intensidade do estrondo aumentava e a luz dos faróis iluminava a curva e o grafite no muro. Não era tão difícil, descobri. Depois desses longos e instrutivos diálogos, não era, de forma nenhuma. Ou talvez nunca tenha sido. O Bigode Loiro tinha dito de manhã enquanto tomava café: o mundo está cheio de gente estranha. Enfiei a mão no bolso do casaco e toquei a navalha. Estava fechada, fria. Deslizei o polegar sobre o botão de acionamento automático, sem o apertar.

— Vou pedir a você que pronuncie esse nome, Sniper, o de uma humilde grafiteira que você não conheceu. Diz o nome agora, por favor.

Ele me olhou na penumbra, desconcertado, meio virado de costas, esperando o trem. Puxei a navalha e apertei o botão. O estrépito dissimulou o estalo.

— Você disse Lita?

— Sim.

O trem já passava à nossa frente, com seu estrondo no túnel. Retângulos de luz desfilavam diante dos nossos olhos como centelhas. Observei o perfil de Sniper, iluminado pelos flashes intermitentes, rápidos e brutais. Ele quase gritou para se fazer ouvir.

— Lita. E agora...

A voz de Sniper se quebrou quando enfiei a navalha no rim dele. Ele se virou, sobressaltado, e levou a mão às costas. Puxei a navalha e voltei a enfiá-la, e dessa vez fiz o que sabia que devia fazer: um movimento circular com a mão para que o aço, lá dentro, rasgasse o máximo possível. O trem já se distanciava, e à luz do último vagão vi os olhos sem órbita de Sniper sob o capuz, sua boca entreaberta num grito que talvez houvesse proferido sem que eu tivesse ouvido, durante a passagem do trem, ou que talvez tivesse se congelado antes de ser emitido. Ele caiu de lado, batendo na parede, meio se apoiando nela. E me olhava.

— Sim, Lita — repeti, acomodando-me ao lado dele.

Afastei o capuz de sua testa, quase com afeto. A penumbra permitia distinguir o branco dos seus olhos, arregalados, aparentemente fixos em mim. A boca emitia um gemido que mal era audível, profundo, quase líquido.

— Eu amava Lita — sussurrei. — Eu me esforçava todo dia para trazê-la para mim, para substituir aos poucos, com o que eu podia dar a ela, aquela melancolia, aquele desespero que ela sentia de vez em quando, toda a sua comovente inocência traída pelas injustiças imprecisas da vida real. Aquilo que a fazia se lançar às ruas de mochila nas costas e voltar de madrugada, cansada, às vezes feliz, cheirando a suor e tinta fresca. Para a cama onde eu a esperava acordada para tentar tornar minha a parte dela que eu nunca consegui atingir... Aquela que eu não tive tempo de atingir.

Parei para ouvir, inclinando o rosto. O gemido tinha se tornado mais rouco, mais úmido.

— E você sabe por que, franco-atirador? Você sabe por que eu não tive tempo?

Eu teria gostado de continuar olhando nos seus olhos, mas com tão pouca luz era impossível. Ou talvez eles estivessem fechados. Eu nunca tinha visto os olhos de um ser humano no exato momento da morte.

— Você apresentou um desafio, Sniper. Uma dessas intervenções, como você as chamava. Algo difícil. Como disse antes? Ah, sim. Algo que transformasse a arte banal numa coisa séria, que a tornasse autêntica.

O trem já estava muito longe. O chacoalhar desaparecia nos ecos do túnel. Coloquei uma mão na testa do homem imóvel que estava ao meu lado. Senti-a fria e úmida ao mesmo tempo. Sua garganta continuava emitindo um gemido débil, um suave gorgolejo.

— Alguma coisa para sentir o perigo. A tragédia. A pontada do trem que chega.

Sniper estava imóvel, e eu não tinha como saber se estava me ouvindo ou não. Inclinei-me um pouco e lhe disse ao ouvido:

— Talvez você se lembre do depósito da praça de Castilla, em Madri. Você se lembra, Sniper? Aquele lance seu, há alguns anos. Um dos primeiros. Dois jovens mortos: Lita e seu companheiro. Caíram quando tentavam se pendurar com cordas de alpinista para pintar a parede do depósito. Por sugestão sua. Para, em suas palavras de ainda há pouco, denunciar as contradições do nosso tempo.

Senti meus olhos arderem e verti uma lágrima. Só me lembro de uma, dessa: grande, fluída, inevitável. Escorreu devagar até a ponta do nariz e ficou ali até que a afastei com os dedos dentro do látex manchado de tinta.

— Claro, você fez uma arte autêntica. Dois jovens estatelados lá embaixo, aos pés da sua sugestão. Como o filho de Biscarrués. Como os outros.

Eu me inclinei sobre ele, ouvindo, atenta. Não ouvia mais o gorgolejo.

— Quantos mortos, Sniper? Você chegou a contar? Quantas balas você disparou em suas cabeças?

Voltei a tocar sua testa. Estava fria como antes, mas havia parado de suar. Não parecia pele humana viva, e entendi que já não era.

— Você também vomitou no coração sujo de Lita?

Recolhi a navalha do chão e limpei a lâmina em sua roupa. Depois a fechei e a deixei ao seu lado, com o celular.

— Também nisso você se enganou, franco-atirador. Você e os outros. — Fiquei de pé e tirei as luvas. — Era eu a assassina.

As duas sombras esperavam ao lado da porta da guarita. Encontrei-as quando subi pelos degraus de ferro e saí ao ar livre, respirando com ansiedade o ar fresco da noite.

— Ele está no fim da galeria, perto do túnel do metrô — avisei. — Deixei o celular ligado lá para que o encontrem com mais facilidade.

— Morto? — perguntou o Bigode Loiro.

Não respondi.

— Porra — murmurou a Magrinha.

Dei dois passos e parei, desorientada, tentando recuperar a percepção racional das coisas. Esfregava as mãos, friccionando-as como se o sangue de Sniper tivesse trespassado o látex das luvas. Só agora elas começavam a tremer. O barulho dos trens ainda ressoava nos meus ouvidos como um tambor. Tudo me parecia irreal. E certamente era.

— Ele quer falar com você — disse o Bigode Loiro.

Demorei um tempo para entender a quem se referia.

— Onde ele está? — perguntei, por fim.

— Num carro. No fim da rua.

Eu me afastei. A última imagem que tenho deles é a do Bigode Loiro se enfiando no poço, agarrado aos degraus, enquanto a Magrinha se virava para me olhar, calada e perplexa. Tirei o gorro, atirei-o no chão e caminhei sem pressa ao longo da rua. O carro estava na virada da esquina, estacionado e com o motor desligado: grande, escuro. Havia uma silhueta negra em pé e outra dentro do automóvel. A que estava em pé abriu a porta e se afastou. Desabei num assento macio, de couro. Cheirava a couro de qualidade e água-de-colônia. Lorenzo Biscarrués era uma silhueta na penumbra, ao lado da janela aberta.

— Acabou — falei.

Sua voz demorou um pouco a sair. Um silêncio longo, de quase meio minuto.

— Tem certeza?

Não achei necessário responder. E ele não insistiu.

— Me diz como foi — pediu pouco depois.

— Não importa como foi. Eu já disse que acabou.

Ele ficou em silêncio de novo. Depois de um momento, se remexeu no assento e fez outra pergunta:

— Ele disse alguma coisa?

— Ele disse muita coisa. Falou de arte e de tragédia. E de pessoas como o senhor.

— Não estou entendendo.

Balancei a cabeça, indiferente.

— Não importa.

Outro silêncio. Dessa vez mais curto. Ele refletia.

— Eu me referia a se disse alguma coisa no momento final — insistiu Biscarrués.

Puxei pela memória, brevemente.

— Ele não disse nada. Morreu sem saber que estava morrendo.

Pensei um pouco mais e então dei de ombros.

— Ele disse uma coisa, sim — corrigi. — Um nome.

— Que nome?

— Tanto faz. O senhor não conhece.

Meu interlocutor se mexeu de novo, fazendo ranger o couro do assento. Como se tentasse se acomodar melhor.

— Eu devo à senhora... — começou a dizer.

Interrompeu-se. Quando falou de novo, sua voz soava diferente. Talvez comovida.

— Devo à senhora um imenso serviço. Meu filho...

— O senhor não me deve nada — interrompi-o, seca. — Eu não vim até aqui por causa do seu filho.

— Mesmo assim. Eu quero que saiba que a oferta que fiz em Roma continua de pé. E me refiro a tudo. O cheque, a recompensa... Tudo.

— O senhor não entendeu nada — cortei.

Abri a porta e saí do carro, afastando-me. Senti passos atrás de mim. Biscarrués me perseguia, apressado.

— Por favor — disse.

Essas duas palavras soavam pitorescas em sua boca, habituada a ser obedecida. Parei.

— Eu só quero entender — suplicou. — Por que a senhora...? De onde tirou a força. A decisão... Por que fez tudo dessa maneira?

Refleti por um momento. Depois comecei a rir.

— Arte urbana, o senhor não entende? Estamos fazendo arte urbana.

Dois dias depois, os jornais publicaram a notícia e a internet começou a ferver: "Famoso grafiteiro despedaçado pelo metrô de Nápoles."

Os jornais italianos publicaram a foto do último trabalho de Sniper, o grafite que, segundo a polícia, tinha lhe custado a vida num lugar perigoso do metrô: o nome do artista em grandes letras vermelhas contornadas de azul, com o círculo branco e a mira de franco-atirador como pingo do i. Segundo o informe oficial, o cadáver havia aparecido alguns metros à frente, tragicamente mutilado por um dos trens que sem dúvida o tinha arrastado enquanto pintava.

Embora não tivesse lhe pedido, a longa mão de Lorenzo Biscarrués facilitou muito as coisas. Quando a polícia veio me procurar para que prestasse declarações — a mulher com quem o falecido vivia e alguns amigos dele me identificaram como uma das últimas pessoas que o viram com vida —, um importante advogado de Nápoles aguardava no tribunal para me assistir como fosse necessário. Diante de um juiz e de um secretário, que o tempo todo me trataram com extrema cortesia, confirmei que alguns dias antes da tragédia eu tinha estado em contato com Sniper por causa de uma proposta profissional, avalizada por um conhecido editor espanhol e vários marchands internacionais — Mauricio Bosque, a pedido do advogado, confirmou tudo num e-mail que foi adicionado ao processo. Uma oferta que, depois de longas negociações, o artista estava considerando no momento do lamentável acidente. Com a maior boa vontade do mundo, forneci todo tipo de detalhes sobre o caso, disse que estava à disposição das autoridades italianas para o restante do procedimento, mostrei a adequada consternação pela tragédia ocorrida e, quando o advogado achou que já era suficiente, me despedi do juiz e do secretário e deixei tudo aquilo para trás, para sempre.

Mas ainda me restava um encontro. Quando entrei no corredor do tribunal, avistei a amiga de Sniper. Estava sentada num banco do vestíbulo, na companhia de um desconhecido vestido de cinza que carregava uma velha pasta no colo. A mulher estava com os braços cruzados sob os seios grandes e pesados. Por estar sentada, seu vestido apertava os quadris poderosos e fazia a bainha da saia ficar acima dos joelhos, revelando suas pernas longas e um pouco grossas — calçava sapatos de lona e corda com cintas amarradas nos tornozelos —, cuja nudez destacava ainda mais o ambiente grave daquele lugar.

Passei diante dela e então os olhos cor de esmeralda se fixaram em mim, de forma lenta e preguiçosa — o único sinal de vida no belo rosto inexpressivo, de uma impassibilidade perfeita e quase animalesca. Foi um olhar indefinido, muito fixo, tranquilo mas firme, beirando a violência, cheio de afirmações irracionais. Ou de certezas. E senti a reprovação da solidão verde, instintiva, mais intensa e inesquecível do que um grito desgarrado, uma imprecação ou um insulto, fixa nas minhas costas inclusive enquanto me afastava de lá. Naquele instante compreendi que ela sabia. E então, só então, senti uma vaga sombra de remorso.

Nápoles, setembro de 2013.

Este livro foi composto na tipologia Palatino LT
Std, em corpo 11/16, e impresso em
papel off-white no Sistema Cameron da
Divisão Gráfica da Distribuidora Record.